Elogios para *Todas as Cores de Tilly*

"Mazey Eddings tem uma das vozes mais realistas e hilárias do gênero romance, e consolidou isso em todas as idades com sua nova comédia romântica *young adult*, *Todas as Cores de Tilly*. Uma obra engraçada, constrangedora, terna, esperançosa e extasiante em doses equivalentes. Eu faria qualquer coisa por Tilly e Oliver. DEVEMOS PROTEGÊ-LOS A TODO CUSTO. Mal posso esperar pelos próximos livros de Mazey!"

— **Susan Lee**, autora de *Seoulmates*

"Uma história perfeita de amadurecimento ambientada em lugares distantes e que apresenta uma adorável história de amor. Eddings trouxe para o romance *young adult* uma voz nova e inspirada, com um viés próprio (e muito bem-vindo). É um convite para que leitores neurodivergentes se compreendam, se aceitem e sejam plenamente amados ao longo destas páginas."

— **Erin Hahn**, autora de *Never Saw You Coming*

"*Todas as Cores de Tilly* faz jus a seu nome, pois Mazey Eddings escreve com uma paleta completa de cores. Por trás do riso e do êxtase, há uma rica jornada de autoaceitação, para que você não mude quem você é apenas para se encaixar ao resto do mundo. Este livro possui um brilho tão intenso quanto a luz do sol."

— **Brian D. Kennedy**, autor de *A Little Bit Country*

"Uma viagem repleta de aventuras e extremamente divertida, uma celebração comovente da neurodiversidade e um romance empolgante, tudo ao mesmo tempo, *Todas as Cores de Tilly* é uma estreia inesquecível no gênero *young adult*. Ele o fará sorrir de emoção, e correr para colocar na estante tudo o que Mazey Eddings escrever. Adorei cada minuto brilhante e colorido que passei com Tilly e Ollie!"

— **Kaitlyn Hill**, autora de *Love from Scratch*

"Um romance *young adult* terno, sincero e inclusivo, com um dos melhores (leia-se: hilários) desastres fofos que já testemunhei, *Todas as Cores de Tilly* capta a emoção vertiginosa de encontrar a pessoa que o vê, entende e que, ainda, o adora exatamente como você é. Adorei a estreia de Mazey Eddings no gênero *young adult* — o equivalente a um abraço firme — desde a primeira página, e, quando cheguei à última, me senti amada em resposta. É um romance incisivo e alegre sobre como se redescobrir fora das caixinhas, expectativas e zonas de conforto."

— **Lillie Vale**, autora de *Beauty and the Besharam*

Todas as cores de Tilly

Mazey Eddings

Todas as cores de Tilly

Tradução
Marcelo Barbão

JANGADA

Título do original: *Tilly in Technicolor.*

Publicado mediante acordo com St. Martin's Press.

1ª edição 2024.

Editor: Adilson Silva Ramachandra

Gerente editorial: Roseli de S. Ferraz

Preparação de originais: Alessandra Miranda de Sá

Gerente de produção editorial: Indiara Faria Kayo

Editoração eletrônica: Cauê Veroneze Rosa

Revisão: Bárbara Parente

Dados Internacionais de Catalogação na Publicação (CIP)
(Câmara Brasileira do Livro, SP, Brasil)

Eddings, Mazey
Todas as cores de Tilly / Mazey Eddings; tradução Marcelo Barbão. -- 1. ed. -- São Paulo: Editora Jangada, 2024.

Título original: Tilly in technicolor.

ISBN 978-65-5622-088-8

1. Ficção norte-americana I. Título.

24-204358 CDD-813

Índices para catálogo sistemático:
1. Ficção : Literatura norte-americana 813
Cibele Maria Dias - Bibliotecária - CRB-8/9427

Jangada é um selo editorial da Pensamento-Cultrix Ltda.
Direitos de tradução para o Brasil adquiridos com exclusividade pela EDITORA PENSAMENTO-CULTRIX LTDA., que se reserva a propriedade literária desta tradução.
Rua Dr. Mário Vicente, 368 — 04270-000 — São Paulo, SP
Fone: (11) 2066-9000
http://www.editorajangada.com.br
E-mail: atendimento@editorajangada.com.br
Foi feito o depósito legal.

Aos meus companheiros neurodivinos que
navegam por um mundo não criado para eles.
O cérebro de vocês é lindo,
e fico feliz que estejam aqui.

Sumário

CAPÍTULO 1

Calcinhas Demais

Tilly

— **Tilly**, tem certeza de que tem calcinhas suficientes?

Olho para o monte de calcinhas enfiadas na minha mala. Trinta e nove são suficientes? E se eu fizer xixi e/ou cocô nas calças várias vezes ao dia durante os próximos três meses? E se destruir totalmente minhas calcinhas, rasgando todas, e a Europa de repente passar por uma escassez absurda delas?

— Nunca é demais estar preparada — digo, acenando a cabeça para minha mãe em concordância e pegando as últimas calcinhas que tenho na gaveta.

Tento enfiá-las no bolso da mala, mas não vão caber sem arrebentar as costuras, então as empilho em cima das seis caixas de absorventes internos que coloquei. Tamanho gigante, porque nada que é meu fica pela metade.

— Boa menina — diz mamãe, sorrindo para mim como se eu tivesse acabado de descobrir a cura para a fome global. — Ainda há esperança para você.

Aquele olhar e suas palavras me fazem sentir uma mistura forte de vergonha e irritação na pele, fazendo-a formigar. Viro-me, andando vagarosamente até o armário, e finjo procurar um par de tênis enquanto engulo o grito de frustração que tenta sair da minha garganta.

São momentos como esse que confirmam a necessidade de mudança em minha vida. Preciso sair dessa casa. Sair do controle da minha mãe. Dar o fora de Cleveland.

E é exatamente para isso que estou fazendo as malas: minha grande fuga.

Se é que uma viagem pela Europa financiada pelos meus pais enquanto trabalho como humilde estagiária de minha irmã pode ser chamada de fuga. Prefiro não me perder na semântica de tudo isso.

— Você programou nossas ligações no seu calendário? — mamãe pergunta, naquele tom casual bastante ensaiado que significa que ela acha que me esqueci e que vai ficar decepcionada, mas não surpresa, quando eu provar que ela está certa.

— Claro — minto. É difícil me forçar a fazer coisas que eu realmente, *realmente* não quero fazer, e programar ligações para meus pais enquanto estou fora estão bem no topo da minha lista.

Essa viagem é uma combinação de presente de aniversário e de formatura muito bem estruturada para que meus pais concordassem. Estão pagando minha viagem para a Europa e, em troca, vou viajar pelo continente nos próximos três meses com minha irmã, Mona, enquanto ela tenta expandir sua *startup*. Mamãe planeja me encontrar em Londres quando tudo acabar, para passar alguns dias lá antes de me trazer de volta para casa... provavelmente comigo chutando e aos gritos.

A viagem não se dará sem algumas pegadinhas: a primeira delas são ligações semanais para meus pais a fim de verificação, nas quais conto a eles como estou crescendo como pessoa e aprendendo muito, blá-blá-blá.

A segunda é que, tecnicamente, serei estagiária de Mona, mas acho que esse título é mais para o bem do meu pai e seu grande sonho (leia-se: pesadelo inspirado no capitalismo) de ver as duas filhas se tornarem algum tipo de magnatas do mundo dos negócios.

— Mandei Mona colocar um alarme no telefone dela para te lembrar de tomar o remédio. Vou mandar uma mensagem para você também, para que não se esqueça — diz mamãe, suas palavras beliscando um ponto sensível entre minhas costelas.

— Vou me lembrar, mãe — murmuro, as bochechas queimando. O problema é que tenho certa tendência a me esquecer de tomar as pequenas pílulas que me ajudam com tarefas básicas, como me lembrar das coisas, uma das fabulosas ironias do TDAH (Transtorno do Déficit de Atenção com Hiperatividade). Mas também não preciso que minha mãe envolva de novo minha irmã perfeita mais velha nessa situação interminável que me faz sentir tão impotente quanto uma criança de 2 anos.

— E, Tilly, por favor, lembre-se de ouvir Mona enquanto estiver fora. Sei que gosta de perambular pelos lugares e fazer suas coisas, ou se perder naquele seu *laptop*, mas ela saberá como andar por aí melhor do que você, e o objetivo da viagem é ganhar alguma experiência de vida. Não vai querer arranjar encrenca enquanto estiver fora.

Este é o ponto em que desligo.

Ainda de costas para ela, fecho os olhos com força, apertando as mãos em punhos cerrados e mordendo o lábio para reprimir a onda de sentimentos. Logo vou estar longe daqui.

CAPÍTULO 1

Chega de suspiros gentis e decepcionados quando me esqueço de fazer algo. Chega de olhares de derrota e cansaço — um reconhecimento do fardo que precisam compartilhar — entre mamãe e papai quando fico nervosa e as emoções brotam com a força de uma cachoeira, mas sem nenhuma beleza. Chega de comparar meus inúmeros fracassos e deficiências com os sucessos intermináveis da perfeita Mona.

Mona é cinco anos mais velha do que eu e éramos muito próximas. Grandes amigas. Mas aí ela foi para Yale fazer faculdade e nunca mais foi a mesma. Trocou sua personalidade simples e os vestidos longos e esvoaçantes por uma tonelada de terninhos e mais suéteres com cotoveleiras que alguém tem o direito de possuir.

A cada visita em casa, nas férias e feriados, ela estava um pouco mais diferente. Menos divertida. Muito mais séria.

Em vez de se empolgar comigo com *Supernatural* ou *Doctor Who*, ela começou a discutir tendências de mercado com papai. A fofocar sobre o bairro com mamãe. Mamãe diz que ela se tornou uma verdadeira habitante da Nova Inglaterra. Eu acho que ela se tornou uma chata sem graça.

Como se frequentar uma universidade da Ivy League (e concluir um programa de MBA acelerado, em nada menos que... vou tampar a boca para não falar mais nada) não fosse suficiente, ela abriu uma empresa durante a faculdade, em parceria com um outro talento dos negócios chamada Amina. A dupla desenvolveu uma marca de esmaltes chique, ecoamigável, orgânica, não tóxica, insira aqui mais alguma palavra da moda — com licença, esmalte não, mas sim *lacquer* de unhas de luxo... porque, aparentemente, *esmalte* não é elegante o suficiente.

Depois de se formar no ano passado e ganhar algum dinheiro em um concurso voltado a mulheres empresárias *altamente competitivas* (que passou a ser o único tópico de conversa de papai, moldando toda a sua personalidade), Mona se mudou para Londres, onde Amina nasceu, e a dupla tem desenvolvido o negócio lá desde então.

Deram o nome de Ruhe para a empresa, uma palavra alemã que "não dá para traduzir direito" e que significa que nada ao redor pode incomodá-la. Tenho quase certeza de que Mona encontrou isso em algum artigo do *BuzzFeed* sobre palavras estrangeiras sofisticadas sem tradução exata. Vou tampar a boca de novo.

Mamãe e papai poderiam muito bem ter montado um altar para Mona em nossa sala de estar, para mostrar quanto adoram os sucessos dela.

— Oh, Tilly, não fique chateada. Não estou criticando você — diz mamãe, caminhando até o armário em que estou enfiada, as costas arredondadas como uma carapaça de tartaruga. Ela acaricia levemente minhas escápulas, e meus músculos se contraem. — Sabe que é o seu TDAH que causa esses problemas, não você.

Minha mãe fala sobre meu diagnóstico como se ele fosse uma entidade à parte, algum parasita horrível que absorve meu organismo e muda quem de fato eu sou.

— O dr. Alverez nos disse que isso pode causar impulsividade. Imprudência. Só precisa estar consciente dessas coisas para poder superá-las — ela continua, desenhando círculos nas minhas costas que fazem a pele ficar arrepiada e meu corpo estremecer. Não gosto de toques suaves.

Quero gritar. Quero explodir. Quero dizer: *Pare, mãe. Simplesmente pare. Pare de listar todas as coisas que mudaria em mim e colocar a culpa em um diagnóstico.*

O TDAH não me "mudou", embora seja assim que minha mãe veja. Ele *sou* eu. É um fato inegável e simples de quem eu sou. Como meu cabelo preto ou meus olhos cinzentos, ou a protuberância na ponta do meu nariz. Isso existe no meu DNA, provavelmente bem entre meu gene de romântica incurável e o alelo do senso de humor atrevido.

Está entrelaçado em quem eu sou. Não é uma doença que precisa de cura.

Abaixo-me e me afasto de seu toque, levantando-me e fazendo um giro bizarro enquanto com uma perna dou um chute no ar, como se fosse uma dançarina moderna. Vou gingando até a porta.

— O que está fazendo? — mamãe pergunta, sentando-se no chão, as sobrancelhas franzidas e a testa rígida enquanto me olha confusa.

— Dançando de alegria — minto. — Estou muito animada com a viagem — acrescento, caminhando para o corredor. — E preciso comer alguma coisa.

Continuo minha dança improvisada ao descer as escadas, e é bem provável que deixo minha mãe escrevendo um lembrete sobre meu comportamento errático. Ela não sabe que eu sei sobre o bloco de notas que leva ao dr. Alverez, documentando momentos que quer mencionar durante a parte das consultas em que não estou.

Odeio aquele caderno.

Mas tenho a tendência de fazer coisas estranhas como esta, às vezes. Quando os sentimentos se acumulam e me dominam, pressionando as articulações até que eu sinta que vão fraturar, faço algo explosivo com meu corpo. Apenas sinto que é... *bom* me mover. Para me libertar disso.

Sei que minha mãe acha isso bizarro e algum tipo de defeito de programação, mas desisti de tentar esconder isso.

Talvez, se me comportar de maneira espontânea por algum tempo, ela enfim desista de mim. E poderei ser quem sou.

CAPÍTULO 2

Futuro? Eu Nem o Conheço

Tilly

— **Embora saibamos** que você considera esta viagem suas férias, não se esqueça de que ajudará Mona e vai aprender sobre negócios. Também quero encorajá-la a utilizar qualquer tempo livre para atividades educacionais e informativas — diz meu pai, mudando de faixa com cuidado na rodovia a caminho do aeroporto. — Tente aprender tudo o que puder sobre a história dos lugares que você visita. Ganhar mais cultura.

História. Certo. Porque os últimos doze anos da minha educação na escola pública não se concentraram o bastante na história eurocêntrica. Que tragédia ter sido privada disso.

— Anote todas as suas experiências! — mamãe diz, virando-se no assento para sorrir para mim. — Não vai querer esquecer nada.

Dou um sorriso. Um sorriso verdadeiro e genuíno. Porque é a primeira vez em muito tempo que ela fala da minha escrita de uma forma positiva. Adoro brincar com as palavras, transformá-las e moldar as letras até que traduzam um sentimento em uma expressão.

Enchi centenas de cadernos com pensamentos, me perdendo nas páginas pautadas cor de creme. Para grande desgosto de mamãe, que fica doida sempre que me encontra (com mais frequência do que eu gostaria de admitir) às duas da manhã, com os olhos irritados por não piscar, as mãos manchadas de tinta e um diário tingido com meu coração nas páginas, sem ter terminado nenhum dos deveres de casa para o dia seguinte.

— Será perfeito para uma redação de inscrição para faculdade — mamãe continua, estendendo a mão para apertar meu joelho.

Eu me afasto. Isso de novo, não.

— Sim, seria — falo, mexendo nas unhas. — Para alguém que realmente vai se inscrever na faculdade.

Mamãe franze a testa para mim por um momento antes de se virar no assento.

— Ainda não é tarde para mudar de ideia sobre a faculdade — diz mamãe com uma leveza forçada. — Você pode se matricular em algumas aulas na faculdade comunitária no outono ou até mesmo tentar entrar em uma universidade de quatro anos no semestre que vem. Você tem opções, Tilly. Odiaria vê-la desperdiçando seu potencial.

— Um diploma universitário quase nem conta mais — papai acrescenta, olhando para mim pelo espelho retrovisor. — Você terá que enfrentar uma vida inteira de dificuldades se não tiver uma educação superior.

— Certo. Não se preocupem com a dívida estudantil esmagadora e toda a ginástica mental que teria de me forçar a fazer para realizar isso — sussurro para mim mesma.

— O que foi?

— Eu disse que entendi, mãe. — Encosto minha testa na janela. É uma discussão passivo-agressiva que tivemos tantas vezes no ano passado que perdi a conta.

Faculdade não é para mim. Fim da história.

Minhas notas no ensino médio ficaram na média, mas o trabalho para conseguir essas notas medianas quase virou minha cabeça do avesso.

Não conseguia encontrar uma forma de me concentrar em números, equações e princípios científicos, além de nomes de velhos brancos mortos, porque... Ora, quem se importa mesmo com isso? Sentar em carteiras tentando ouvir os professores tagarelando às vezes era fisicamente doloroso. No segundo em que abandonava as tentativas alucinantes de manter o foco, meu cérebro se prendia a um par de patins e disparava, brincando em terras fictícias e dançando em torno das palavras, minhas mãos de algum modo acompanhando o ritmo de ideias aleatórias, rabiscando com ferocidade em cadernos.

Mais de uma vez um professor acabou com minha divagação mental, humilhando-me com sucesso na frente da turma, perguntando se eu gostaria de me juntar a todos neste planeta, em vez daquele em que estivesse habitando no momento. As risadas inevitáveis dos meus colegas sempre pareciam milhares de pequenas agulhas sendo enfiadas em minha pele, humilhação e vergonha saindo dos meus poros.

Aquilo foi, para dizer de forma delicada, a atitude de um completo idiota.

A única hora em que não me sentia torturada era durante a aula de Literatura Avançada. Sempre fui capaz de me perder nas obras dos outros. É por isso que sei que quero ser escritora. Quero poder saltar em meio a analogias e me deleitar com hipérboles. Quero fazer as pessoas sentirem e vivenciarem as histórias que conto.

Também quero evitar ir para a faculdade para fazer isso.

Mas explicar essas coisas aos meus pais gera uma reação de ainda mais horror do que se eu contasse que chuto gatinhos por *hobby*. A situação piora pelo fato de que a perfeita Mona foi para uma universidade perfeita e se formou entre as melhores de sua turma perfeita e blá-blá-blá.

Mona estabeleceu um patamar educacional do qual não consigo nem chegar perto, não importa quanto eu tente.

Enfim saímos da rodovia rumo ao aeroporto e, quando chegamos ao meu terminal, saio do banco de trás como um cachorrinho no parque. Não posso evitar um leve tremor nas pernas ao observar o movimento ao redor, o ruído das rodinhas das malas no chão e das portas automáticas abrindo e fechando enquanto as pessoas dão os primeiros passos em direção a seu próximo destino. É tão emocionante que eu poderia vomitar.

— Tente manter a organização nos hotéis — diz papai, tirando minha mala gigante do porta-malas e entregando-a para mim. — Não jogue a mala e espalhe coisas por todo lugar ou esquecerá algo em cada país.

— Tudo bem — respondo, pegando a mochila que mamãe me entrega e a mala do papai. Sinto uma pontada de tristeza ao partir. Por mais que meus pais me deixem maluca, vou sentir falta deles.

— Deixe a Tilly Tornado nos Estados Unidos, por favor — minha mãe diz, me puxando para um abraço. — Não queremos que perca nada importante.

Um pequeno buraco aparece na minha bolha de animação. Com esse apelido fabuloso, sinto-me um pouco menos triste por partir.

— Amo vocês — digo, dando mais um beijo no rosto dos dois antes de me virar e marchar para aquelas portas de vidro deslizantes que são a entrada para minha grande aventura.

— Não perca nada! — mamãe repete enquanto passo pelas portas e sou atingida pelo frio do ar-condicionado.

— Não vou esquecer nada! — digo por cima do ombro com um aceno, antes de ir para o *check-in*.

CAPÍTULO 3

Falha Logo de Início

Tilly

Esqueci minha bagagem na área de segurança.

Juro que não foi minha culpa, mas, em meio ao monte de corpos e tentando não perder os sapatos, a mochila e o celular, enquanto era inundada pelo caos dos ecos no aeroporto e estando tão animada com tudo isso, posso ter cometido o pequeno erro de ter deixado minha mala no controle de segurança.

— Ela saiu rolando da minha mão! — digo para a mulher da segurança que está me lançando um olhar imperturbável. — Eu estava caminhando, as palmas todas suadas, porque, realmente, é sempre tão quente aqui? E então *puf*, a mala escorregou da minha mão e não tenho certeza se este aeroporto foi construído inclinado ou o quê, mas veio rolando até aqui, e é por isso...

— Você a deixou na esteira — diz a mulher, apontando a cabeça para a máquina de raio X.

— É... hã... já ouviu falar em levitação?

A mulher revira os olhos.

— Venha aqui.

Eu a sigo, e ela me faz parar na frente de uma grande mesa de metal, jogando ali minha mala lotada como se fosse um pedaço de carne.

Depois, ela começa a fazer o impensável.

Coloca luvas de látex, abre minha mala e passa a tirar minhas coisas.

Para todo mundo ver.

Ela começa, claro, pelas calcinhas. Não existe outra possibilidade. Tira punhados de calcinhas de algodão, colocando-as na mesa ao lado da minha mala rosa-choque. A montanha que ela cria é tão grande, que quero, sem dúvida, morrer. Um fluxo interminável de pessoas passa e várias delas precisam olhar duas vezes, sem acreditar no Everest que cresce na mesa.

E a seguir, que alegria, vem meu estoque de absorventes internos. Caixa após caixa, ela as tira, criando uma pequena barricada ao redor do Monte Fruit of the Loom.

Depois do que pareceram horas vasculhando meus pertences — inexplicavelmente, ela é capaz de deixar todas as minhas camisetas e vestidos de verão na mala enquanto as calcinhas se configuram em um enorme farol de atenção —, ela permite que eu vá com um aviso severo para não deixar minha mala desacompanhada de novo. Depois dessa experiência, fico tentada a viajar sem bagagem pelo resto da vida.

Corro até o portão de embarque como um morcego saído do inferno. Essa não é a experiência de aeroporto elegante que imaginei. Não consegui parar em um restaurante caro e comprar creme de espinafre e alcachofra como um adulto maduro. Não tenho um café gelado na mão enquanto caminho até o portão com uma aparência descolada e sofisticada. Não olhei as lojas do aeroporto nem comprei revistas de moda elegantes para folhear com tranquilidade no avião. Não joguei minha cabeça para trás e ri de maneira intrigante de algo que um lindo estranho disse uma vez. Em vez disso, ao me dirigir ao balcão do portão de embarque, estou suada e exausta, e corro o risco de perder o voo porque corri na direção errada por quinze minutos antes de perceber e voltar.

— Respire fundo, querida — diz a atendente, com um sorriso meio aterrorizado. — Tivemos um pequeno atraso, então chegou na hora certa.

Agradeço sem fôlego, o peito ainda arfando por causa da corrida. Passo pelo portão e subo na rampa de embarque.

Quando entro no avião, uma linda comissária de bordo com batom vermelho-escuro e um glorioso sotaque britânico me cumprimenta. Não posso deixar de sentir uma onda de emoção ao saber que estarei cercada por belas vozes em meu destino.

Vou para o fundo, enfiando a mala no compartimento superior com as últimas reservas de força depois de correr uma maratona pelo aeroporto. Desabo no assento da janela da fileira vinte e sete.

Respiro fundo, tentando acalmar meu organismo agitado.

Depois abro um sorriso.

É isto. O momento de todos os momentos. Aquele que vai mudar minha vida para sempre.

Encosto a testa na janela, o coração batendo forte. Mal posso esperar para decolar. Mal posso esperar para deixar o solo, minha antiga vida e meus problemas para trás. Mal posso esperar para...

— Você está no meu lugar.

Meus pensamentos animados e em um turbilhão são interrompidos por uma nítida voz britânica. Viro a cabeça para o corredor e me encontro no mesmo nível de um longo par de pernas em calças pretas sob medida.

Minha testa se franze, instintivamente sem confiar em ninguém que use calças não elásticas em um avião. Monstros, cada um deles.

Mas, à medida que meus olhos percorrem uma camisa preta igualmente feita sob medida até um rosto tão lindo que acho que posso morrer, decido que este adorável estranho é uma exceção. Alguém tão belo deve ser um anjo.

Se anjos se vestissem de preto e tivessem narizes proeminentes e maxilares bem definidos que pudessem cortar vidro e franzissem a testa de forma severa e desaprovadora. Um anjo caído, então.

— O quê? — consigo falar, os olhos vagando ao redor daquele rosto bonito. Vou ser honesta: meu coração e cabeça tolos sempre pensaram em uma tensão ardente com literalmente qualquer pessoa remotamente próxima de minha idade em um aeroporto, mas esse cara... bom, falar que ele é bonito não chega nem perto da verdade.

Gostosão — espere, seria um Jovem Gostosão? Ou as britânicas o chamariam de... Homão da Porra? Galã? *Gatinho*? Afinal de contas, estou tentando me aculturar ao jeito deles.

Bem, o fato é que o *gatinho* tem cabelo ruivo-escuro caindo em ondas pela testa. Os olhos castanho-claros, cor de mel, são emoldurados por cílios escuros. Os longos dedos tamborilam em sua perna de modo constante enquanto ele olha para um ponto no meu ombro esquerdo.

— Meu assento — ele repete. — Você está nele.

— Oh. — Mordo o lábio inferior, esperando parecer encantadora e cativante. Podia jurar que meu assento era na janela. E, ao falar em jurar, quero dizer que não verifiquei, apenas presumi, porque de que adianta voar se você não pode olhar para as nuvens e se perder por completo em devaneios?

— Estaria interessado em trocar? — pergunto. — Gosto muito de assentos na janela.

Os olhos do *gatinho* gostosão se encontram com os meus por uma fração de segundo, depois voltam para o meu ombro.

— Não. — Pausa. — Obrigado.

Pisco para ele, boquiaberta. Bem... esse é o *fim*, acho. Legal. Legal legal *legal*. O *gatinho* mal-humorado todo de preto não brinca quando se trata de assentos marcados e não é nada divertido, e está realmente acabando com a porra da *vibe* da minha viagem, e agora tenho que ficar sentada ao lado dele por dez horas. Amei.

Levanto-me do assento e me arrasto para o lado, puxando minha mochila do chão e enganchando-a em todos os cantos humanamente possíveis durante esse processo desajeitado. Tento me espremer contra o assento no corredor para dar espaço ao *gatinho*, mas ele espera, dedos ainda tamborilando na perna.

Depois do que parece ser uma eternidade postado ali em desconforto, nós dois fazemos um pequeno aceno de mão para o outro passar, eu em direção ao seu assento, ele me chamando para o corredor. Acho que ambos fomos pegos de surpresa pelos gestos, porque fazemos movimentos bruscos na direção um do outro, como galinhas se bicando.

Seus olhos se arregalam como se enfrentasse um gato-selvagem, e eu faço uma careta, o constrangimento deixando minhas bochechas vermelhas. Levanto-me e saio para o corredor, a fim de lhe dar mais espaço, mas, no mesmo momento, o *Gatinho* Gostosão dá um passo definitivo para a fileira de assentos.

E minha testa bate em seu queixo ridiculamente bem esculpido.

— *Afff* — ele geme, jogando a cabeça para trás.

Meus joelhos cedem e caio no assento do corredor, a cabeça apoiada nas mãos.

Cortar vidro? Aquele queixo poderia perfurar meu crânio, puta merda, como dói.

Parece que o avião ficou em silêncio, tudo congelado enquanto seguro minha cabeça latejante e o *Gatinho* Gostosão fica parado sobre mim com o que só posso imaginar ser um olhar de absoluto horror.

Enfim, ele passa por mim, flexionando os longos membros no assento da janela e colocando sua mochila preta no chão, a seus pés. Ele se afasta um pouco de mim, ambos ainda ofegantes pela ação caótica.

— Doeu de verdade — diz o *Gatinho* Gostosão por fim, franzindo a testa enquanto olha pela janela, esfregando o queixo.

Olho para ele incrédula. Ele diz isso como se a culpa fosse minha.

— Ah, é? Porque a minha cabeça está *ótima* — digo com raiva. — Obrigada por perguntar.

Ele se vira para mim, piscando como se tivesse esquecido que estou aqui. Sinto uma pequena onda de satisfação quando seu rosto fica vermelho e a vergonha toma conta de seu olhar.

— Parece que vai se formar um galo na sua testa — diz ele, as sobrancelhas franzidas, inclinando-se para olhar minha testa. — Você deveria colocar gelo nisso — acrescenta com naturalidade, sentando-se direito de novo. Dá um pequeno e definitivo aceno com a cabeça, como se tivesse resolvido todos os meus problemas, e se volta para a janela.

Meu queixo cai no chão do avião neste momento, e continuo olhando para ele.

Mas que absurdo é esse? Ele acerta minha cabeça com o queixo afiado e lindo, depois me diz para *colocar gelo*? Nem perguntou se estou bem. *Gatinho* Gostosão? Desculpe, você está mais para... *Canalha* Gostosão. Ou... *desprezível*! Ou qualquer outra palavra que signifique um puta de um *idiota*.

Resmungo, cruzando os braços sobre o peito e olhando para o couro rasgado do assento à frente.

Chame de clarividência, ou de intuição, mas tenho a sensação de que será um voo longo, *muito* longo. *Afff*...

CAPÍTULO 4

Contato Visual e Outras Coisas Difíceis

Oliver

Continuo sentindo os olhos de minha peculiar companheira de assento em mim. Sempre consigo sentir quando as pessoas olham para mim e, na maioria das vezes, é muito desconfortável. Há algumas poucas pessoas com quem nunca tive problemas em fazer contato visual, como minhas mães ou minha irmã, e algumas poucas pessoas com quem me senti confortável com o passar do tempo. Mas, no geral, olhar nos olhos de um estranho faz minha pele se arrepiar, e minha alma parece estar sendo arrancada do corpo, tal é a intensidade.

Os professores costumavam tentar me fazer sustentar o olhar, dizendo que era uma boa prática desenvolver habilidades sociais, e eu sempre acabava chorando, fechando os olhos com força e apertando o peito como se meu coração fosse pular para fora.

Mommy (minha mãe norte-americana) e Mamãe (minha mãe portuguesa) puseram um fim nisso assim que descobriram.

— Eles não têm o direito de fazer você se sentir desconfortável para se adequar às ideias deles sobre o que é adequado — disse mamãe, segurando meu rosto entre as mãos. — Não precisa olhar para nada que não queira, amorzinho — acrescentou ela, me beijando no rosto. Apesar de ter se mudado de Lisboa para Londres anos atrás, seu afeto português sempre flui com facilidade de sua boca.

Então, seguindo o conselho dela, evito contato visual na maior parte do tempo. E interagir com as pessoas parece um pouco mais confortável por causa disso.

Continuo a me concentrar na vista do lado de fora da janela enquanto todos no avião se movem. Na verdade, estou muito triste por deixar Cleveland. Por mais que eu duvidasse das ofertas de Ohio antes de minha viagem, as duas semanas que passei como estagiário com os curadores e *designers* de exposições do Museu de Arte de Cleveland foram incríveis.

O zumbido de fundo do avião aumenta à medida que começamos a taxiar pela pista, e cerro os dentes. Esta é a pior parte de viajar. Não sei como os neurotípicos ignoram com tanta facilidade o zumbido ensurdecedor da eletricidade em espaços como aviões, cozinhas ou... praticamente qualquer lugar, quando sinto que a dissonância é capaz de cortar minhas terminações nervosas. Minha perna começa a balançar, os dedos ficam tamborilando na lateral, essa energia perturbadora toda concentrada em meus movimentos.

Pego minha mochila, tiro os fones de ouvido e os coloco, meu cérebro respirando aliviado enquanto o barulho é abafado. Ainda consigo ouvir um pouco do zumbido estático, mas está melhor, e fixo os olhos lá fora, me afogando de modo pacífico em todas as cores do espectro.

Tento adivinhar o nome delas, minha maneira favorita de acalmar o cérebro agitado. Os grandes postes na pista são Pantone 15-1360, Shocking Orange; os coletes das pessoas que se deslocam pela pista em veículos pequenos são 13-0630, Safety Yellow.

Também há cores mais calmas — azuis opacos e marrons suaves —, tudo criando uma harmonia relaxante em meus membros.

O avião vira e ganha velocidade. Vejo as faixas de alcatrão negro formarem um lindo fluxo contra o asfalto cinza enquanto deslizamos pela pista.

Decolamos, e me aproximo mais da janela, observando o mundo mudar de grande e imponente para uma suave paleta de cores.

As ruas se transformam numa teia em miniatura à medida que subimos, as veias da cidade se entrelaçando até darem lugar a blocos de campos verdejantes e castanho-dourados. É um daqueles dias perfeitos para voar, em que dá para ver a paisagem espalhada abaixo de mim como uma colcha colorida que não desaparece até ficarmos entre as nuvens.

Tudo fica branco à medida que nos aproximamos da camada de nuvens. Sempre prendo a respiração nessa parte. É fascinante e assustador estar cercado pela culminância de cada tom; a intensidade de tudo o que torna o mundo colorido combinando com o brilho e a nitidez que é o branco.

E então, justamente quando penso que vou me perder nas nuvens — perdido naquele oceano infinito onde todas as cores do espectro existem ao mesmo tempo —, encontro um azul brilhante. Hoje, o céu combina com Pantone 2190. Um azul suave. Delicado. Profundo. Decido que gosto.

Pego meu celular, tiro uma foto do vasto mar de céu com suaves manchas brancas amortecendo o mundo abaixo de nós. Vou postar quando pousar.

— Nossa, seu celular tem uma ótima câmera.

Dou um salto como se minha alma tivesse saído do corpo, a proximidade da voz e a respiração passando pela parte de trás do meu pescoço, tirando-me dos meus pensamentos e me atirando de volta ao assento. O celular escapa da minha mão e tento agarrá-lo, batendo nele enquanto faz uma curva no ar. A extremidade dele cai bem na ponta do meu nariz, e solto um gemido, cobrindo o rosto com as mãos e esperando que não haja sangue.

— Ai, cacete, foi mal — diz minha companheira de assento, o pânico evidente em sua voz alta. Ela se aproxima para me olhar, invadindo ainda mais meu espaço. — Você está bem?

Suas palavras são abafadas pelos meus fones de ouvido, mas o tom de sua voz de alguma forma consegue passar. Tiro os fones.

— Estou bem — murmuro, tentando conter as lágrimas agudas que insistem em escapar por causa do nariz dolorido.

— Tem certeza? Parece que quebrou o nariz quando seu telefone bateu nele.

Fico tentado a dizer que estou muito preocupado em não sair deste voo sem ser permanentemente mutilado por ela, mas tenho a sensação de que essa não é a maneira mais educada de expressar isso, portanto apenas solto um resmungo como resposta.

Há outra pausa, e sinto que ela me encara mais uma vez.

— Tem *certeza* de que está bem? — ela sussurra. — Porque posso conseguir um pouco de gelo.

— Por favor, pare de perguntar — falo, olhando para ela.

A garota se encolhe como se eu tivesse batido nela. Pisca para mim e, por incrível que pareça, meu olhar fica preso em seus olhos. Eu não chamaria isso de contato visual. Não. É mais uma... análise. Suas íris têm um tom fascinante de cinza, uma coloração forte como nuvens de tempestade iluminadas por um raio. Pantone 536, acho.

— Qual é o seu nome? — ela pergunta.

Meus olhos por fim se desprendem da intensidade dos dela e pousam com segurança em sua bochecha.

— Oliver — digo. Há uma pausa.

— Oliver — ela repete, como se experimentasse como é a sensação em seus lábios. — Bem, Oliver, meu nome é Tilly. E acho que *talvez* não tenhamos tido o melhor começo para esta viagem.

Não digo nada em resposta porque, sim, isso é bastante óbvio. Percebo manchas rosadas nas bochechas dela enquanto o silêncio se estende. É provável que devesse preenchê-lo com algum bate-papo. Literalmente, prefiro jogar um bule de chá fervente na cabeça a gastar a energia que um bate-papo exige.

— De qualquer maneira — diz ela, as mãos se agitando e pairando no ar —, acho que nós dois precisamos... hã... *manter a calma por aqui, certo*? — ela acrescenta em uma tentativa horrível do que, acredito, deveria ser um sotaque britânico.

— Desculpe, o quê?

As mãos de Tilly agarram a garganta como se ela tentasse impedir o fluxo de palavras que sai, mas o sotaque continua:

— *Certo. Até mais. Estou só brincando* — ela continua, chegando a algo que é próximo de... *cockney*? Que diabos ela está falando?

— Que diabos está falando? — deixo escapar. Não entendo aquela conversa. Nada. — Não acho que nenhuma dessas frases significa o que acha que significam.

Tilly abaixa o rosto.

— *Ah, que droga* — ela diz, encostando a cabeça no assento e cruzando os braços sobre o peito.

— Essa estava certa — respondo depois de um momento.

Tilly pisca e depois se vira para mim, um sorriso aparecendo no rosto. Não consigo me conter. É nesse momento que percebo que essa estranha desconhecida é na verdade bastante... atraente.

Ela é um estudo em cores suaves. Lábios rosa-escuro. Subtons de verde-oliva na pele. Fortes traços de sobrancelhas escuras. Nariz arrebitado com ponta rosada. Tudo isso complementado por cabelos pretos presos em dois coques bagunçados no topo da cabeça.

Mas o que acho mais fascinante é um conjunto de três marcas de nascença no alto da bochecha esquerda. Dá para ver que cada uma tem um pigmento ligeiramente diferente, e quero me inclinar e identificá-los.

Mas também sei que, para uma estranha, isso seria esquisito e bastante inapropriado de minha parte, por isso controlo a vontade e coloco os fones de ouvido, voltando-me para a janela.

Olho para o céu, desfrutando do silêncio. Absorvendo o azul. Procurando suas nuances.

Menos de um minuto depois, sinto um tapinha no ombro. Viro-me, Tilly olhando para mim com aqueles olhos arregalados de coruja. Tiro os fones de ouvido.

— Tudo bem? — pergunto.

— Seus fones de ouvido parecem legais — diz ela.

Isso é... verdade?

— Eles são, obrigado — digo. — Isolam o ruído — acrescento antes de colocá-los de novo e me virar para a janela.

Mal voltei à calmaria e recebo outro tapinha no ombro.

— Sim? — digo, tirando o fone de apenas uma orelha desta vez.

— Humm, se precisar usar o banheiro ou qualquer coisa assim, é só me avisar — diz Tilly, acenando para o corredor. — E eu... hã... me levanto.

— Certo. — O que mais ela faria? Me bloquearia?

Coloco os fones (de novo), me viro para a janela (de novo).

E, dois segundos depois. Um tapinha no meu ombro. De novo.

Vai ser um longo voo.

CAPÍTULO 5

Voo Vindo do Inferno e Satanás é Meu Companheiro de Assento

Tilly

Eis uma curiosidade: voos de dez horas e TDAH não combinam.

É a quinta hora dessa tortura e me sinto muito perto de perder totalmente a calma (inexistente). Esqueci como os aviões são *barulhentos*, mas daquele jeito estranho e silencioso. Há um constante zumbido e uma vibração ruidosa e complexa que deixa meus dentes tensos e faz todo o meu corpo se agitar e sacolejar. É o tipo de ruído que você não percebe, mas que penetra na sua pele.

Depois de duas horas tentando iniciar uma conversa com Oliver para ajudar a abafar o ruído de fundo, acabei desistindo. A coisa toda parecia o equivalente verbal a arrancar meus próprios dentes.

Dane-se, Gatinho Gostosão! Preciso que converse comigo para que meu cérebro não entre em colapso por falta de estímulo! Além disso, você é bem bonito e seria uma tragédia moderna se nós dois saíssemos deste avião sem criar uma conexão amorosa que inspire um filme original da Netflix.

Mas, infelizmente, não fui capaz de fazê-lo tirar os fones de ouvido por tempo suficiente para enfeitiçá-lo. Literal e figurativamente, é claro. Consegui tirar uma soneca por cerca de uma hora depois disso, mas agora estou nervosa e me contorcendo, parece que meu cérebro está dando cambalhotas dentro do crânio de tão entediado.

Para minha alegria, estão servindo as refeições, e estou morrendo de fome. A comissária de bordo avança pelo corredor, parando em nossa fileira.

— Torta de carne ou *cheeseburguer*, querida? — ela pergunta, dando-me um sorriso caloroso.

— Hambúrguer, por favor — respondo. — E uma Sprite. *Ketchup* extra também, se não houver problema.

A atendente acena com a cabeça, me entregando uma bandeja de plástico preta, minha bebida e dois pacotinhos de *ketchup*.

Ah, querida.

— Posso pegar mais alguns pacotes de *ketchup*? — pergunto, interrompendo-a quando está prestes a perguntar a Oliver sua escolha de refeição.

Ela pisca, olhando para os dois que me entregou.

— Sim, claro — fala, agarrando mais um pacotinho do carrinho e me entregando.

Um? *Um* pacotinho extra? Está em falta?

— Desculpe — digo, minha voz subindo duas oitavas e saindo como um grito. Pedir qualquer coisa relacionada a uma refeição me dá vontade de ter urticária, mas também pareço ser incapaz de ficar sem o que estou pedindo. — Posso pegar mais alguns?

A atendente franze a testa agora.

— Sim... — ela diz, prolongando a palavra. E me entrega mais UM. Desculpe ser um monstro que basicamente só quer sentir o gosto de *ketchup* no hambúrguer e nas batatas fritas, mas, poxa, precisa ser tão mesquinha? Alguns significam pelo menos três, certo?

Abro a boca mais uma vez, mas ela me interrompe:

— Sério? — ela pergunta, os olhos arregalados. — *Mais?*

— Desculpe — digo, o suor escorrendo pelo pescoço. — Só... Não sei. Pode me dar um punhado grande? Ou, tipo... um pratinho cheio? Sei que é uma quantidade absurda de *ketchup*, mas... existem regras explícitas de racionamento? Preciso pagar para ter mais? Sinto muito ser tão chata. É só que...

Ela pega dois punhados de pacotes de *ketchup* e os coloca na minha bandeja dobrável.

— É suficiente para você? — pergunta, o sotaque parecendo se acentuar ao me olhar brava.

Mas... mereço esse olhar? É verdade que estou pedindo um monte de *ketchup*, mas também... quem se importa? Tudo isso se transforma em um constrangimento que pressiona meu rosto e meu peito.

Concordo com um aceno de cabeça.

— Muito obrigada — sussurro.

— E você? — pergunta a atendente, olhando para Oliver, que observa a cena com a cabeça inclinada.

Oliver pisca.

— Quero o hambúrguer também — diz ele.

— Precisa de *ketchup* extra também? — ela pergunta com um sarcasmo velado.

Oliver parece estar pensando seriamente na pergunta dela.

— Você se importaria se eu pegasse um ou dois desses? — Oliver pergunta para mim.

Paro por um momento, pronta para me sentir ofendida com essa discussão ridiculamente exagerada sobre *ketchup*, mas percebo que ele não está zombando de mim. A pergunta é sincera.

Concordo com a cabeça, entregando-lhe um punhado de pacotes vermelhos brilhantes e me afundando ainda mais no assento.

Quando a Guardiã do *Ketchup* por fim passa pela nossa fileira, eu me endireito, pronta para comer. Abro vários pacotes, espremendo o conteúdo em meu hambúrguer e batatas fritas.

Dou uma grande mordida, feliz por ter algo para fazer.

Comer às vezes parece um *hobby*. Sim, preciso de comida para me alimentar, mas, mais do que isso, é divertido. Comer prende minha atenção, acalma meus pensamentos sempre em um turbilhão. Eu tentava levar uns lanches durante as aulas para manter o foco, mas os professores sempre ficavam loucos com isso. Parecia que eu estava fazendo *striptease* em cima da mesa, tal a indignação que demonstravam com os meus palitos de cenoura.

O hambúrguer está bem nojento, com uma viscosidade sutil que corre o risco real de me fazer vomitar, então adiciono mais um pacote de *ketchup* para tentar engoli-lo.

Na minha mordida seguinte, um som gorgolejante e abafado precede a sensação de algo caindo em meu peito. Fecho os olhos com força, rezando para que o que eu acho que acabou de acontecer não tenha acontecido.

Forço-me a abrir um olho e, com certeza, há uma gota de *ketchup* do tamanho de um punho escorrendo pelo meu peito, deixando uma horrível mancha vermelha na minha camiseta branca.

CAPÍTULO 5

Solto um grito de horror no estilo Moira Rose, quase derrubando a bandeja no processo. Sinto Oliver pular a meu lado com o barulho e me viro para o corredor como se pudesse esconder o massacre da minha camiseta.

— Que merda — digo, pegando o guardanapo mais fino do mundo do saquinho e mergulhando-o na Sprite.

É o que os adultos fazem, certo? Mergulhar a ponta do guardanapo em uma bebida transparente para começar a esfregar uma mancha? O problema é que a grande quantidade de *ketchup* que caiu no meu peito transforma tudo em uma mancha vermelha que adere ainda mais ao tecido.

— Filho da puta — digo, com o guardanapo se dissolvendo em minha mão. Desesperada, olho para Oliver. Ele está olhando para mim com horror nos olhos, algo a que já estou me acostumando, apesar de conhecê-lo há algumas poucas horas.

— Posso usar seu guardanapo? — pergunto, já pegando e abrindo o saquinho plástico com os dentes. Passo a mergulhar o centímetro quadrado de tecido que estão tentando me convencer de que é um utensílio de limpeza na Sprite, mas um solavanco de turbulência faz meu braço balançar em descontrole para a frente e derramar meu copo (e meu hambúrguer, e mil pacotes de *ketchup*, e também de alguma maneira invadir o espaço de Oliver e derrubar todas as coisas dele) sobre nós dois.

— Oh, meu Deus! — Oliver se levanta, batendo os joelhos na bandeja e a cabeça no teto.

Uma marca escura e úmida de bebida se espalha por sua camisa e virilha, e olho para ela como se assistisse a um acidente de trem.

— Com licença — ele diz em um tom áspero, passando por cima de mim para sair da fileira. Quando consegue, estende a mão por cima de mim, acidentalmente me dando um soco no seio e sujando o braço com *ketchup*, ao puxar sua mochila. Dá uma corrida até o banheiro algumas fileiras atrás, a porta chacoalhando com a força com que a fecha.

Fico congelada por um instante, o genuíno caos do último minuto percorrendo meu crânio como um enxame de mosquitos agressivos. Então solto um gemido, enterrando o rosto nas mãos enquanto a mancha de *ketchup* se espalha como sangue pela minha camiseta, que, neste momento, está inteiramente transparente e grudada no meu corpo.

Penso em tentar pegar uma muda de roupa da bolsa, mas teria que, mais uma vez, desempacotar a ridícula quantidade de calcinhas em um lugar bem público.

Se isso fosse um desenho animado, o balão de pensamento que pairaria sobre minha cabeça estaria preenchido com pontuação em negrito e um uso agressivo da letra *M*.

Poucos minutos depois, as pernas de Oliver aparecem em minha visão periférica. Dou uma rápida olhada em sua virilha — por mero altruísmo, para ver se a mancha úmida estava secando — e percebo que ele havia se trocado... por outras peças todas pretas, quase idênticas? Talvez ele fosse mesmo um belo e encantador Satanás.

Respiro fundo. Este momento é importante. Podemos permitir que a loucura seja um terreno comum e rir disso, ou podemos nos sentar em um silêncio atordoado, pensando em como tudo deu errado.

Olho para seu rosto; ele tem uma expressão resignada e um olhar cansado. Suspiro, depois me levanto, e ele passa por mim e se senta no assento.

Silêncio, então.

Os dois ficam olhando para a frente por um tempo, depois percebo que Oliver olha para seu relógio.

— Faltam quatro horas e vinte e sete minutos — sussurro.

Oliver assente.

— Este pode ser o voo mais longo da minha vida.

— *Mantenha a calma e continue em frente, certo, parceiro?* — digo em outra tentativa pobre de imitar o sotaque britânico.

Os olhos dele se fecham devagar, como se buscasse força. Em seguida, pega os fones de ouvido, coloca-os e se afasta completamente de mim.

CAPÍTULO 6

Minha Versão de "É o Vômito"

Oliver

O fim está próximo.

Não no sentido apocalíptico, apesar das muitas vezes que desejei isso neste voo. É que só faltam noventa minutos para o pouso. O pior deve ter ficado para trás.

— Acho que estamos chegando — diz Tilly, esticando os braços para a frente e girando os pulsos de um lado e do outro. — Mal posso esperar para sair deste lugar — acrescenta ela, contorcendo-se um pouco mais para enfatizar as palavras. — Você é de Londres?

— Surrey — respondo, mexendo nos fones de ouvido. — Presumo que seja de Cleveland?

Tilly assente.

— É chamada de Londres do Centro-Oeste. Nosso gigante Free Stamp vermelho rivaliza com o Big Ben em marcos de significado cultural — ela diz, referindo-se à enorme estátua de um carimbo de borracha, com doze metros, com a palavra FREE impressa na parte inferior, que fica em um parque qualquer em Cleveland.

A *designer* com quem trabalhei no meu estágio me mostrou em um passeio pela cidade. Quando perguntei educadamente o que simbolizava aquela monstruosidade vermelha, ela não soube me responder.

— Certo — falei, assentindo. — Na verdade, eu tinha um quadro do carimbo pendurado na parede do quarto. Essa foi a única razão pela qual visitei Cleveland.

Os olhos de Tilly brilharam quando percebeu minha tentativa de sarcasmo. O que foi bastante assustador. Não costumo brincar ou conversar com estranhos dessa maneira, prefiro a segurança e o conforto das pessoas que conheço bem e posso confiar que vão me entender.

— Espero que pelo menos tenha visto nosso rio pegar fogo enquanto esteve lá. Algo de enorme significado cultural em Cleveland também.

Pisco para ela.

— O quê?

Tilly ri, abanando a mão.

— Desculpe, isso foi muito específico. Nosso rio pegou fogo na década de 1960 ou algo assim, e isso contribuiu para o nosso *status* de "Erro no Lago". Provavelmente é melhor não espalhar essa informação.

— Provavelmente não — concordo. — É a primeira vez que você vai para o Reino Unido?

Ela funga com arrogância e finge tirar o cabelo do ombro.

— Sou bastante culta e bem viajada, quero que saiba. — Após as palavras, Tilly pisca com exagero.

— Certo. O uso moderado de *ketchup* é um bom exemplo de sua disposição europeia — falo, pressionando os lábios para esconder um sorriso enquanto olho para a mancha vermelha na camiseta dela. Tilly segura a cabeça com as mãos e solta um gemido, depois ri. Abro um sorriso também. E é quando percebo como isso é... *estranho*. Estou realmente me divertindo? Conversando com alguém? Talvez eu esteja doente. Mas decido continuar: — O que a traz a Lon...?

Minhas palavras são interrompidas por um ruído gutural e gorgolejante a poucos metros de nós, seguido por "Ahn-ahn... Acho que..." cheio de pânico.

Nossas cabeças giram ao mesmo tempo na direção do barulho, como animais selvagens ouvindo a aproximação de um predador furtivo.

Um garoto de rosto esverdeado, de uns 9 ou 10 anos, se dobra no corredor algumas fileiras à frente. Não consigo ver o rosto dele, mas não há como confundir o som alto de alguém vomitando.

Tilly engasga, sua mão agarra meu braço. Nossos olhos se encontram, ambos com muito medo de olhar para qualquer outra coisa.

O cheiro me atinge em seguida, e é como se todas as terminações nervosas do meu corpo começassem a chorar.

— Ah, não — diz Tilly, os olhos arregalados e uma camada de suor escorrendo pela testa.

Demoro um momento, mas percebo o que aquele *Ah, não* significa.

— Tilly — digo, minha voz sendo um forte apelo. — Não, por favor, não.

Tilly começa a balançar a cabeça com rapidez.

— Não dá para evitar. Sou um caso perdido.

— Resista! Resista!

— Não consigo!

Meu Deus. Lá vem.

Com os olhos presos em mim, Tilly começa a ter ânsias de vômito.

— De jeito *nenhum* — falo, pulando do meu assento. Com vários movimentos bruscos, coloco minhas mãos sob seus braços, levanto-a como uma boneca de pano e a giro para o corredor, conduzindo-a até o banheiro atrás de nós.

Até com certa cortesia e elegância, empurro o homem que está saindo do banheiro, abro bem a porta e empurro Tilly de forma mais ou menos sutil para dentro, antes de fechar a porta. Fico encostado nela, a respiração ofegante.

Talvez devesse me sentir culpado pela maneira brusca como a tratei, mas, enquanto ouço os ecos do seu vômito pela porta, apenas agradeço por ter chegado a tempo.

Recomponho-me tamborilando os dedos na minha perna por um momento, em seguida volto para o meu lugar, apertando com agressividade o botão que chama a atendente.

Depois do que pareceu uma eternidade, a comissária de antes surge com uma expressão azeda no rosto.

— É melhor que isso não tenha nada a ver com condimentos — ela fala, antes de notar o assento vazio de Tilly.

Balanço a cabeça, apontando para o local do vômito.

— Alguém teve um acidente — informo, tentando não respirar. Os olhos da atendente se voltam para o assento de Tilly mais uma vez. — Não foi ela — digo, apontando o espaço ao lado. — Alguma criança.

A atendente solta um suspiro alto pelo nariz, fechando os olhos.

— Já volto — diz.

Alguns momentos depois, observo que ela e outro comissário param em volta do vômito. Colocaram máscaras e luvas de borracha, e sussurram com ferocidade entre si, apontando para o local.

Parece que um deles perde a discussão silenciosa e se curva, usando uma única toalha de papel para limpar aquela bagunça. Aparentemente satisfeito com umas poucas esfregadas, o outro abre um pacote prateado e espalha borra de café sobre a mancha restante. Então pegam um dos cobertores finos do avião e o colocam sobre toda a bagunça como se fosse um cadáver.

Recolhendo o que restou, eles se viram e se dirigem para a parte de trás do avião.

— É tudo o que vão fazer? — pergunto, me levantando e batendo a cabeça no teto. De novo. — Um cobertor? Onde está o... Não sei? Limpador de carpete de avião?

— Não temos tudo de que precisamos para limpá-lo adequadamente agora — diz a atendente, com um olhar sem graça. — Seja como for, vamos pousar em breve. Tudo vai dar certo.

Certo? *Certo?* Absolutamente nenhuma parte deste círculo infernal disfarçado de voo internacional estava *certo.*

Luto para encontrar palavras para continuar discutindo, mas elas desaparecem antes que qualquer pensamento possa se formar. Recostando-me no assento, bato lentamente o crânio no encosto de cabeça.

Depois de mais alguns minutos, Tilly se arrasta pelo corredor e se senta a meu lado.

— Você está bem? — pergunto, os olhos colados na janela e os dedos tamborilando na lateral do corpo.

Ela limpa a garganta.

— Sem querer ser dramática — diz, a voz mais baixa do que o normal —, imagino que haja cadáveres exumados em melhor forma do que eu.

Olho para Tilly e não posso dizer que esteja errada. Os coques alienígenas estão tortos, os cabelos pretos espetados saindo em todas as direções.

Seus olhos estão avermelhados, e a pele lembra um verde-acinzentado. Penso que concordar com ela poderia ofendê-la.

Escolhendo a opção mais segura e confortável, fico quieto durante o restante do voo.

CAPÍTULO 7

Affff...

Tilly

Finalmente pousamos e meu corpo/espírito parece ter participado de uma maratona. Não era assim que eu esperava começar minha grande aventura europeia.

Quando o avião para e o sinal de desatar o cinto de segurança é desligado, eu pulo do assento, balançando pernas e braços. Oliver é mais lento para desdobrar os longos membros do assento, e o observo se levantar e esticar o pescoço de um lado para o outro.

Cacete. Ele é bonito mesmo — alto e desengonçado, com uma energia suave, mas vibrante, que me faz acreditar que inúmeros pensamentos giram sob aquela fachada de tranquilidade. Ou, o que é mais provável, estou apenas romantizando o inferno que o cerca, como meu coração mole demais costuma fazer.

Mas estou desapontada com o fato de este voo tortuoso não ter terminado em romance. Não sei por que, mas meu cérebro está sempre ligado a pessoas aleatórias, querendo tanto encontrar uma conexão com alguém, mesmo quando não há uma razão lógica para isso.

Sempre tive problemas para me relacionar com meus colegas, dizendo ou fazendo coisas inadequadas, não importa quanto eu tentasse ser como eles — observando a maneira como interagiam entre si e tentando imitá-los, sem muito sucesso. É cansativo tentar fazer amigos fingindo ser alguém que você não é.

À medida que as pessoas da parte da frente do avião começam a sair devagar, espremo-me no corredor, desço minha mala no espaço limitado e depois volto para a fila.

Olho para Oliver mais uma vez, e ele deve sentir meu olhar, porque olha para mim.

E sorri, hesitante.

Affff, aquele movimento rápido dos lábios dele faz meu coração bobinho bater ainda mais forte no peito.

Algo em mim muda. Determinação, talvez? Uma necessidade desesperadora de transformar esse voo desastroso em algo monumental? As últimas dez horas foram tão ruins que literalmente não podem piorar, certo?

Devo fazer isso?

Acho que devo.

Vou fazer.

Qual é o sentido deste verão se não decidir, eu mesma, o que fazer com minha vida? Não sou mais aquela pessoa que se encaixa em formas e moldes que não cabem. Sou a ousada e atrevida Tilly Twomley, e vou tentar a sorte com estranhos gostosões de avião, que Deus me ajude.

— Vocêpodemedarseunúmero — falo (grito, vomito... *affff*).

Se as palavras pudessem correr, as minhas teriam acabado de ganhar uma medalha olímpica. Quase machuco minhas costas com a força do meu estremecimento.

— Perdão? — Oliver responde, as sobrancelhas arqueadas.

Respiro fundo, fechando as mãos com força na lateral do corpo. *Calma*, digo a mim mesma. *Você consegue fazer isso.*

— Estava... Queria saber se poderia me dar seu número. Número de telefone. Ou tipo... Número de WhatsApp ou algo assim...

Silêncio mortal.

— Já que estamos, tipo... na Europa. Ou algo assim.

Mais silêncio.

Puta *merda*, isso aqui é muito silêncio para o meu gosto.

Este silêncio é, possivelmente, muito pior do que a complexidade dos ruídos do avião.

Oliver arregala os olhos e abre a boca, mas de uma maneira dolorosa e lenta, que me obriga a observá-lo processar o que eu disse. Ele olha para mim como... bem, como se não acreditasse que falei essas palavras em voz alta.

E, como o silêncio continua a me destruir, faço a única coisa que posso.

Viro-me, acidentalmente golpeando Oliver com minha mochila estufada, e fujo.

Mortificada. Entontecida. Corra.

Apresso-me pelo corredor, saltando sobre a poça de vômito como uma atleta, afastando as pessoas do caminho, correndo na ponta dos pés com minha mala ridícula, sem nem me importar com o caos brutal que deixo em meu encalço.

Que se dane a ousadia. Dane-se o atrevimento. Essa porcaria não é para mim, e eu, absolutamente, *nunca* mais vou correr riscos.

Mesmo quando saio do avião, continuo correndo pelo aeroporto, com minha mala e mochila balançando atrás de mim. Não posso desacelerar. Se diminuir o ritmo, as pessoas poderão ver minhas lágrimas de vergonha. Se eu parar para recuperar o fôlego, Oliver pode, sem querer, me alcançar, ainda com aquele olhar horrorizado em seu belo rosto. Se não sair daqui o mais rápido possível, posso vê-lo na alfândega ou enquanto espero por Mona.

E a última coisa que quero é ver Oliver de novo.

CAPÍTULO 8

Me dê Cafeína ou Eu Me Mato

Tilly

Consegui passar pela alfândega e encontrar Mona sem mais desastres (incrível, eu sei). Senti tanto o *jet lag* do voo que mal percebi o fato de que estava em Londres, na maldita Inglaterra, quando me encontrei com ela, e desmaiei em seu sofá de imediato.

— Bom dia, luz do sol — Mona me cumprimenta enquanto acordo ao som do moedor de café expresso funcionando com força total.

— Bom dia, Mo-Mo — digo bocejando, e me apoio nos cotovelos.

Olho em volta, registrando enfim como seu apartamento é elegante e moderno (leia-se: angular e esparso). Tudo é de uma nuance diferente de branco ou cinza, com móveis minimalistas, e as paredes possuem alguns espelhos pendurados e obras de arte em metal. Mona é a única coisa colorida no ambiente árido, desfilando pelo apartamento com uma blusa vermelho-escura e calças combinando.

Levanto-me do sofá, andando rápido pelo chão de madeira engenhosamente envelhecido até a grande janela. Paro e abro as cortinas com um floreio para dar as boas-vindas ao lindo e vibrante... céu cinzento e deprimente?

Minha testa se franze, mas depois balanço a cabeça. Este é o cinza de *Londres* e, portanto, é superior a todos os outros tons de cinza.

Pressionando meu rosto contra o vidro, observo tudo. Uma fileira de prédios de pedra bege ladeiam a rua. Uma mulher mais velha passeia com um cão branco fofo enquanto conversa no celular e... oh... puta merda... fique quieto, coração, aquilo é literalmente uma maldita cabine telefônica vermelha na esquina? Estou prestes a desmaiar.

— Mamãe ficou chateada por você não ter ligado para ela quando pousou — diz Mona atrás de mim, interrompendo meu momento muito especial com a cabine telefônica vermelha.

Reviro os olhos. Claro que ela está brava comigo. Ela está sempre encontrando algum motivo para ter um ataque por causa de alguma coisa que eu faço.

— Vou ligar para ela daqui a pouco — digo, virando-me para Mona. Ela tem nas mãos uma pequena xícara de café expresso ligeiramente afastada do corpo. Sorrio e estendo a mão para pegá-lo.

— Certo — ela responde, franzindo as sobrancelhas grossas tratadas com perfeição. Maldita seja por descobrir o formato perfeito de sobrancelha e realmente mantê-lo. — Estou com medo de ver você com cafeína — acrescenta ela, tomando um gole de seu café expresso. — Você pode tomar chá de ervas.

Faço uma careta.

— Você deveria ter mais medo de mim sem cafeína — digo com minha voz mais ameaçadora. Mona não parece impressionada ao tomar outro delicado gole. — Por favor? — imploro, mudando de tática e deixando minha voz estridente e chorosa. — Isso ajuda meu TDAH.

Isso é realmente verdade. O dr. Alverez me disse que o intenso hábito de tomar café, que começou durante o primeiro ano do ensino médio, é provavelmente um modo de automedicação para ajudar com minha concentração. Seja o que for, o fato é que preciso de café ou vou, literalmente, sofrer da maneira mais dramática e mal-humorada possível.

Mona franze os lábios, olhando para mim de cima a baixo, e me contorço durante essa avaliação.

Minha irmã é definitivamente linda: baixa, cheia de curvas e com cabelos pretos e grossos que caem em camadas brilhantes e perfeitas ao redor do contorno de seu rosto. Mas sua beleza é amplificada por uma certa astúcia que ela exala, como se pudesse colocar até mesmo a pessoa mais forte de joelhos com três palavras bem escolhidas e um arqueamento oportuno de sobrancelha.

— Vamos chegar a um meio-termo com chá preto — ela fala, virando-se e voltando para a cozinha pequena e elegante.

— Você é a melhor — digo, correndo atrás dela e envolvendo-a num abraço de urso.

— Já chega. Sabe que não gosto de abraços. — Ela me afasta e faço uma careta para esconder como eu queria que ela gostasse de abraços.

Prepara meu chá e eu despejo tanto açúcar nele que tenho certeza de que meu dentista se encolheu lá do outro lado do oceano.

— Ligue para a mamãe — Mona me persegue, empurrando o celular em minha direção. — Não quero que ela me incomode a cada quatro minutos para perguntar como você está.

Reviro os olhos e suspiro.

— Desculpe por ser um fardo.

É a vez de Mona revirar os olhos.

— Não seja dramática. Mas esta é, antes de tudo, uma viagem de trabalho e não posso ficar atendendo as ligações dela o dia todo.

— Olha... Suas prioridades são suas prioridades, mas pretendo me *divertir* neste verão — digo, mandando uma mensagem rápida para minha mãe, dizendo que cheguei em segurança e sinto falta dela, blá-blá-blá.

Mamãe responde no instante seguinte com a lista de perguntas mais longa do mundo, nenhuma chegando perto de: *Está se divertindo?* Ou *Como foi o voo?* Em vez disso: *Você tomou os remédios agora de manhã?* E: *Perdeu alguma coisa?*, e a adorável: *Acho que Mona deveria ficar com seu dinheiro para que não o gaste de modo impulsivo, mas a decisão é sua. O que você acha?*

Acho que vou escolher ignorá-la.

Mona toma um último gole de seu expresso antes de lavar a xícara.

— Na verdade, queria falar sobre isso e o que Amina e eu esperamos de você como nossa estagiária.

Solto um gemido, sentindo meu estômago embrulhar.

— Tenho quase certeza de que é ilegal explorar o trabalho infantil — digo, soprando meu chá fumegante.

— Tenho quase certeza de que você tem 18 anos e está ganhando uma viagem grátis pela Europa — Mona rebate, inclinando a cabeça de um jeito que me lembra mamãe. — E prometi a eles que isso serviria para criar um currículo para você, o máximo que pudesse.

— Não quero criar um currículo.

Mona enxuga as imaculadas bancadas brancas com uma toalha de mão.

— Bom, bem-vinda à idade adulta. Vai precisar fazer coisas que não quer pelo resto da vida. Aproveite.

— Então essa conversa já é parte disso? — revido.

Uma emoção cruza o rosto de Mona — algo que parece próximo... a mágoa? —, mas ela se afasta antes que eu possa entender por completo.

Uma pontada de culpa revira meu estômago, mas coloco de lado esse sentimento. Não há como ferir os sentimentos de Mona. Ela desistiu deles quando se tornou uma mulher de negócios.

— Na maior parte do tempo, você não terá que fazer muita coisa — diz Mona, com a voz fria, mas resignada. — Na verdade, quanto mais ficar fora do caminho, melhor, pensando bem.

— Ótimo.

— *Mas* vou precisar usar suas mãos. Como modelo de esmalte para minhas páginas do Instagram, X e TikTok — fala Mona, virando-se e olhando para meus dedos, que tamborilam no balcão.

Um sorriso surge em meu rosto.

— Oh. Como quando éramos crianças.

— Sim — ela diz, lançando-me seu famoso sorriso. Mona pinta minhas unhas desde que eu usava fraldas.

Estico os dedos e olho para eles. Não vou mentir, essas mãos são lindas. Tenho dedos longos e unhas bem formadas. Sempre gostei das minhas mãos, e é por isso que fiz um enorme esforço mental para acabar com o hábito de roer unhas e cutículas no ensino médio. Outro comportamento autoestimulante. Agora dobro os dedos dos pés se for preciso dissipar uma onda de energia elétrica. Faz sentido que Mona queira usar minhas mãos. Elas são tão bonitas. São ideais. Posso ousar dizer que são perfeitas?

— Não poderia pagar uma modelo de mão profissional, então terá que ser você — diz Mona, estourando a minha bolha. — Será um bom marketing tê-la exibindo os esmaltes nos diferentes locais que visitarmos. Vou me reunir com vários compradores de lojas em cada local e será um toque legal mostrar o esmalte em território familiar. A ideia foi do meu novo estagiário de *design*.

— Estagiário de *design*? — pergunto, apesar do meu ego ferido.

Mona assente.

— Ele começou há uns dois meses em uma função virtual de meio período, enquanto nos ajudava a traçar estratégias. E vai nos acompanhar. Deve chegar a qualquer minuto — diz Mona, olhando para o relógio. — O mesmo acontece com minha parceira. Na verdade, estou surpresa que não esteja aqui.

— Está namorando alguém? — pergunto, farejando interesse romântico como um cão de caça. Mona é lésbica e estou desesperada para herdar uma cunhada com quem possa me relacionar.

— Parceira de *negócios* — Mona retruca. Agressiva demais para não ter nada aí, na minha opinião. — Já te falei sobre Amina um milhão de vezes.

Estou prestes a abrir a boca e insistir no assunto, quando uma voz rouca de mulher chama da porta.

— Olá, queridas — diz a mulher, entrando na cozinha.

E, cacete, ela é incrível. Maçãs do rosto salientes e acentuadas, pele cor de âmbar e olhos pretos como café. Seus *dreadlocks* caem sobre um dos ombros e um vestido rosa-claro abraça suas curvas. A probabilidade de Mona não ter uma queda pela "parceira de negócios" diminui a cada segundo.

— Você deve ser Tilly — diz Amina, lançando-me um amplo sorriso e caminhando em minha direção.

Ai, meu Deus, ela vai me abraçar? Ela pode se tornar minha pessoa favorita se me abraçar. Não sei dizer se ela realmente vai apertar minha mão no último minuto, mas não me importo, estico os braços e dou um abraço nela.

Ela me abraça também, balançando de um lado para o outro no que escolho acreditar ser um sinal de empolgação.

— É um prazer conhecê-la! — diz, se afastando e me segurando com o braço estendido enquanto olha para mim. — Estamos entusiasmadas por ter você no verão. Ouvi tantas coisas maravilhosas a seu respeito.

Não consigo evitar o olhar automático e cético que lanço para Mona.

Amina ri como se eu fosse uma comediante de *stand-up*, apertando meus ombros com gentileza antes de me soltar e ir para a cozinha.

— Nosso outro estagiário já está aqui? — pergunta Amina para Mona, batendo de leve no quadril dela para ter acesso à máquina de café expresso. É rubor o que vejo no rosto de Mona?

— Não, ele só vai chegar às nove e meia — ela responde, olhando de novo para o relógio, que marca esse horário bem naquele instante. Imediatamente, ouvimos uma batida na porta e ficamos todas surpresas.

— Cara pontual — diz Amina, sorrindo enquanto toma um gole de sua bebida.

— Um excelente sinal — acrescenta Mona, indo até a porta. Ela sai de vista, mas ouvimos sua voz. — Oi! Sou a Mona. Prazer em conhecê-lo pessoalmente.

Tomo um gole do meu chá enquanto os passos deles se aproximam. E, quando dou por mim, estou cuspindo minha bebida como um elefante excessivamente zeloso tomando banho, me molhando (e o tapete branco de Mona) com um líquido marrom e quente.

— Meu Deus, Tilly — diz Mona, colocando-se na frente do estagiário como se quisesse protegê-lo de uma bala.

CAPÍTULO 8

Começo a tossir de forma descontrolada enquanto encaro meu pior pesadelo, vestido (mais uma vez) com calças e camisa pretas impecáveis.

Os olhos escuros de Oliver saltam para cima e para baixo no meu pijama — sem sutiã e com um *shorts* muito curto — como uma bola de borracha. Ele fecha os olhos e os abre de novo, olhando para mim com horror por um instante, antes de olhar para os próprios sapatos.

— Ai, que merda — digo entre dentes. — Tinha que ser logo você?

CAPÍTULO 9

Isso Não Pode Ficar Pior

Oliver

Serei o primeiro a admitir que no geral, e de forma espetacular, não entendo os sinais sociais, mas o desespero total de Tilly quando entrei é um sentimento difícil de interpretar errado.

Também não estou exatamente emocionado em vê-la. Depois de criar a experiência de voo mais insegura de minha vida em termos de integridade física, ela quase berrou para mim uma cantada e, antes que eu pudesse processar o que dizia e como deveria responder, ela saiu correndo. Repassei essa cena bizarra diversas vezes na minha cabeça e tudo o que consigo imaginar é que ela fez isso como uma espécie de piada grosseira para zombar de mim. E claro, ela não seria a primeira.

Cerro o maxilar, olhando para os sapatos e me pergunto... que diabos ela está fazendo aqui? Por que está usando... *afff*... o que parece ser... uma calcinha? Ou supostamente é um pijama? Já são nove e meia, vista uma calça, pelo amor de Deus, garota!

— Por que está sendo tão rude? — Mona, minha chefe, pergunta a Tilly.

— Por que ele está aqui? — Tilly responde, apontando para mim como se eu fosse o anticristo. Meu Deus, essa garota sabe mesmo como dar boas-vindas espetaculares a alguém.

— Estou aqui — respondo, minha paciência se esgotando — porque tenho uma página do Instagram de muito sucesso sobre *design* moderno e aplicações de cores, e me pediram que basicamente começasse do zero para estabelecer uma marca para esta empresa de esmaltes. Então, acho que a melhor pergunta é: o que *você* está fazendo aqui?

Amina, que vi algumas vezes em reuniões pelo Zoom, respira fundo.

— Eu não diria começar do zero...

— A página comercial da Ruhe tem cento e trinta e quatro seguidores no Instagram e setenta e dois no X. Da última vez que olhei, acho que eram quatro no TikTok — respondo, franzindo a testa. — Não dá para falar em penetração de mercado bem-sucedida, não é? — É uma pergunta genuína. Tivemos algumas sessões virtuais de planejamento e *e-mails* preparatórios para o verão e quero ter certeza de que entendi os objetivos deles.

Pela maneira como as bocas de Amina e Mona estão abertas, percebo que devo ter sido muito direto.

Suspiro.

Ao que parece, sou sempre muito direto. Tento estar atento a isso, de verdade, mas por que dizer algo com cinquenta palavras "mais gentis" quando a questão pode ser expressa em uma dúzia de palavras concisas?

— Ele não é encantador? — Tilly diz, as sobrancelhas levantadas.

— Desculpe. Essa frase soou... hã... mal.

Mona pisca para mim por um momento antes de endireitar os ombros.

— Certo. Pausa. Faz apenas cinco minutos e toda essa situação parece um trem descarrilado caindo de um penhasco.

— Isso foi lindo, Mo — diz Tilly.

Mona olha para ela com raiva.

— Oliver — ela fala, virando-se para mim com um sorriso —, vamos começar de novo! É ótimo enfim conhecê-lo pessoalmente.

— Estamos muito felizes por ter você na equipe — diz Amina, aproximando-se e apertando minha mão.

— Esta é minha irmã, Tilly, e ela sente muito por ter sido tão mal-educada — fala Mona, olhando para Tilly com um olhar de advertência. Tilly cruza os braços. — Ela será nossa outra estagiária neste verão. Concordei com meus pais sobre ser uma boa oportunidade para ela ter alguma experiência de vida antes de começar a faculdade. Tilly também será modelo dos *lacquers* enquanto estiver conosco.

Houve uma mudança de energia, como se o corpo de Tilly fosse diminuindo com as palavras de Mona, os ombros se curvando e os braços escorregando até abraçarem sua cintura.

— Em qual universidade você vai estudar? — pergunto, tentando acenar uma bandeira branca de papo furado, apesar de odiar tanto isso.

Tilly franze a testa para mim como se eu tivesse cagado nos sapatos dela.

— Não vou.

Mona olha para Tilly, que devolve o olhar, algo tão afiado e mordaz, que não consigo entender o que estão dizendo com aqueles olhares.

— E em que faculdade você vai estudar, Oliver? — pergunta Mona, os olhos ainda colados na irmã.

— Universidade de Artes — respondo, com aquela enorme onda de expectativa subindo pela coluna e descendo pelos membros, fazendo meus dedos se moverem com a excitação. — Eles permitiram que eu criasse um programa acelerado de dupla graduação que combina fotografia e curadoria de mídia digital para empresas, tudo com ênfase na teoria das cores e aplicações psicológicas em marketing e publicidade. Sabe, serão necessários os conceitos mais fundamentalistas de arte e *design* aplicados ao marketing, mas com estudos sobre apelo geral *versus* implicações regionais e culturais da psicologia das cores. Porque até a Pantone, essa grande autoridade que criou uma linguagem universal sobre cores, escolhe a cor do ano, certo? E essa cor influencia tudo, desde *smartphones* até a moda em escala global. Mas podemos mesmo fazer isso? Encontrar uma única cor, talvez duas, que deva ser implementada no *design* global? Será que essa é realmente a *melhor* estratégia de *branding* para uma empresa? Ou deveriam olhar para uma escala mais micro para chegar aos seus objetivos? Sabe...

É nesse ponto que percebo estar divagando como um completo idiota, então fecho a boca. Percebo isso pelo sulco profundo nas sobrancelhas de Amina e Mona e pela maneira como os olhos saltam de um lado para o outro, como se perseguissem minhas palavras. Cubby, minha irmã gêmea, me ajudou a aprender essa deixa e me avisou que, quando a perceber, é provável que tenha deixado todo mundo perdido.

— E aí? — diz Tilly, a voz mais baixa do que antes. Olho para ela. Sua boca está ligeiramente aberta, os olhos arregalados e focados em mim. — Deveriam?

— O-o quê? — pergunto, pego de surpresa.

— Deveriam implementar uma perspectiva mais micro?

Pisco com rapidez e abro a boca, palavras excitadas borbulhando em minha garganta quando me sinto prestes a contar a ela minhas teorias sobre o efeito disso, mas me contenho. Parte de ter autismo significa, para alguns de nós, não conseguir interpretar o que as pessoas de fato querem dizer em contraposição ao que elas dizem.

Houve tantos momentos humilhantes em que confundi sarcasmo com interesse genuíno, despejando informações com entusiasmo sobre algo apenas para perceber que os ouvintes riam à minha custa. Foi especialmente ruim na escola primária, ao ser rotulado como aberração por falar sem parar a respeito de minha última obsessão, mas aprendi a esconder isso na maioria das situações, só me soltando com minhas mães, Cubby ou meu melhor amigo, Marcus. Não sei por que cometi um deslize tão terrível na frente dessas três mulheres, que são perfeitas estranhas.

— Deixa pra lá — digo, passando a mão pela minha nuca, que parece ferver. Arrisco outra rápida olhada para Tilly, e seu rosto fica carrancudo. Como se eu a tivesse decepcionado.

Não consigo entender o porquê.

— Seja como for — Mona diz depois de um momento, batendo palmas e se movendo para que todos formemos um pequeno círculo —, hoje é o início oficial de nossa turnê de vendas e estou muito feliz por ter vocês dois aqui. — Vejo Tilly lançando um olhar cético para Mona.

— Partimos amanhã para Paris para uma reunião com a Toussaint's — diz Mona, mexendo no celular.

Toussaint's é uma rede de butiques com lojas espalhadas por Paris e algumas em Londres. Uma pesquisa rápida no Google me disse que é popular entre moradores e turistas, e Mona me enviou um *briefing* que detalhava como seria importante conseguir uma conta com eles. Na verdade, não tenho nada a ver com a Ruhe — estou usando essa experiência de salário-mínimo para dar início ao meu currículo —, mas há poucas coisas que odeio mais do que perder, por isso estou investindo no sucesso delas.

— Gostaria que hoje dedicássemos o tempo para criar postagens nas redes sociais — continua Mona, olhando para mim. Concordo com um gesto de cabeça. Já pensei em alguns pontos decadentemente coloridos na cidade que podemos usar como pano de fundo para fotos. — Oliver, você e Amina podem discutir ideias; vou pintar as unhas da Tilly.

— Trabalho em equipe — diz Tilly com pouco entusiasmo, seguindo Mona pela sala.

— Quer um expresso? — Amina me pergunta, já preparando um.

— Por favor. — Vou precisar de cafeína na veia para acompanhar Tilly. Ela desliza a xícara pelo balcão da cozinha e eu bebo.

— Tudo bem, Oliver, vamos ouvir o que você pensou.

Uma excitação percorre meu organismo e não consigo parar de sorrir. É para esses momentos que vivo.

Conto minhas ideias para Amina, mapeando a melhor rota para o dia e mostrando alguns exemplos de fotos de *sites* para lhe dar uma ideia melhor do que estou pensando. Amina navega por eles, aproveitando o tempo para analisar cada um com cuidado.

— Brilhante — ela diz por fim, lançando-me um largo sorriso. — Adorei em particular a ideia da estação Gloucester Road. Ornamentada, mas com um toque realista, tudo com o destaque do esmalte... vai ficar perfeito.

Abro um sorriso, os dedos tamborilando na lateral do corpo.

— Exatamente. Você pegou o sentido da coisa. Que bom que consegui traduzir a ideia.

Sinto-me muito aliviado. É tão difícil transformar os redemoinhos dos meus conceitos em palavras reais, e, quando tento articulá-las, muitas vezes fico animado demais e acabo saltando de ideia em ideia. Depois percebo como tudo fica tortuoso, o que me deixa hiperconsciente de minha fala, e acabo sentindo a língua grossa e estranha, como se minha garganta estivesse engasgada com frases desconexas.

Que divertido.

— Está animado com o começo das aulas? — Amina pergunta.

Marco isso como uma transição para uma conversa em estilo "conhecer você melhor", e sintonizo meu cérebro para o novo tópico. É uma conversa com uma colega, por isso me aviso que preciso mantê-la interessante, mas superficial o suficiente para que ninguém se sinta desconfortável.

— Muito — respondo com honestidade. — Um pouco apreensivo também, acho. Há muitas coisas que quero aprender e acabei resolvendo me concentrar naquilo que me interessa de verdade, em vez de perder tempo com coisas como matemática.

Amina engasga, pressionando a mão contra o peito.

— Eu tomaria cuidado, estagiário. Está dizendo uma blasfêmia para uma engenheira, quero que saiba disso.

Oh, não. Estraguei tudo. Pisco com rapidez, tentando descobrir se ofendi muito minha chefe, mas ela sorri de novo, dando um tapinha em meu ombro.

— Meu Deus, só estou brincando. Não se preocupe.

Meus músculos cedem de alívio.

— Lembro-me do verão antes de ir para a universidade — conta Amina, melancólica, andando pela cozinha para pegar um copo de água. — Estava tão nervosa. Mas a gente acaba conhecendo muitas pessoas rapidamente. Vai terminar conhecendo alguns dos melhores amigos da sua vida. — Ela lança um rápido olhar para Mona do outro lado da sala.

Dou de ombros, terminando meu expresso. Fazer amigos é a menor das minhas preocupações quando se trata de escola. Não me empolga em nada o árduo trabalho de fazer amizades, para ser honesto. Já tenho meu melhor amigo, Marcus, com quem divido um apartamento, e minha irmã gêmea, Cubby, que me manda tantas mensagens que vale por cinco amigos. Meu mundo é pequeno, mas gosto que seja assim. Fazer novos amigos exige muita capacidade intelectual — descobrir o que dizer às pessoas sem exagerar, ficar preocupado em entender todas as pistas sociais, duvidar de cada interação —, e prefiro canalizar tudo isso para explorar as infinitas influências das cores.

— Este é o esmalte mais insosso que já vi — diz Tilly do outro lado da sala, nos interrompendo enquanto levanta a mão, olhando para a cor bege arenosa de vários ângulos.

Tento abrir a boca para dizer que está errada; que é um lindo bege e provavelmente vai provocar sensações de relaxamento e *glamour* nas usuárias, mas decido que não vale a pena em vista de qualquer discordância mordaz que ela diria contra mim.

— Obrigada — responde Mona em tom sarcástico. — Chama-se Béé-ge — acrescenta ela, enfatizando o *béé*.

— Pelo menos o nome é inteligente — diz Tilly. — Mas você quer mesmo um monte de fotos com esse esmalte como foco?

— Tenho um MBA — fala Mona, endireitando os ombros. — Então não vou aceitar seus conselhos. — Há uma pausa enquanto Mona estuda as próprias unhas. — E Oliver disse que pode usar o Photoshop para mudar as cores.

Tilly engasga como se Mona tivesse acabado de dizer que o papa está flertando com o protestantismo.

— Mas seria uma mentira!

— Não. É uma maneira eficiente de tirar fotos sem dissolver a pele com uma enorme quantidade de removedor de esmaltes entre as locações.

— Você sempre foi uma irmã amorosa e atenciosa — diz Tilly, esticando as longas pernas e levantando-se.

Amina tenta esconder uma risadinha atrás de uma tossidinha, depois bate palmas.

— Certo, vamos nessa, queridos — diz ela. — Tempo é dinheiro, blá-blá-blá.

— Não está planejando usar isso, está? — pergunta Mona, apontando para a irmã e confirmando que não sou o único... hum... distraído?... pelos *shorts* de algodão absurdamente curtos de Tilly.

— Gosto de mostrar minha bunda inteira — diz Tilly, caminhando até a mala. — Literal e figurativamente.

— Tilly.

— Claro que vou me trocar — ela responde, balançando em ameaça para Mona as roupas que tem na mão. — Dá pra ficar calma?

— Não manche as unhas — diz Mona, os olhos arregalados. — E não fale assim comigo, sou responsável por você.

Mona segue Tilly, que se dirige ao banheiro.

Tilly responde algo que não consigo entender, mas estou disposto a adivinhar que foi algo irritante e sarcástico.

Amina ri, colocando a mão no meu ombro.

— Vai ser uma viagem animada, não vai?

Engulo em seco, os olhos ainda presos no canto em que Tilly desapareceu.

— Não tenho certeza se conseguiremos sair vivos dela.

CAPÍTULO 10

Fica Pior

Oliver

Pegamos o metrô para Westminster, e a cabeça de Tilly gira para todos os lados como um pombo excitado o tempo inteiro, os olhos arregalados como se tentasse memorizar cada fenda e rachadura de Londres.

Acaba me atrapalhando, na verdade. A maneira como ela fica tão... *fascinada* com tudo. Não consigo parar de observá-la olhando tudo ao redor.

Ela decide quebrar o silêncio pacífico entre nós quando atravessamos a ponte para o lado oposto do Tâmisa.

— Então, você tem uma conta famosa no Instagram? — ela pergunta, o foco de sua atenção ainda saltando pela cidade como uma bola de borracha. Ela para e se inclina perigosamente na beirada da grade para olhar a água turva. Mona e Amina continuam andando, e parece que meu cérebro está sendo puxado em direções opostas. Sigo minhas chefes ou sou educado e começo a conversar?

Limpo a garganta, algo em seu tom me deixando irritado e estranho.

— Não diria que é *famosa*.

— Isso é bom — diz ela, voltando à posição normal e continuando a caminhar. — Apenas os *boys* lixo reivindicam com orgulho a fama no Instagram. Fico feliz em ver que você tem bom senso e é capaz de tomar boas decisões.

Acredito que ela esteja me elogiando, mas não tenho certeza.

— No entanto, a conta conquistou um bom número de seguidores — digo, sentindo que deveria continuar falando. Não sei por que, mas sinto uma estranha necessidade de... impressioná-la?

— Talvez tenha falado cedo demais — Tilly sussurra para si mesma. Com aquele terrível sotaque britânico, gostaria de acrescentar.

— Mas muito disso veio depois que o *Architectural Digest* a destacou em um *post* sobre "Contas inspiradoras de *design* para seguir" — continuo, as palavras saindo sem controle.

Tilly solta um gemido bem audível.

— Sim, sem dúvida, falei cedo demais.

Presumo que me tornei oficialmente um "*boy* lixo" para Tilly. Tudo bem. Não vou minimizar a empolgação por uma autoridade internacional em *design* reconhecer minha página. Só nunca tive a tendência de meio que... me gabar disso antes. É como se eu estivesse de ponta-cabeça; me sinto tão confuso.

— Qual é o seu *username*? — ela pergunta.

— OliverClarkColors.

— Uau. Que engenhoso e criativo.

— Qual é o seu? KetchupPrincess04?

A boca de Tilly se fecha com tanta força que ouço seus molares baterem. Um rubor percorre o rosto dela, quente e surpreendente. Pantone 16-1720, Strawberry Ice. Combina com ela.

Seus lábios se contraem ao me olhar, e sinto-me mal no mesmo instante. Não é que eu *queira* tratar Tilly desse jeito, mas ela parece trazer à tona o que há de pior em mim.

— Estou chateada porque foi uma resposta excelente — ela diz por fim, revirando os olhos. — Então, parabéns, ou algo assim.

Consigo soltar a respiração tensa que estava prendendo. Essa garota vai me causar um aneurisma; é tão difícil entendê-la.

Tilly pega o celular e começa a digitar enquanto caminhamos.

— *Puta que Pariu!* — ela diz, os olhos saltando das órbitas. — Você tem mais de cento e vinte *mil* seguidores! — Ela para no meio da calçada. Mais uma vez. Mona e Amina vão ficar um quilômetro à nossa frente nesse ritmo.

O dedo dela voa enquanto rola a tela do celular. Ela o estende, mostrando uma das minhas postagens mais populares.

Assim como todos os meus outros *posts*, é uma colagem de quatro imagens aparentemente diferentes; deslizando-a para a esquerda, revela-se o código Pantone da cor que as une, as imagens subsequentes mostrando onde a cor existe nas quatro fotos.

O que Tilly mostra é o *post* do famoso sorriso da *Mona Lisa*; uma folha escurecida com as nervuras ampliadas por uma gota de chuva; Luna, a gata malhada da minha mãe, esticada em um triângulo de sol; e uma faixa costeira de Valência, os telhados delineando a água azul-turquesa. É para Pantone 7566, um marrom vibrante com uma profundidade de tons alaranjados que o atrai para dentro da imagem.

A legenda diz:

As pessoas costumam associar marrom à lama. Uma cor branda. Opaca. De forma objetiva, isso não é verdade. Os marrons são a espinha dorsal de alguns dos momentos mais bonitos. A curva dos lábios da Mona Lisa. A celebração do outono pela natureza. Manchas fofas de pelo de gato. Um complemento arquitetônico ao deslumbrante azul dos mares da Espanha. O marrom é ousado e se presta a enfatizar a vibração de outras cores ao redor. É um dos meus tons favoritos. O que ele faz você sentir?

Há centenas de comentários em que as pessoas falam sobre como a cor lhes dá uma sensação de calma ou as faz se sentirem confortáveis, enquanto outros comentam que odeiam esse tom ou que ele é entediante. Alguns discutem se um ponto diferente na cauda do gato também tem o mesmo tom ou se na verdade tem mais influências do vermelho.

Adoro esses comentários.

Sempre me perguntam o que eu quero *fazer* com meu campo de estudo, que é um nicho. A verdade é que não tenho uma resposta concreta. Mas gosto tanto do que faço agora, por que não continuar?

Certa vez, perguntei às minhas mães se eu deveria me considerar alguém sem rumo certo, já que não tinha um emprego definido na ponta da língua quando um adulto me perguntava o que eu queria ser quando crescesse. Elas me disseram que não há problema em não saber exatamente para onde estou indo, desde que esteja feliz onde estou.

Tudo o que sei é que, agora, há conversas sobre cores, sentimentos, *design* e influência acontecendo por aí, e quero fazer parte delas.

Tilly me encara como se me esperasse dizer alguma coisa.

— Está esperando que eu diga alguma coisa? — pergunto. Não sei por que ela está me mostrando minha foto.

— Você escreveu isso? — ela pergunta, apontando o dedo para a legenda. O tom parece... acusatório?

— Costuma ser assim que funcionam as postagens nas redes sociais.

— Tipo, essas são as suas ideias? Você percebeu essas cores?

— Bom... sim. Por quê?

Ela fica quieta por um momento, a testa franzida enquanto me estuda.

— É muito perspicaz e... adorável. — A testa se franze ainda mais.

— Como? — digo, procurando entender.

— Eu te perdoo. — Tilly suspira, olhando para o celular e rolando mais a tela.

Ela volta a andar, e eu fico um passo atrás, sentindo-me um cachorrinho carente ao perguntar:

— Meu trabalho te ofende?

— Não. O fato de sua atitude pomposa ser justificada por você ser realmente bom no que faz é que me ofende.

— Ah — respondo devagar. — Obrigado... acho?

Depois de alguns minutos de um silêncio abençoado, alcançamos Amina parada do lado de fora de uma loja da rede Pret[1]. Mona sai um momento depois com quatro bebidas nas mãos.

— Desculpe, Oliver — ela diz, entregando uma para mim. — Não sabia do que gostava, por isso optei por café preto.

— Obrigado — respondo. — Geralmente é assim que eu tomo.

— O mesmo para mim, presumo — fala Tilly, com um toque de desespero, enquanto Mona entrega a próxima bebida a ela.

---

1. Pret a Manger, mais conhecida como "Pret", é uma empresa de *fast-food* britânica. A origem do nome é francesa e significa algo como "pronto pra comer", e que ao mesmo tempo também é trocadilho com *pret à porter*, que significa "pronto para usar". (N. do E.)

— Novamente, de jeito nenhum. É chá de ervas — diz Mona. — E não beba ainda — ela acrescenta, a borda já a meio caminho dos lábios de Tilly.

— Por quê? Você o envenenou?

— É um adereço para a sessão de fotos. Vai parecer óbvio que está vazio pela maneira como o segurar.

Tilly revira os olhos e toma um gole desafiador. Meu olhar oscila entre os olhares que Mona e Tilly trocam.

— Presumo que este seja para mim, então? — diz Amina, quebrando o silêncio.

Mona pisca e depois olha para sua sócia.

— Café sem creme, dois saquinhos de açúcar.

Amina pisca para Mona antes de tomar um gole. Olho para Tilly, que assiste a toda a interação com um sorriso enorme.

— Certo — diz Mona, dando em si mesma uma sacudidela. — Oliver, é com você. O que quer que ela faça? — acrescenta, apontando o polegar para Tilly.

— Se ela pudesse ficar ali parada...

— *Ela* tem um nome — Tilly interrompe com um grunhido.

Solto um suspiro profundo e controlado. *Se* ela *pudesse ficar ali e parasse de ser tão briguenta, talvez eu não quisesse bater minha cabeça na parede*, era o que queria dizer. Mas em vez disso optei por:

— Se *Tilly* pudesse ficar bem ali... — Dou alguns passos para perto da passagem do rio. — E inclinar os antebraços no corrimão em ângulo, acho que poderíamos tirar uma foto excelente das mãos dela segurando o copo da Pret com Westminster ao fundo. É melhor ir tirando da frente os grandes marcos turísticos.

— Adorei — diz Mona, dando um empurrãozinho em Tilly para mais perto da grade.

CAPÍTULO 10

Tilly olha para o Tâmisa, os olhos percorrendo os locais do outro lado do rio.

— Não acredito que você *mora* aqui, Mo — diz ela, virando-se e sorrindo para a irmã. — É tão lindo que chego a querer gritar.

— Sim. É ótimo. Podemos nos concentrar, por favor?

— Tipo, já parou para pensar que vive na porra de um país estrangeiro? — Tilly continua, as palavras saindo mais rápido. — Que porcaria é Cleveland, não? Não se veem coisas como *estas* em Ohio — ela diz, apontando para o Big Ben do outro lado. — Realmente, não consigo acreditar que de fato esteja aqui. É tudo tão legal e tão...

— Tilly! — Mona bate palmas tão alto que Tilly e eu pulamos. — Pelo amor de Deus, cale a boca e se concentre.

A boca de Tilly se fecha, o rosto se anuvia.

Isso pareceu um pouco... severo demais. Mas também não vou contrariar a pessoa que paga meu salário.

Os olhos de Tilly cintilam. Meu Deus, ela vai chorar? Não aguento quando as pessoas choram. Ela pisca algumas vezes e depois se arrasta até o corrimão, apoiando os braços com rigidez, como eu havia explicado.

Não está olhando para nós, a cabeça voltada para o rio, os ombros encolhidos à altura das orelhas.

O celular de Mona toca e ela o tira da bolsa, olhando para a tela.

— Tenho que atender — diz ela, sem olhar para mim. — Pode começar. Amina, esse *e-mail* chegou?

— Vou ver agora — Amina responde, caminhando para um banco com Mona, as duas com os olhos grudados nos celulares.

Coloco meu café no chão e pego minha câmera, demorando um instante para arrumar os ajustes antes de olhar pelo visor. O ângulo está errado.

— Tilly, você se importaria de se mover um pouco para a esquerda? — pergunto.

Ela dá um pequeno passo para trás, os olhos ainda fixos no rio.

Olho de novo, mas ainda não está certo. Deixo minha câmera pendurada no pescoço, pego meu café para outro gole e vou até ela.

— Você se importa se eu... — Minha mão paira sobre o pulso dela. A cabeça gira ligeiramente e uma lágrima escorre por seu rosto, pousando no braço.

Cacete. Simplesmente não sei como lidar com isto. Deveria estar tirando fotos, não confortando pessoas aos prantos.

Entro em pânico.

E minha mão toca a pele dela.

— A cidade é... hã... legal — digo. O que é possivelmente o maior clichê da história. Londres é incrível. Está repleta de cores e detalhes. Cada rua oferece uma surpresa nova e decadente aos meus olhos, e isso me deixa mais feliz do que uma criança em uma loja de doces.

Tilly balança a cabeça com rapidez, ainda sem olhar para mim. Entendo a dica bastante óbvia de que não estou ajudando muito.

Certo. Não consigo fazer isto. Literalmente, não tenho ideia de quais palavras reconfortantes devo falar.

Tiro o copo dela e ela olha para as mãos, as sobrancelhas franzidas. Coloco meu próprio café entre as palmas das mãos dela.

— Um pequeno estímulo — digo, tentando ignorar o olhar arregalado que ela me dá. — Agora, coloque suas mãos... sim. Perfeito. Fique assim!

Volto ao meu lugar original, dobrando os joelhos e inclinando a lente para centralizar sua mão, o Big Ben e o Parlamento orgulhosamente atrás dela.

Tiro algumas ótimas fotos que logo despertam ideias sobre como vou editá-las para destacar as cores do fundo, unindo-as com uma cor de esmalte em primeiro plano.

— Como está indo? — Mona pergunta, Amina ao lado dela quando voltam.

— Excelente — digo, revisando as fotos.

— Adorei essa — fala Amina, apontando para uma foto de um ônibus de dois andares atravessando a Ponte de Westminster.

Concordo com a cabeça, depois olho para cima da tela da minha câmera. E encontro os olhos de Tilly pousados em mim. Lentamente, ela leva o copo aos lábios e toma um gole, lançando-me em seguida um pequeno sorriso.

Meus lábios também se levantam para os lados, querendo espelhar o gesto, mas resisto ao impulso.

Não pretendo me sentir envergonhado de novo perto dela.

Pelas próximas dez semanas, seremos colegas. Provavelmente nem isso. Seremos estranhos cordiais em uma viagem de trabalho.

Seria melhor não misturar as estações.

CAPÍTULO 11

Retrato de um Borrão

Oliver

Terminamos o dia em Shoreditch, uma parte artística do leste de Londres com quarteirões repletos de arte de rua e grafite. Toda a área respira cores, e estou em um completo paraíso.

Paramos em frente ao que deve ser nosso décimo quinto mural para usar como pano de fundo para as fotos. Ele se estende pela lateral de um prédio de tijolos de quatro andares, com flores enormes explodindo na tela áspera. A pintura faz parecer que o fluxo das cores respinga da ponta das pétalas — o verde suave de Pantone 13-0443, Love Bird, do caule de um copo-de-leite. Pantone Ultra Violet caindo (apropriadamente) de um buquê de violetas. Radiant Yellow, das bordas encrespadas das pétalas da dália.

É um milagre.

E está fornecendo inúmeras joias ocultas para minhas postagens pessoais no Instagram com todos esses pequenos detalhes.

— Tire uma foto, vai durar mais — Tilly diz por cima do meu ombro enquanto tiro uma foto de um pequeno tijolo que tem Pantone Blue Grotto e Cool Gray nele. — Espere aí. Você já tirou umas nove mil. — Ela ri.

— Que piada inteligente e nada usada há décadas — digo, me endireitando e virando para Tilly.

— Deixe-o em paz, Tilly — Mona retruca. — Imagino que seja um trabalho constante criar conteúdo para sua página — acrescenta Mona, virando-se para mim. Tilly revira os olhos e, nesse ritmo, tenho medo de que eles acabem presos na parte de trás de sua cabeça em algum momento.

O dia não foi um desastre total (como você deve ter adivinhado, desta vez não houve grandes riscos para minha vida ou integridade física), e conseguimos sem dúvida algumas fotos excelentes, mas, sempre que me perco no meu mundo, parando para tirar fotos para minha página, pego Tilly me olhando, com uma estranha... carranca no rosto. Pelo menos, acho que é uma carranca. A princípio, achei que fosse aborrecimento ou o padrão de confusão que tive durante toda a minha vida sempre que saio do "mundo real" e me perco em qualquer interesse especial que faça meu cérebro brilhar de felicidade.

Mas percebo que o olhar dela tem quase um toque de, não sei, tristeza? Seja qual for o significado desse olhar, para mim é difícil decifrá-lo. Ela disfarça assim que percebe que a vi e pelo menos tem a decência de parecer um pouco envergonhada por estar me encarando.

— Tudo bem, gatinhos, vamos encerrar por hoje — diz Amina, estalando os dedos com um sorriso gentil. — Agora vamos para o *happy hour*; tenho um encontro com uma cerveja.

— Tem um encontro com outra pessoa, Amina? — Tilly pergunta, aproximando-se dela com um olhar malicioso.

A risada de Amina é profunda, rouca e calorosa. Se fosse uma cor, seria o rico caramelo do Pantone 723.

— Depende de quem está convidando, amor — diz Amina, dando um toque no nariz de Tilly.

— Bom... — Tilly diz, olhando ao redor. Seus olhos permanecem na irmã. Mona murmura as palavras *pare com isso* para Tilly por cima do ombro de Amina.

Dá para ver que estou perdendo algum tipo de significado oculto em todos esses olhares incisivos, e me sinto um pouco entediado parado aqui, como um idiota sem-noção.

— É realmente melhor continuarmos — digo, pigarreando. — Enquanto ainda temos boa luz.

Mona agarra a mão de Tilly, empurrando-a para ficar na frente da parede.

— Pode fotografar — diz ela, apontando para mim e saindo da cena.

Ligo minha câmera e faço os ajustes.

— Uh, sei que estou fazendo isso o dia todo — diz Tilly —, mas não tenho a menor ideia do que fazer com minhas mãos para esta foto.

Colocamos Tilly segurando vários adereços em outros locais, mas não tenho nenhuma inspiração nova que combine com esse cenário.

— Apenas aja com naturalidade — digo, levando minha câmera até o olho e ajustando a lente.

Tilly franze o rosto, levantando lentamente as mãos para que fiquem penduradas nos pulsos flácidos, na altura dos ombros. Ela parece um *T. rex* em grande desconforto.

— Isso serve? — ela pergunta. Quase dou risada.

— Não, não funciona! — responde Mona, deixando escapar um gemido. — Pare de brincar e vamos tirar logo essa foto para que possamos todos ir pra casa.

A cor toma conta do rosto de Tilly, e ela começa a morder o lábio inferior, parecendo em pânico.

— Posso? — Aproximando-me, seguro suas mãos ainda penduradas. Tilly assente. Viro seu pulso, para que ela também vire e fique de costas para mim. — Agora levante as mãos e faça um sinal da paz, ou algo assim.

Tilly olha para mim por cima do ombro.

— Oh, meu Deus. Tenho uns nove anos e estou tirando uma foto para o perfil do Facebook?

— Não sei — digo, apertando um pouco o pulso dela. — Só... é melhor do que tudo que estava fazendo antes.

Tilly puxa a mão, jogando-as para o alto.

— Como se atreve?

— Ótimo, está perfeito! Fique assim — digo, tropeçando enquanto recuo para fazer a foto.

— O quê? — ela pergunta, girando a cabeça ainda mais para olhar para mim.

— Não, não. Não se vire. Mantenha os braços levantados assim. Ficou legal.

Tilly levanta a sobrancelha e me lança um olhar cético por um momento, mas faz o que pedi, olhando para a parede e esticando os braços acima da cabeça.

O *clique clique clique* do obturador da câmera dispara uma onda de criatividade elétrica através dos meus braços.

— Incline a cabeça um pouco para trás — instruo, e Tilly obedece.

Seu cabelo cai como tinta derramada nas costas, o vento juntando pequenas mechas e enrolando-as ao seu redor. Os braços ainda estão voltados para o céu e as mãos, abertas como estrelas. Eu me afasto, a luz atingindo o arco-íris de cores brilhando entre seus dedos.

— Está ótima — digo, enquanto pego um novo ângulo. — Faça algo novo. Algo divertido.

Em vez de me xingar como fez em noventa por cento das vezes em que lhe pedi isso, Tilly concorda, girando os pulsos em novas posições. Ela continua, quase dançando, e não demora muito para que comece a rir.

Há tanta energia na maneira como ela se move, no modo como se comporta, que, por um momento, acho que as cores vibrantes estão saindo direto das palmas dela.

No final, ela até faz alguns sinais de paz para mim.

E um dedo médio, mas apago essa no mesmo instante.

— Ser modelo de mãos é exaustivo! — diz Tilly, encostando-se e descendo dramaticamente contra a parede quando anuncio que acho que conseguimos fotos excelentes.

— Tilly? Está mais para Twiggy — diz Amina, estendendo a mão e ajudando Tilly a se levantar.

Tilly pisca para Amina.

— O que é isso, uma árvore? Sou baixinha para isso.

— Está brincando — diz Amina, inclinando a cabeça para o lado.

Tilly continua a encará-la com aqueles olhos grandes de coruja.

— A famosa supermodelo? Ícone da moda? Twiggy? Por favor, diga que conhece a Twiggy.

— Oh, espere — Tilly diz, levantando a cabeça —, é aquela que é amiga da Bella Hadid?

Amina deixa o queixo cair.

— Meu Deus, querida, por favor, não me faça me sentir tão velha.

Mona zomba dela.

— Como se você parecesse ter um dia a mais que seja além de 20 anos.

— Puxa-saco — diz Amina, dando uma piscadela para Mona.

O rosto de Mona explode em vermelho. Tilly solta um pequeno suspiro, os olhos se revezando entre as duas mulheres como se assistisse a um jogo agressivo de tênis.

Limpo a garganta, sentindo-me como um intruso em uma situação que não compreendo.

— Certo, então vou nessa — digo.

Mona pisca, balançando a cabeça e endireitando os ombros.

— Sim. Claro. Precisamos ir. Grande dia amanhã. Precisamos nos organizar e ter uma boa noite de sono.

— Bom trabalho hoje, Oliver — Amina fala, dando um tapinha no meu ombro enquanto ela, Mona e Tilly começam a andar na direção oposta à que devo ir.

— Sim. Excelente trabalho — diz Mona, rolando a tela do telefone. — Nos vemos amanhã de manhã em Heathrow? Você tem o itinerário, certo?

— Tenho — respondo, sacudindo o celular. — Até lá! — Virando, começo a descer o quarteirão.

— Uau — ouço Tilly dizer. — Tchau para você também, acho.

Eu me viro, tropeçando e quase batendo na vitrine de uma loja.

Droooga, fui mal-educado? A conversa não tinha terminado? Cubby, Marcus e eu temos uma piada sobre minhas frequentes e notórias "saídas autistas", nas quais ou faço um *check-out* mental ou entro tão profundamente no meu mundo, que me afasto de uma conversa antes de seu término. Sempre rimos disso, mas sei que as pessoas consideram essas coisas algo rude, e preciso ficar atento. Como se a lista de detalhes sociais já não fosse longa o suficiente.

As três mulheres se afastam de mim, e Tilly não se vira para que eu possa tentar interpretar se ela estava falando sério ou não. É bem provável que isso não fosse me favorecer; também não sou muito bom em corrigir situações complicadas.

Oliver

Meus ombros caem enquanto continuo minha desanimadora caminhada.

Hoje foi cansativo.

Na maior parte do tempo, estou progredindo em não mascarar meu autismo — minhas mães sempre me incentivaram a me expressar de uma maneira que parecesse mais autêntica —, mas às vezes a máscara volta de modo involuntário. Principalmente em ambientes profissionais ou acadêmicos.

A escola primária não foi exatamente fácil em termos sociais, por isso passei a reprimir estímulos e ensaiar conversas, espelhando-me em meus colegas, para evitar o *bullying* e me sentir um esquisito. Porém, um episódio de esgotamento devido ao autismo, quando era muito jovem, me levou, e a Cubby e nossas mães, a fazermos terapia com o dr. Shakil. Tenho muita sorte de minha família ter criado uma rede de segurança ao meu redor para me encorajar a parar de esconder o que me deixava mais confortável, mas ainda me pego espelhando o comportamento dos outros ou monitorando minhas reações para deixar as pessoas mais confortáveis.

Hoje foi um desses dias.

Não que Mona e Amina não sejam chefas receptivas e compreensivas, mas não as conheço bem. É difícil confiar que novas pessoas o aceitarão como você é mesmo quando o mundo em geral não costuma fazer isso.

E ainda tem a Tilly.

Pensando bem, não me mascarei de verdade quando estava perto dela, mas gastei uma enorme quantidade de energia mental tentando entendê-la. Ela não parece seguir os roteiros sociais normais que observei em outras pessoas, e uma parte estranha de mim acha isso fascinante.

O que é bastante ridículo.

Mas repassar o dia e tentar desvendar a anomalia que é Tilly Twomley é o equivalente mental a dirigir um carro numa subida quando se está sem gasolina — muito esforço e progresso mínimo. Redireciono meus pensamentos para algo muito mais confortável: cores.

Tirando minha câmera, percorro as fotos de hoje enquanto ando, cada passo me levando mais para dentro da minha própria bolha de felicidade.

A meio caminho da estação de metrô, a necessidade imediata de editar as fotos toma conta de mim, a inspiração me obrigando a parar o que estou fazendo e seguir o caminho pelo qual ela me conduz.

Isso acontece com bastante frequência. Quando uma ideia chama a minha atenção, tenho que correr atrás dela; deixá-la escapar não é uma opção.

Mamãe sempre sorri quando isso acontece — mesmo que eu a abandone no meio da frase —, dizendo-me que estou "ouvindo minhas musas". Ela é artista, então sabe como é impossível resistir ao chamado.

Entro em um *pub* e encontro uma mesa tranquila em um canto escuro.

Depois de ligar o *laptop*, conecto minha câmera e abro a ferramenta de edição. Faço referência cruzada com a folha de cores mestre que Amina me deu, certificando-me de que tenho a fórmula da cor correta enquanto uso o Photoshop para pintá-la sobre as unhas bege de Tilly. Divirto-me com o valor e a vibração por um ou dois minutos, assegurando-me de que tudo esteja certo.

É um vermelho brilhante, profundo e comovente, que exige atenção. Sua vivacidade é complementada pelo brilho dourado do Big Ben e do Parlamento ao fundo. Meus olhos passeiam pelo efeito, traçando o circuito natural do vermelho deslumbrante até o conforto do dourado. Esse vermelho é uma âncora. Ele o faz se fixar na foto, oferecendo um ponto de partida antes que seus olhos passeiem, um local seguro para onde retornar caso se sinta sobrecarregado.

Minhas mãos coçam para publicar a foto de imediato, para compartilhar esse momento com o mundo, para que ele também desfrute das cores. Infelizmente, a mídia social se baseia em algoritmos, *timing* e todos os tipos de outras minúcias que não são um bom presságio para um cérebro bastante desesperado por gratificação instantânea. Em geral, não me importaria; estou muito mais inclinado a seguir meus caprichos do que atender às barreiras da mídia social, mas a razão pela qual tenho minha conta é dar alegria às pessoas. Conectar-me com elas.

Além disso, esse trabalho é para o sucesso da Ruhe, não para meu prazer, então forço meu cérebro entusiasmado a obedecer com a promessa de que alcançará mais pessoas se eu esperar. O que é bem chato, para dizer a verdade.

Quando termino de editar a imagem, olho as outras imagens do dia. As fotos de Shoreditch são notáveis com suas cores brilhantes e deliciosas, e estou louco para levá-las à perfeição. Estou prestes a decidir qual é a próxima imagem a ser trabalhada quando uma foto espontânea faz meus pensamentos excitados se paralisarem, e tenho a estranha sensação de meu coração bater forte contra o peito.

É uma foto de Tilly, a cabeça inclinada para trás e os olhos fechados enquanto ri. O vento balança e emaranha seu cabelo em todos os ângulos, e um raio de sol perdido atinge seu nariz enrugado. A imagem tem um desfoque sutil, como se a felicidade do momento fosse muito dinâmica e plena para ser captada em uma imagem estática. Não me lembro de tê-la tirado, nem de o que a fez rir, mas seu sorriso é tão vívido que posso ouvir o eco de sua alegria.

Ela riu muito hoje, percebo. Para si mesma, principalmente. Ela fazia um movimento bobo ou contava alguma piada, depois gargalhava como uma doida. Aumento a imagem, inclino a cabeça e a estudo de diferentes ângulos. Lá estão aquelas três sardas de novo, logo abaixo das rugas dos olhos. Amplio ainda mais.

Cacete, que cor é essa? Por que não consigo desvendar?

Sinto-me meio que entrando nessa imagem de Tilly, os olhos captando pequenos detalhes que eu não tinha notado antes. É mais fácil olhar para ela assim, na segurança dos *pixels*. Na vida real, ela tem tanta energia, faz tanto barulho e se movimenta tanto, que faz meu cérebro parecer capaz de entrar em curto-circuito se eu não tomar cuidado... Isso é ridículo. Tenho que trabalhar. Por que fico analisando uma imagem borrada?

Clico e arrasto o arquivo, passando o *mouse* sobre o ícone da lixeira. Não preciso dessa foto. Não tenho utilidade nenhuma para esta foto de uma garota bonita e barulhenta, com uma personalidade confusa e uma óbvia antipatia por mim.

Mas, no último momento, meus dedos se afastam, liberando o arquivo de volta para um canto do disco rígido.

Fecho o *laptop* com força, me sentindo... estranho. O que há de errado comigo? Estou ficando doente?

Arrumo minhas coisas com rapidez, saio do *pub* e vou para casa, precisando... precisando... Bem, não sei exatamente do que preciso, mas posso dizer que me movimentar é parte disso.

Não me lembro de nada do caminho para casa, e, quando chego ao meu novo apartamento, Marcus e sua namorada Micah estão abraçados no sofá com um *Ilha do Amor* estridente ao fundo.

— Oliver! — fala Micah, abrindo os braços em saudação.

— Oi — eu digo, com um pequeno aceno para ambos e tentando descobrir a melhor maneira de correr para o meu quarto.

— Como foi seu primeiro dia? — pergunta Marcus, sem tirar os olhos da TV.

— Oh, sim! Como foi? Gostou das novas chefas? Está animado? Venha! Sente-se! Conte tudo pra gente. — Micah se mexe e Marcus resmunga, depois puxa Micah totalmente para seu colo. Micah dá um tapinha no assento vago ao lado deles.

Nossa, não quero fazer isso.

Marcus é meu melhor amigo, e realmente gosto de Micah.

Mas eles estão tão apaixonados, que fico um pouco enjoado.

Eles se conheceram *on-line* há cerca de um ano e namoravam à distância. Quando eu e Marcus nos mudamos para Londres para fazer faculdade, Micah e Marcus enfim puderam ficar juntos. E estão decididos a recuperar o tempo perdido da maneira mais romântica e íntima possível.

Para dizer de maneira delicada, nossas paredes são extremamente finas, e Marcus e Micah estão extremamente... apaixonados. À noite. A noite toda.

Estou familiarizadíssimo com os detalhes dos ruídos sexuais deles.

— Tenho que terminar uns... — Aponto vagamente na direção da minha porta.

— Ah, Oliver, *por favor*, não. Fique um pouco com a gente! É sua última noite aqui e só vai voltar daqui a meses — diz Micah, fazendo beicinho. — Além disso, você nos disse que já terminou de fazer as malas ontem à noite.

Ai que droga. Micah me pegou.

Relutante, jogo-me no sofá. Conto a eles sobre meu dia, chego até a mostrar algumas fotos, mergulho em discussões sobre combinações de cores, aquele motorzinho do assunto que mais me interessa acelerando em meu peito. Micah faz muitas perguntas, enquanto Marcus mantém uma atenção fixa no *reality show*.

Seu idiota.

Como algo pode ser mais interessante do que a teoria das cores?

— Ela é muito bonita — diz Micah, apontando para uma foto que mostra o rosto sorridente de Tilly.

Dou de ombros.

— Ela é legal — respondo, fechando o computador e desligando a câmera. Posso sentir os olhos de Micah em mim e, mesmo sem saber por que, desejo evitar qualquer pergunta que esteja na ponta da língua dela.

— Quem odiamos nesse episódio? — pergunto, apontando para a TV.

Isso enfim chama a atenção de Marcus.

— Quase todos eles — diz, e Micah ri.

Caímos no vórtice do *reality show*, assistindo a pessoas bonitas em trajes de banho ou roupas de balada bebendo e se xingando por horas.

Olhando para eles durante uma confissão repleta de lágrimas especialmente dramáticas, percebo que Micah e Marcus adormeceram. Desligo a TV e me levanto, pegando um cobertor e colocando sobre eles.

Adormeceram abraçados. Algo na maneira como estão abraçados cria um tipo de dor estranha e oca no meu peito. Como se eu olhasse para um futuro que nunca terei. Um futuro que não foi feito para mim.

Sempre tive a estranha sensação de que vou acabar sozinho.

É difícil não sentir isso quando você luta tanto para se conectar com as pessoas, como acontece comigo. Olho para Cubby, para minhas mães ou mesmo para Marcus, e todos parecem ter a capacidade de... se *relacionar* com os outros. Iniciar conversas. Criar momentos de uma conexão tranquila.

Não consigo fazer isso.

Não sei se quero.

Não gosto de me sentir tão exposto, como se tivesse que compartilhar pedaços de mim com os outros.

É só que... alguém conhecê-lo parece algo aterrorizante. Acho que nunca serei capaz de me mostrar para alguém desse jeito. Como vejo minhas mães fazerem, ou Micah e Marcus.

É por isso que gosto de ficar na internet. Posso controlar as interações que tenho. Posso pensar no que quero dizer. E na melhor maneira de dizer. Posso falar sobre as coisas que amo sem falar de mim mesmo. Sem me mostrar.

É conexão sem o risco de alguém me conhecer de verdade.

Vou até o meu quarto, tiro as calças e desabotoo a camisa, enfiando-me na cama.

Estou bem, digo a mim mesmo, me escondendo debaixo do edredom e esfregando o punho contra o peito. Estou feliz. Tenho uma família que me ama. Tenho uma universidade me aguardando e um mundo colorido para explorar.

Não preciso de nada além disso.

CAPÍTULO 12

Tem a Ver com Desejo

Tilly

Há poucas coisas piores do que ficar ridiculamente entusiasmada com algo durante *meses* e depois ver tudo indo por água abaixo. É assim que estou vendo essa viagem.

Em uma espécie de *déjà-vu* doentio e distorcido, Oliver e eu nos encontramos lado a lado em outro voo. Fico tentada a pedir a Mona que me imobilize com fita adesiva, para que eu não possa me debater ou fazer outra coisa incrivelmente embaraçosa.

Certo. Não. Está tudo bem. Meu voo de Cleveland para Londres *não* foi um recomeço. Este para Paris é que é. Recuso-me a aterrissar em um novo país e ver meu recomeço ser manchado por outros desastres. Estou emanando essa porra toda de boas vibrações e o que mais for.

Além disso, é Paris. Como algo poderia dar errado em Paris? Estou perto de me empanturrar de baguetes e cobiçar franceses gostosões que, presumo, usam camisas listradas de branco e azul-marinho e boinas vinte e quatro horas por dia, sete dias por semana, dizendo coisas lindas como *oui*, *merci* e *voulez-vous coucher avec moi.*

Le suspirô.

É cedo demais e a cabine do avião está escura e abafada. Queria ser capaz de dormir como as outras pessoas ao meu redor. Mas... não consigo. Não durmo bem. Nunca dormi muito bem, na verdade.

Sinto-me cansada o dia todo, mas, no momento em que vou me deitar, meus pensamentos começam a pular corda e a correr em volta do meu crânio, mantendo-me acordada por horas com uma energia agitada, apenas para repetir o ciclo de cansaço no dia seguinte.

Oliver adormeceu há cerca de trinta minutos, e fico olhando para ele como se fosse um pouco estranho. Não consigo evitar. Tem algo... *magnético* no rosto dele. Ele deve ter sorrido umas duas vezes durante todo o tempo que passei com ele, mas algo naquele sorriso torto ficou gravado em meu cérebro ávido, e estou faminta por mais.

Uma turbulência suave balança o avião, e a cabeça de Oliver tomba para o lado.

E pousa no meu ombro.

O peso firme e o calor do contato me obrigam a conter um suspiro irritantemente alto. Amo o toque. Preciso de toque como os peixes precisam de água, e não é algo que recebo muito. Meus pais são carinhosos, mas com certeza não muito melosos, e não tenho amigos ou um namorado que ofereça qualquer tipo de afeto físico. Não sei dizer quantas vezes na escola — sentindo-me sobrecarregada, hiperestimulada — tudo o que queria era um amigo para abraçar. Alguém para me abraçar com força, apertando-me e me assegurando que toda essa quantidade absurda de energia não iria fazer meu corpo sucumbir.

Outro solavanco surpreendente nos joga no assento, e Oliver acorda, esfregando os olhos e piscando para mim. Ele se afasta, e estouro a tola bolha de decepção que tenta crescer em meu peito.

Não. Nunca. De jeito nenhum. Eu me recuso a sentir... *desejo* por um garoto fofo que mal conheço e que rejeitou categoricamente minhas tentativas (muito agressivas) de dar início a uma conversa. Em particular quando estou prestes a ser cercada por bons queijos e rapazes franceses.

Aterrissamos cerca de meia hora depois, o voo terminando sem nenhum ferimento grave, físico ou emocional. Depois de caminhar pelo movimentado aeroporto, embarcamos em um trem lotado e seguimos para nosso hotel na cidade.

Meu nariz fica pressionado contra a janela o tempo todo. Na maior parte, são prédios cinzentos e árvores passando pelas janelas, mas são árvores, prédios e campos que estou vendo pela primeira vez. E pode ser a última. São tão lindos.

Depois que descemos na estação, a caminhada até o hotel me deixa igualmente admirada e de boca aberta enquanto aprecio a cidade. Os edifícios se inclinam uns para os outros como plantas curvando-se em direção ao sol. São pedras cinzentas, linhas retas e varandas de ferro forjado, tudo acompanhado pelo odor sutil de xixi e álcool nas ruas. É imundo e lindo, e adoro cada pedacinho.

Quando por fim chegamos ao *lobby* do hotel — que tem charme suficiente para me dar vontade de deitar no tapete ornamentado e chorar perante a estética parisiense —, Amina conversa com a pessoa na recepção no que acredito ser um belo e perfeito francês.

Olho para Mona de um jeito perspicaz o tempo todo, enquanto Oliver se encolhe em um canto.

Mona, fingindo ser um gnomo sem emoção, olha para a frente. Agora é tarde para voltar atrás.

— Tudo pronto — diz Amina, passando as chaves do quarto para Mona antes de apontar para as escadas.

Uma coisa que não é nada legal em Paris é que, ao que parece, esses lindos edifícios antigos não têm elevadores. Isso inclui quartos no sexto andar, com acesso por uma escada que apenas Tim Burton poderia ter projetado em seus pesadelos mais distorcidos.

— Vocês vão precisar chamar um guindaste para me tirar daqui — digo, ofegante e suando ao carregar minha mala pelos últimos degraus. Depois me inclino sobre o corrimão e olho para baixo.

— Sempre tão dramática — diz Mona, enfiando a chave na fechadura.

Estendo a mão para pegar minha chave e Mona olha para ela por um momento.

— Há um pequeno detalhe que devo mencionar sobre os quartos — diz Mona, girando a maçaneta da porta.

— Por favor, não me diga que há fantasmas.

Mona franze o rosto.

— Claro que não. Fantasmas não existem.

— *Negacionista da ciência* — digo, fingindo tossir. Mona me ignora, mas ganho uma risada decente de Amina. Eu amo essa garota.

— Vocês dois — Mona aponta para mim e Oliver — vão dividir um quarto.

CAPÍTULO 13

Caraca!

Oliver

— **Sob nenhuma** circunstância você tem permissão para cruzar esta fronteira durante as horas de sono — diz Mona, empurrando a última peça de mobília na linha central entre nossas camas.

— E se eu precisar fazer xixi?

Mona ignora a pergunta de Tilly e aumenta a altura da barreira, empilhando luminárias na cômoda.

— E esta porta vai ficar *aberta* — diz Mona, apontando para a porta do quarto adjacente enquanto nos lança um olhar ameaçador.

— Por que não nos arranja quartos separados, em vez de criar esse enorme risco de incêndio? — pergunta Tilly.

Não tenho certeza se ela já pensou em alguma coisa na vida ou se apenas deixa escapar tudo em um fluxo constante de consciência.

— Porque não temos orçamento para que os estagiários tenham o próprio quarto — Mona retruca.

— Você... não tem?

Não entendo por que Tilly fica tão surpresa ao saber que uma *startup* não está ganhando dinheiro.

— Não vou discutir isso com você — fala Mona com um suspiro, esfregando a palma da mão na testa. — Temos o suficiente para arcar apenas com as despesas de dois quartos nas diferentes cidades, então esse arranjo vai ter que funcionar. Mas nada de gracinhas. Entendido?

— Não vai ser problema nenhum — diz Tilly, encostando-se no batente da porta. — Oliver não possui nada que lembre algum senso de humor.

Sinto meu rosto esquentar e olho para a frente, para o quarto excepcionalmente pequeno, com duas camas excepcionalmente pequenas.

— Na verdade, sou muito espirituoso — respondo. Meu Deus. Por que dou atenção aos ataques dela como um verdadeiro idiota?

— Nunca ouvi você rir — ela retruca.

Viro-me para ela, evitando seus olhos.

— Bem — falo —, nunca ouvi você dizer algo do qual valesse a pena rir.

Seu queixo cai e uma onda suave de satisfação sobe em meu peito. Mas ela é logo substituída por... o que é isso? Culpa?

— Não acho que precise se preocupar com a possibilidade de eles fazerem alguma coisa, Mo — diz Amina rindo, batendo o quadril em Mona.

— Talvez apenas assassinato — sussurra Tilly. Reviro os olhos.

— Chega! — Mona grita com Tilly. — Oliver — diz ela, virando-se para mim —, prepare-se; precisamos sair para a reunião em vinte minutos.

— Vinte minutos? — diz Tilly, a voz subindo uma oitava. — Mas eu queria tomar banho.

Mona pisca para ela.

— Então tome banho. Não entendi o que quer dizer.

— Não vai dar tempo de tomar banho e arrumar o cabelo se vamos sair em vinte minutos!

Mona abre e fecha a boca algumas vezes. Me faz lembrar um peixe tentando sobreviver com relutância.

— *Nós?* — Mona diz por fim. — Você sabe que não vai, não sabe?

A cabeça de Tilly se inclina para trás.

— O quê? Vou, sim.

— Por que, em nome de Deus, você achou que iria junto? — Mona pergunta, colocando as mãos no cabelo.

— O Oliver vai — diz Tilly, apontando o polegar para mim. Oh, meu Deus, por favor, não me arraste para isso.

— Oliver administra nossas mídias sociais e *design*! Ele é um membro contribuinte da equipe. A opinião dele é importante.

Tilly se encolhe, e olho para o tapete feio com seu padrão desbotado em caxemira. Não posso dizer que gosto de Tilly, mas admito que as palavras foram um pouco duras.

— Sim, bem, até onde sei, sou a única que está usando seu esmalte idiota — diz Tilly, sacudindo os dois dedos anelares para Mona como se fizesse um gesto rude. Estão pintados de amarelo-canário hoje, e a cor chama minha atenção. Sigo suas mãos voando pelo ar enquanto ela continua a brigar com a irmã. — Então talvez possa ser uma testemunha de caráter para que as pessoas queiram de fato comprar essas coisas.

— Tilly, não estou tentando brigar com você agora — diz Mona —, mas você não tem nada a acrescentar a esta reunião. Você não vai.

É surpreendente a rapidez com que Tilly demonstra emoções; elas a iluminam mais do que um holofote. E, neste instante, a dor é a mais óbvia. Seus olhos brilham, lágrimas grossas transbordam nas bordas rosa-pálido, enquanto manchas vermelhas aparecem nas bochechas, os ombros se curvando na altura das orelhas.

— Carisma.

Há um longo momento de silêncio, e tento descobrir quem disse isso.

Espere. Fui eu? Deve ter sido, porque as três mulheres estão olhando para mim.

— O que foi, querido? — Amina pergunta, inclinando a cabeça.

Ah, cacete. Acho que preciso continuar falando.

— Carisma — repito, tossindo no final da palavra. — Tilly tem carisma. Ela deveria estar na reunião.

Certo. O que estou fazendo? De onde vieram esses pensamentos?

— Está falando sério? — Mona pergunta, os lábios se curvando em uma careta. Ela usa um batom vermelho-escuro. Pantone 19-2429, Plum Caspia, provavelmente. Meus olhos se voltam para Tilly por meio segundo, e tudo que vejo é sua boca aberta antes de me concentrar de novo no carpete.

— Acho que sim — digo, mas não tenho certeza. — Ela é enérgica e carismática, e pode acrescentar um certo... charme, talvez? No mínimo, poderia ser um exemplo de penetração no mercado da Geração Z. Todo mundo está sempre tentando descobrir como nos vender coisas. A *Forbes* escreve pelo menos uma dúzia de artigos sobre isso por ano.

Amina vai até Mona, colocando as mãos nos ombros tensos dela e massageando-os com suavidade.

— Oliver tem razão — diz Amina. — Deixe que ela participe, querida. Será uma ótima experiência de aprendizado para ver como reuniões de negócios funcionam. Afinal, ela é nossa estagiária. Além disso, vai testemunhar as habilidades de apresentação das melhores — acrescenta Amina, dando um aperto extra nos ombros de Mona e piscando para Tilly.

Os lábios cor de ameixa de Mona estão pressionados em uma linha firme, e não consigo imaginar o que ela está pensando.

— Tudo bem — Mona diz depois de um tempo, mas a palavra soa como qualquer coisa, menos como algo que esteja bem. — Tenho algumas regras, no entanto — acrescenta, apontando para a irmã.

— Que surpresa — sussurra Tilly.

— Não quero que fale, a menos que lhe façam uma pergunta direta. Sem ficar impaciente. Sem obscenidades. Sem arrotos. Sem peidos. Sem...

— Uau. Sabe de uma coisa? Esqueça — diz Tilly, cruzando os braços sobre o peito.

— Como é? — Mona fala, jogando a cabeça para trás.

— Acredite ou não, Mo, na verdade, tenho 18 anos, sou uma *adulta* com sentimentos e um mínimo de respeito próprio, e seu discursinho motivacional não faz muito para honrar nada disso. Então, vai ser assim. Vou ficar aqui. E procurar um voo para ficar bem longe de você.

— Pare de ser tão dramática — Mona retruca.

Nesse ponto, as vozes das duas estão elevadas e minhas mãos batem em gestos nervosos na lateral do meu corpo. Sinto que algo se forma no quarto, uma bolha amorfa de tensão que vai nos engolir.

E as próximas palavras de Tilly levam tudo ao limite.

— Então pare de ser tão filha da puta!

CAPÍTULO 14

Chorando no Banheiro (Versão da Taylor Swift)

Tilly

Eis o problema de uma saída dramática — ou seja, me trancar no banheiro depois de chamar minha irmã de filha da puta —: você se sente um pouco idiota depois de fazer o que fez.

Tipo, que legal, me prendi no menor espaço deste quarto de hotel, que também não tem serviço de celular decente, e tenho que ouvir os sussurros dos outros falando sobre mim atrás da porta, sem realmente ouvir o que estão dizendo, por isso, claro que meu cérebro inventa as palavras mais cruéis possíveis.

Parabéns para mim. Mostrei mesmo para Mona como as coisas são. Grande vitória.

Depois do que parece uma eternidade, ouço a porta abrir e fechar, e o som da quietude se espalha pelo local. Espero mais alguns minutos, abraçando as pernas contra o peito e apoiando a cabeça nos joelhos, no assento do vaso sanitário.

Quando tenho certeza de que eles foram embora e não voltarão para pegar algum item esquecido, me desenrosco e abro a porta.

Saio do banheiro com total intenção de me deitar de barriga no colchão para chorar, mas fico chocada ao ver Oliver sentado à pequena mesa que Mona enfiou entre nossas camas. Em um ângulo em que consigo ver seus olhos com nitidez focados na tela do *laptop*, os fones colocados nos ouvidos e as costas eretas enquanto clica no computador, com uma imagem das minhas mãos ampliada na tela.

A intensidade da concentração dele é palpável, como se houvesse uma bolha protetora ao seu redor dizendo ao mundo: NÃO ME PERTURBE.

Percebo que isso quase me faz lembrar... de mim. Ou, pelo menos, quando estou hiperconcentrada na leitura ou na escrita — quando saio deste mundo e entro em outro que é totalmente meu, feliz e seguro. Continuo olhando para Oliver, desejando que houvesse uma janela em seu cérebro pela qual eu conseguisse dar uma espiada e ver se o que ele está sentindo agora é parecido com o que sinto quando me estabeleço em minha dimensão especial.

Nunca fui capaz de me relacionar com ninguém por causa disso.

Na verdade, não tenho amigos. Não estou falando isso de uma maneira dramática, do tipo "coitada de mim". É apenas um fato. Tenho conhecidos. Podia me aproximar de pessoas na escola e bater papo (o que tentava evitar, porque meu cérebro parece virar do avesso quando tento fazer isso). Não almoçava sozinha.

Mas não era... conhecida.

Não há ninguém que me conheça de verdade. Quem realmente sou. Quem quero ser. Nunca tive essa conexão especial em que sou compreendida. Sempre parece que há uma cortina entre mim e qualquer pessoa com quem converso, e tenho medo de sempre sentir esse isolamento do mundo. Como se eu fosse uma peça extra de um quebra-cabeça, descartada e esquecida debaixo do sofá, enquanto todo mundo se conecta com sua peça correspondente.

Minhas bordas irregulares nunca terão o luxo de complementar as de outra pessoa.

Mas, quando escrevo ou leio, nunca me sinto sozinha. Derreto nas páginas; meu mundo se transforma na segurança de uma história.

Sinto-me vista e compreendida quando meus olhos dançam pelas linhas de um texto; é como se eu tivesse a chance de ser amada. Viver, gritar e existir como sou e ser a quantidade certa para alguém.

Perdida em pensamentos, desabo na beirada da cama. O movimento atrai a atenção de Oliver, e ele se vira de repente, os olhos arregalados quando percebe que não estou mais trancada no banheiro.

Ele se levanta, fechando o *laptop*, e se atrapalha com os fones de ouvido. Envergonhada por ter sido pega pensando nele, levanto-me de uma forma igualmente errática. O que faz a coisa toda parecer ainda mais estranha, porque agora estamos os dois parados aqui com um monte de carpete feio entre nós, olhando para o chão com timidez.

Depois de uma eternidade de silêncio, Oliver pergunta:

— Está realmente planejando ir embora? — Ele enfia as mãos nos bolsos e se balança nos calcanhares.

Demoro um tempo para entender a pergunta, e me lembro de que *declarei* para Mona, de forma dramática, que estou prestes a fugir. Dou de ombros evasivamente para Oliver, imitando-o e enfiando as mãos nos bolsos do vestido.

Mais silêncio.

— Achei que você tinha de ir à reunião — digo, traçando um redemoinho no carpete com o dedo do pé.

— Fiquei aqui.

Bem, isso é bastante óbvio.

— Por quê?

Ele encolhe os ombros como eu fiz um segundo antes, e a resposta é um "Não sei" resmungado, seguido de um pigarreio.

— O que foi?

— Não sei — ele diz com sua voz linda e nítida, olhando para mim por um segundo antes de pousar os olhos de novo no carpete.

Olho bem para ele.

— Como é que você não sabe?

— Também não sei isso — ele diz, esfregando o polegar na testa como se tudo fosse extremamente angustiante para ele. — Estou vivenciando múltiplas reações físicas e emoções que não consigo nomear.

Pisco para ele, meu cérebro girando como um motor a jato.

— Você ficou por... por minha causa? — As palavras escapam da minha boca antes que eu possa pensar melhor nelas.

Oliver está em silêncio, os olhos fixos em minha bochecha e o maxilar cerrado antes de levantar as mãos. É um gesto suave, mas literalmente nunca o vi tão confuso. O que é muito... interessante.

A experiência me ensinou que não devo, com certeza, procurar significados ocultos em nada que Oliver diga ou faça, porque isso *sempre* acaba me deixando desapontada... mas, tipo, isso não dá a impressão de que ele está loucamente apaixonado por mim? Estou projetando isso? Porque aquela pequena declaração de sentimentos desconhecidos convenceu o lóbulo ridiculamente romântico do meu cérebro de que ele está apaixonado por mim. Levei apenas três dias muito humilhantes para conquistá-lo com meu charme devastador.

Certo. Preciso ficar calma. Muito calma.

— Quer dar uma volta comigo? — pergunto, apontando a cascata de luz solar que entra pela janela empoeirada, curvando os dedos dos pés enquanto o nervosismo gira em meu estômago. Uau, na verdade, não saiu tão ruim. Uma atividade neutra oferecida de modo tranquilo — ouso dizer, *intrigante*. E, como tenho certeza de que ele não compareceu à reunião por minha causa e estamos na cidade do amor, diria que minhas chances são bem boas.

Oliver olha para a janela, apertando os olhos e depois franzindo a testa para o sol convidativo.

— Não — diz depois de um momento. Em seguida, fala um "Obrigado" muito educado.

Vou estrangular esse garoto. Ou as chicotadas dos gestos simpáticos seguidos de rejeições bruscas, embora tecnicamente educadas, vão me matar primeiro. O tempo dirá, mas sei que um de nós não terminará com vida.

— Tanto faz — consigo dizer sem a decepção embargar minha voz. Viro-me e pego meus sapatos e minha bolsa, saio correndo do quarto do hotel e desço as escadas.

Na rua, começo a andar.

Ando, ando e ando, concentrando-me em meus passos, engolindo as lágrimas incômodas que ardem em meus olhos e queimam meu nariz.

Estúpida, estúpida, *estúpida*. Sinto-me tão estúpida! Por que continuo fazendo isso? Por que estou sempre flertando com o fracasso?

O problema é que gosto muito das pessoas. Gosto de verdade. Acho que elas são interessantes, boas e únicas, e tenho o impulso de desejar conhecer todas elas. Com isso, quero que me conheçam também.

Que gostem de mim. Quero ser amada. Dane-se a lua, quero que alguém olhe para mim como se eu brilhasse como a porra do sol.

Mas não consigo encontrar isso. Não com os amigos na escola.

Nem com meus pais. Nem com minha irmã.

E, claro, nem com Oliver.

Mas também não sou capaz de deixar de tentar outra e outra vez.

Não sei quanto tempo caminho, olhando para o chão enquanto meus pés me afastam do local de meu último constrangimento, mas, no final, a calçada se transforma em paralelepípedos e uma suave melodia de violino faz minha cabeça se erguer.

Estou nos arredores de uma praça movimentada, com pessoas passeando pelo local, olhando para um mar infinito de cavaletes e telas com artistas juntos no espaço aberto. Abro caminho através do ligeiro caos até encontrar um banco vazio. Minha perna começa a balançar enquanto fragmentos desse dia horrível cruzam minha mente. Enterro o rosto nas mãos, tentando descobrir o que fazer.

Cumprirei minha ameaça de ir embora? Devo aguentar a vergonha ou não? Se for embora, para onde iria? Algum outro lugar da Europa? Tenho a capacidade para fazer isso?

Eu deveria estar fazendo um estágio enriquecedor, conversando regularmente com meus pais para contar como estou me tornando um clone perfeito de minha irmã; não consigo imaginá-los concordando com o abandono desse plano para ir a algum lugar novo.

Mas, se eu voltar para os Estados Unidos, isso quer dizer automaticamente voltar para casa? É provável que essa ideia seja mais assustadora ainda que o desconhecido. Mamãe passou os primeiros dezessete anos de minha vida irritada e agitada, a tal ponto que nunca a vi dizendo meu nome se não fosse acompanhado de um suspiro de exasperação, e o último ano me mimando até que me sentisse sufocada, tratando meu diagnóstico de TDAH como uma sentença de morte. Eu aguentaria voltar para lá?

Descobrir o que fazer e a ordem em que devo fazê-lo parecem algo impossível. Meu funcionamento executivo defeituoso distorce, inclina e gira os detalhes até que eu fique zonza ao tentar descobrir como realizar uma tarefa.

Com um gemido, levanto a cabeça e olho ao meu redor como se pudesse evocar uma resposta do nada.

Algo na cena acalma meus pensamentos acelerados por tempo suficiente para perceber como tudo é pitoresco. Tenho uma visão perfeita de uma artista sentada em um banquinho, a cabeça inclinada enquanto estuda a aquarela à sua frente. Ela está pintando os prédios baixos ao redor da praça, mergulhando o pincel na água e depois girando-o na tinta enquanto capta os toldos vermelhos com grandes letras maiúsculas que anunciam café e pâtisserie flutuando com suavidade à brisa do início do verão, uma linda igreja com cúpula branca erguendo-se com orgulho no fundo da cena.

Ela se move com paciência, mãos cuidadosas, mas confiantes, e me perco observando seu trabalho, observando-a recriar esse pequeno canto do mundo em sua tela. Quando o retângulo branco na frente dela ganha vida com cores sangrentas, começo a chorar. A arte dela é tão bela que faz meu peito doer e minhas mãos coçarem para também criar algo.

Um pensamento assustador e aterrorizante surge na minha cabeça, mas, antes que eu possa afastá-lo, me vejo puxando o telefone, trêmula.

Deslizo pelas telas até encontrar o aplicativo amarelo brilhante do Babble.

Babble é uma plataforma de mídia social que pode ser descrita de modo mais adequado como se *blogs*, Pinterest, X e AO3 tivessem tido um filho e esse bebê estranho exibisse tudo em uma grade na qual você pode clicar: infinitos nichos de arte, literatura e conversas.

Não o abro há uns três anos, mas nunca consegui apagar o aplicativo. Abri uma conta no ensino médio, usando-o, lamentavelmente, como um diário bastante público. Tinha cerca de quatro seguidores aleatórios, então não achei que fosse grande coisa. Mas um dia, no primeiro ano, uma garota da escola "tropeçou" na minha página e contou para todo mundo.

Eu não tinha escrito nada de mais ali — era noventa por cento uma quantidade enorme de informação sobre qualquer que fosse a última obsessão que me prendia pela garganta. Reservava minhas ideias mais malucas para *fanfics*, que felizmente nunca foram descobertas — mas minha turma, por algum motivo, decidiu que era hilário e fácil zombar de mim.

Em um acesso de vergonha total, apaguei todas as minhas postagens e jurei, de maneira bem melodramática, nunca mais escrever ali.

Meu dedo paira sobre o pequeno aplicativo amarelo agora, a pontada de provocação tão forte quanto quando eu tinha 15 anos. Começo a afastar a mão. Não tenho nada que valha a pena dizer ou compartilhar.

Por que me arriscaria a passar por um constrangimento como aquele de novo?

Olho mais uma vez para a pintora. Ela iniciou um novo projeto — a primeira peça encostada na perna do cavalete —, uma energia diferente na postura e nos movimentos. Sua mão se move com rapidez, longos traços de lápis na tela enquanto sua cabeça balança para a frente e para trás, indo da tela em branco para uma criança na frente dela que dança e rodopia pelos paralelepípedos com um arco-íris de fitas na mão. A garotinha solta uma risadinha estridente quando as fitas se enroscam em sua cintura. Mas logo ela se desvencilha e continua dançando.

A artista pega o pincel e a paleta, a mão se movendo em um borrão enquanto mistura as cores e depois as espalha pela tela, os olhos focados na criança.

Em poucos minutos, manchas de aquarela transformam a tela em algo suavemente semelhante à cena alegre. Quero entrar nessa pintura. Quero sentir a liberdade daquela menina, a segurança das mãos da artista.

Quero...

Quero...

Sabe que porra que eu quero? Ser eu mesma.

Estou cansada de fingir que gosto das coisas — que sinto as coisas — menos do que gosto para deixar os outros mais confortáveis. Já me cansei de mentir para mim mesma fingindo que não tenho nada importante a dizer. Tenho tantos pensamentos que às vezes penso que meu crânio vai se abrir por causa deles.

Clico no *app*.

Navego pela grade por um momento antes de clicar no pequeno sinal de mais no canto, abrindo uma tela em branco, os dedos pairando sobre o teclado.

O desejo de editar meus pensamentos, conter as coisas, me preocupar o tempo todo com o modo como os outros me verão é algo palpitante e pungente, uma tentação atrás da qual se esconder.

Mas, respirando fundo, deixo tudo isso ir embora.

E começo a digitar.

A ideia de amor quase sempre evoca a imagem de um casal. Duas mãos entrelaçadas. Uma mãe embalando um bebê. Os contornos espelhados de um coração.

Estou na cidade do amor, rodeada de pessoas, de arte e de séculos de memórias, e nunca me senti tão só.

Não sei o que esperava.

Essa não é a verdade completa. Sei exatamente o que esperava. Esperava entrar em uma nova cidade e encontrar um novo eu. Entrar em alguma vida alternativa que fosse melhor para mim. Na qual a solidão não fosse uma dor constante e surda no meu peito. Na qual os fantasmas de amizades fracassadas não pairassem sobre meus ombros.

Estou chorando de novo enquanto continuo a escrever, o coração nas mãos ao colocar os sentimentos em palavras.

Não quero me cercar de mais pessoas que não me querem. Ou que acham que sou um fardo. Se quisesse adotar esse estilo de vida, teria ficado em casa, em Cleveland.

Esta viagem não tem nada a ver com Mona ou suas opiniões. Mamãe, papai e Mona organizaram essa viagem para me mudar, eu acho. Para me atrair para a faculdade, para os negócios, planejamentos e terninhos. Não estou aqui para isso. Nem por eles.

> Estou aqui porque quero mudar. Quero me livrar dos pedaços que os outros me impuseram, daqueles que não cabem. Quero arrancar as partes que beliscam minha pele e deixam meus braços atados ao corpo. Quero usar com orgulho os pedaços que me permitem respirar.
>
> Deixem-me jogar os braços para o alto, desferir chutes e correr na direção do chamado dessas lindas cidades.
>
> Já amo o mundo, agora estou pronta para vivenciá-lo.

Leio duas vezes, o coração batendo forte e as lágrimas secando em meu rosto.

Depois abro um sorriso e clico em *publicar.*

CAPÍTULO 15

Minha Versão de "Odeio Essa Viagem"

Oliver

Essa viagem está causando estragos na minha rotina matinal e não estou gostando nada disso.

Num dia normal, acordo às sete e meia. Não gosto de ficar na cama; isso me dá a sensação de ser uma inútil truta morta sobre um bloco de gelo no mercado. Em seguida, tomo uma ducha, escovo os dentes, passo fio dental, me visto e vou para a cozinha ligar a máquina de café (que já deixei preparada na noite anterior) às oito horas e cinco minutos. Depois disso, verifico meu *e-mail* e redes sociais, e estou pronto para sair de casa às oito e meia.

Hoje não é um dia normal.

Hoje estou no aeroporto às quatro da manhã, com os olhos sonolentos, amarrotado e esperando nosso voo para Milão.

Ontem, como todos os outros dias em que estive na presença de uma das irmãs Twomley, foi um desastre. Emocional, para ser mais preciso. Juro que não sei dizer por que não fui à reunião. Dava para ver que Mona e Amina ficaram irritadas quando falei, sem muito espaço para discussão, que não iria com elas.

Mas senti algo ao ver Tilly tão chateada...

Na verdade, não. Isso não é exatamente verdade. Não foi algo que *vi*, mas sim que *senti.* A dor irradiava da pele dela como a agonia calorosa de estar perto demais do fogo, e isso causou algo estranho no meu organismo, criando um latejar agudo no peito e uma reviravolta no estômago.

Muito irritante, honestamente, e isso fez com que eu me isolasse, de certa forma.

Mas Tilly, é claro, tinha que fazer centenas de perguntas para as quais eu não tinha respostas, em vez de apenas ficarmos sentados em paz naquele quarto de hotel. Depois ela saiu correndo. Mais uma vez.

Ela é minha sentença de morte, juro.

Quando Mona e Amina voltaram, algumas horas depois, disseram-me que a reunião tinha sido uma bela merda e que não haviam conseguido o contrato. Deixaram claro que queriam que eu, na próxima reunião, apresentasse diferentes conceitos de *branding* e marketing (e que também mencionasse "com sutileza" meu *username* no Instagram, como se eu tivesse a menor ideia de como a sutileza funciona).

Tilly só apareceu tarde da noite, quando eu já estava deitado na cama, e fingi estar dormindo quando ela entrou no quarto na ponta dos pés. Ao caminhar tentando, sem conseguir, fazer silêncio, eu não parava de pensar onde ela estaria no quarto, como se um pequeno ímã puxasse minha mente enquanto ela se movia de um lugar para outro. Não tenho a mínima ideia do que isso significa, mas com certeza me deixou mais alerta do que cansado.

E então, quando eu enfim *poderia* começar a adormecer, coisas sem sentido continuavam surgindo na minha cabeça, como o formato das mãos dela. A maneira como sempre parecia prestes a rir, como se só ela estivesse ouvindo alguma piada brilhante. E aquelas três sardas na bochecha esquerda, a cor que não consigo identificar, me provocando toda vez que ela sorri. Isto é absolutamente ridículo.

Minha noite quase insone é a culpada pela minha cabeça confusa esta manhã enquanto passo pela segurança e levo a bagagem até o portão.

Embarcamos sem problemas, e o voo para Milão acabou antes que eu percebesse.

Espremidos em um trem superlotado, pegamos o metrô até o hotel, em uma parte mais barata da cidade, tendo algumas horas para descansar antes de nos encontrarmos com uma rede de butiques chamada Lumina.

Mona nos colocou de novo, Tilly e eu, dividindo um quarto conectado ao dela, e finjo não enlouquecer internamente com isso.

Por que, por que, *por que* é tão estranho dividir um espaço com Tilly? Já dividi quartos com minha irmã antes. E com Marcus e Micah. Até com as minhas mães. Isso sempre funcionou *bem*, mas agora parece *esquisito* e não consigo definir o motivo.

Assim que deixo cair a mochila no chão, fujo com rapidez para a sacada (extremamente pequena) anexa ao quarto, engolindo ar.

Sacada é um termo generoso — é mais um pedaço de metal enferrujado no qual tenho de ficar de lado para que meus pés não se pendurem perigosamente na beirada —, mas me distancia um pouco de Tilly e da atração peculiar que ela exerce sobre minha psique. Apoio os cotovelos na arriscada grade e enterro a cabeça nas mãos, deixando escapar um gemido baixo.

O que há com essa maldita garota que me deixa tão perturbado? Será porque não a conheço bem? Porque ela está explodindo o tempo todo com uma emoção ou outra que não consigo compreender totalmente?

Seu sorriso fulgurante passa pela minha mente e tento afastar a imagem. Por que isso continua acontecendo comigo?

Levantando a cabeça, concentro-me nas cores que se espalham à minha frente. As telhas nos telhados são Pantone 7523, um laranja queimado... um tom semelhante ao do vestido que Tilly usou ontem. O que parece algo absolutamente inútil de se lembrar. Uma nuvem fina ao longe é mais escura que as outras. Pantone 651, um azul-cinzento suave. Apenas alguns tons mais claros que os olhos de Tilly, que parecem nuvens tempestuosas.

O que está *acontecendo*? Solto um gemido e balanço a cabeça, tentando desalojar Tilly de qualquer lóbulo onde ela esteja enterrada. Pisco algumas vezes e arregalo os olhos, analisando o horizonte com um foco inigualável. Não faz diferença. Qualquer cor que encontro, de alguma forma flui de volta para Tilly, e fico com a sensação de frio na barriga.

Tudo bem. Hora do Google.

Depois de procurar condições médicas que expliquem insônia, pensamentos ruminantes, frio na barriga, rubor e palpitações cardíacas, saio por fim de uma espiral da internet que me convenceu de que sofro de algum tipo de ameba comedora de cérebro. Com um suspiro, bloqueio o telefone e bato a ponta dele na testa.

Fiquei tanto tempo parado aqui que minhas pernas torcidas estão começando a ficar com cãibras, e não tenho muita escolha a não ser entrar.

Tilly está sentada no chão, as costas apoiadas na cômoda e a língua entre os dentes enquanto digita com fúria no *laptop*. Está tão absorta no que quer que esteja fazendo que não percebe que voltei ao quarto. Ela está bem ao lado da minha mochila e mala, e atravesso devagar o espaço em direção a ela, inclinando-me para pegar minha mala.

Dou uma olhada no computador dela, observando as palavras voarem pela tela.

— O que é isso? — pergunto, apontando meu queixo para o *laptop*.

Tilly tem um sobressalto de surpresa, quase acertando minha garganta com o ombro.

— Nada! — ela grita, fechando o *laptop* com tanta violência que será um milagre se a tela não tiver se quebrado. Ela foge de quatro como um besouro apressado, deixando-me agachado e, francamente, desnorteado por completo.

— Cuide de sua vida, Oliver — resmunga, sentando-se aos pés da cama.

Não sei por que, mas isso dói. Não estava sendo intrometido. Estava... bem, ela me deixa tão curioso para saber mais sobre ela, e não faço ideia do motivo.

— Desculpe — murmuro, mexendo na mochila para manter as mãos ocupadas. Faz-se um longo silêncio e me levanto, colocando a mochila no ombro, presumindo que a conversa tenha acabado.

— Gostei do seu *post* de hoje — diz Tilly, me surpreendendo. Ela parecia tão irritada com minha conta do Instagram quando a mostrei pela primeira vez, que não achei que iria olhar novamente.

— Oh... Hum. Muito obrigado.

Uau! Isso foi articulado. Poético, até. Por que meu cérebro fica confuso e minha língua parece três vezes maior quando tento falar com Tilly?

— Parece que na maioria dos dias você faz fotos que têm todas a mesma cor — continua Tilly, puxando a bainha do vestido. — Por que as quatro de hoje foram diferentes?

Sinto cada músculo do pescoço e das costas ficar tenso. Ontem à noite, quando estava deitado na cama, com raiva e culpando Tilly pela minha insônia, agendei um *post* no Instagram que era um estudo sobre marcas de nascença: uma imagem recortada mostrando a verruga acima da sobrancelha direita de Cubby, Micah sorrindo enquanto olhava por cima do ombro salpicado com sardas, a mancha cor de café com leite no antebraço de *mommy* enquanto ela sovava a massa e até minha pinta no lado esquerdo do nariz.

Não sei como explicar a Tilly que fiz aquela colagem por algum tipo estranho de mágoa artística por ser capaz de nomear a cor de todas aquelas marcas, e não a dela.

Mentir não é algo natural para mim, mas acho que agora é um bom momento para tentar.

— Acho que estou apenas misturando as coisas — digo, mantendo a cabeça baixa ao caminhar até a cama, fingindo procurar algo na minha mochila.

O outro colchão range quando Tilly se levanta e começa a se mover. É como se cada célula do meu corpo tentasse se virar e observar para onde ela está indo, mas mantenho os olhos baixos.

— Você tinha muito a dizer sobre a cor da sarda acima do olho daquela garota — diz Tilly, invadindo meu espaço ao se sentar perto de mim na beirada do colchão. — Ela é...? Você a conhece bem? — pergunta Tilly.

— Sim — respondo, olhando para o rosto de Tilly antes de afastar meus olhos de novo. Mas, meu Deus, minha visão fica emaranhada em suas pernas, na forma como o tecido rosa-pálido do vestido cai sobre as coxas dela. Fecho os olhos com força, mas não adianta muito; agora posso imaginar as curvas de suas pernas com detalhes ridiculamente vívidos.

Incrível. Ótimo. Primeiro, aquelas sardas, depois as mãos, e agora as pernas. Maravilha. Que outras partes do corpo posso acrescentar a esse fascínio obsceno que meu cérebro parece ter por Tilly Twomley?

Até mesmo perguntas retóricas autoimpostas geram respostas infinitas em meu cérebro com tendência à literalidade. Começo a contar de trás para a frente a partir de cem, em português, para distrair minha imaginação e impedir que vá mais ao sul da inclinação de suas clavículas e daquele buraquinho na base de sua garganta.

Precisando ganhar distância de Tilly e, ao que parece, me movimentando nessa órbita constante que construímos ao redor um do outro, levanto-me e caminho para trás até que minhas pernas batem na beirada da outra cama e me forço a sentar novamente. Ela é como um asteroide, desequilibrando meu eixo e me fazendo girar pela sala.

— Vocês dois têm, tipo... algo? — Tilly pergunta, mas a voz dela soa distante em meio aos meus pensamentos embaralhados.

Demoro um segundo para me situar na conversa, depois começo a gargalhar. Olho para Tilly, e sua boca se fecha em uma careta.

— Meu Deus, não — digo, rindo ainda mais. Abro a foto. — Este sou eu — respondo, apontando para o canto do gráfico. — Este é o braço da minha *mommy* e este é o ombro de Micah. Ela namora meu melhor amigo, Marcus. Nós moramos todos juntos.

Os olhos de Tilly estão fixos no meu telefone, o cabelo dela caindo sobre o ombro. A forma como a luz atravessa os fios negros cria um violeta intenso e comovente. Pantone 19-3716, Purple Plumeria. Faz minha respiração ficar presa na garganta.

Engulo em seco.

— E esta é minha irmã gêmea. Cubby — digo, esperando parecer natural.

Os olhos de Tilly se arregalam e sua boca se abre em um sorriso eletrizante antes de mostrar algo um pouco mais neutro. Bem, neutro no estilo Tilly. Mesmo seus momentos mais calmos parecem disparar faíscas.

— Não sabia que você tinha uma irmã gêmea! Isso é tão legal! É estranho? Ter uma irmã gêmea?

Dou de ombros.

— Não é mais estranho do que você e sua irmã, imagino.

Há uma pausa enquanto Tilly pisca para mim, e o silêncio me deixa preocupado. Será que falei algo errado? Mas então ela explode em uma risada superalta, sua marca registrada.

— Essa foi boa — ela fala, bufando. — Sua irmã gosta de... hã... curadoria... de cores... hum... mídia com...

— Curadoria de fotografia e mídia digital para empresas, com ênfase na teoria das cores e aplicações psicológicas — digo, agradecendo seu esforço em lembrar meus planos para a universidade. Percebo que estou sorrindo para ela.

— Certo. Isso.

— Não. Cubby é musicista. Na verdade, ela está em turnê com sua banda agora. Temos nos comunicado por mensagens de texto, tentando nos encontrar caso as cidades se alinhem.

— Isso é incrível. Espero conhecê-la — diz Tilly.

Isso me pega desprevenido. Nunca pensei que Tilly pudesse querer conhecer minha irmã. Não achei que Tilly tivesse interesse em mim.

— Você tinha muito a dizer sobre a cor preta — fala Tilly após um momento de silêncio. Na verdade, ela mais grita comigo que qualquer outra coisa, mas já estou me acostumando a essas mudanças de volume na voz dela. — No seu *post*, quero dizer. Não tinha ideia de que havia tantos tons. Sempre pensei que preto era... bem, preto.

Minha cabeça se inclina para trás.

— O preto é uma das cores mais complexas que existem. É a minha preferida.

Preferida é um eufemismo. Sou obcecado por essa cor. O preto é suave, confortável e consistente, e faz o centro do meu cérebro gritar *ahhhh* de alívio cada vez que olho para ele.

— É um equívoco comum pensar que existe apenas um tipo de preto. Há inúmeros tipos — continuo. — Quero dizer, claro que o preto é cientificamente definido como a ausência total de cor, mas na arte o preto se desenvolve a partir da pigmentação. Pense nisso; um pintor tem que misturar infinitas cores, adicionando e adicionando, até obter o que deveria ser o nada. É como se todo o ato de produzir a cor contradissesse a definição dela. Pessoalmente, acho um pouco contraditório quando as pessoas corrigem você por dizer que o preto é uma cor. Tipo, vamos lá, cara, não vamos ficar com enrolação aqui. Acredito que grande parte do problema é a falta de clareza nas definições. Ao chegar ao centro da questão, sim, só há um único *tipo* de preto, que seria o preto puro. Até aí, tudo bem. Mas há vários *matizes* de preto, e acho que essa frase confunde as pessoas. Você também pode entrar nas várias diferenças entre cromaticidade e saturação, mas Munsell *obviamente* forneceria uma definição muito mais clara. Quando se trata da sensação das cores, tendo a considerá-las de uma perspectiva colorida. É menos científico, eu sei, mas a cor, no final das contas, é uma questão de experiência visual, então, por que não discuti-la nesses termos, não é? E, para uma cor considerada tão simples, o preto é incrivelmente complexo. Variado. É papel de jornal e céu noturno. É o pano de fundo do espaço sideral e os pontos de uma joaninha. É... É...

Olho para Tilly, que tenta desembaralhar todas as palavras que pedem para sair de mim.

— São as pontas dos seus cílios — digo, apontando para ela, meu olhar indo para o dela antes de percorrer seu rosto. — A profundidade de suas pupilas dilatadas quando fica excitada. Seu tênis surrado e aquele vestido com bolsos de que tanto gosta. É...

Tilly respira fundo com suavidade, o barulho interrompendo meus pensamentos descontrolados. Todos eles, percebo agora, transportaram-se para ela como contexto.

É nesse ponto que também noto que minha mão feliz tamborila com entusiasmo ao lado do meu corpo. Flexiono as mãos e esfrego uma delas na minha nuca aquecida, franzindo a testa ao olhar para o chão.

Ai que droga! Não queria despejar tantas informações assim. Não é algo que costumo fazer, a menos que seja com minha família ou Marcus.

— Acho que só entendi um terço do que você disse — Tilly sussurra. Olho para ela, que inclina a cabeça para o lado. — Mas adorei. Não tinha ideia de que as cores eram tão complexas. Pensei que apenas... existissem.

Uma onda avassaladora de algum sentimento desconhecido aperta meu peito e minha garganta. Dou uma tossidinha.

— Desculpe. Meu discurso pode ter sido exagerado. A teoria das cores é, simplesmente, a coisa mais fascinante do mundo.

Tilly balança a cabeça, inclinando-se em minha direção.

— A maneira como você fala sobre isso me faz acreditar que tem razão.

Estou sorrindo de novo quando Tilly e eu nos entreolhamos. E é aí que percebo que estamos fazendo algo próximo de um contato visual, e não estou tremendo por causa disso.

Na verdade, tudo parece assustadoramente *confortável*, e não sei o que fazer.

Tilly abre a boca para dizer algo, e meus olhos ficam presos no movimento. Observo seus lábios se abrirem e a língua passar por eles. Mas, pela primeira vez, Tilly não emite nenhum som.

Ela morde o lábio, as bordas brancas dos dentes em nítido contraste com o pleno tom rosado de seu sorriso hesitante.

Uma imagem brilha em minha mente, tão desastrosa, mas tão devastadoramente tentadora, que é difícil acreditar que veio de minha própria psique: minha boca pressionada contra a dela. Os fios pretos de seu cabelo caindo entre meus dedos enquanto passo as mãos por eles. A ponta do meu polegar roçando aquelas sardas enlouquecedoras enquanto seguro seu queixo.

A ideia é tão sedutora que me sinto inclinar para a frente. Tilly imita o movimento. Nossos olhos estão arregalados e, se estou interpretando do modo correto, um pouco aterrorizados também com a expressão de tensão de ambos se aproximando.

Isso está acontecendo? O que é *isso*? Santo Cristo, por que essa garota mexeu assim com minha mente? Poderia a sensação dos lábios dela encontrando os meus ser *mesmo* tão boa quanto meu cérebro acabou de me convencer de que será?

Nós dois nos aproximamos mais um milímetro.

E então...

— Está pronto, Oliver? — Amina diz, batendo no batente da porta e entrando no quarto. Levanto-me de repente, tentando segurar a respiração curta e dolorosa que passa pela minha garganta repentinamente seca.

— O carro deve chegar em um minuto — acrescenta Amina, digitando em seu telefone. — Mo já está lá embaixo.

— Ótimo. Perfeito. É. Maravilha. Ótimo.

Minha sequência de adjetivos extremamente suaves e totalmente comuns atrai por completo a atenção de Amina. Ela olha para mim com as sobrancelhas franzidas. Fica em silêncio por um momento, me encarando, e parece que meu rosto vai torrar por causa de todo o calor. Não posso deixar de ficar um pouco curioso a respeito da cor dele.

Amina então olha para Tilly, que ainda está sentada na beirada da cama, parecendo uma coruja assustada. Ela pisca uma vez. Duas vezes. Depois se vira para mim, agora com uma sobrancelha arqueada, alta e questionadora, observando-me.

— Tudo bem, Ollie? — ela pergunta, um pequeno sorriso se formando no canto dos lábios. — Está parecendo um pouco cansado.

Gostaria de poder dizer: *Não, Amina, não estou me sentindo nada bem. Na verdade, acho que fiquei absolutamente louco porque quase beijei uma garota pela qual nem tenho certeza do que* sinto *e que também é a irmã mais nova da minha chefe. Em menos de uma semana, ela destruiu minha rotina de sono, invadiu meu cérebro e me causou mais turbulência física e emocional do que já tinha vivenciado antes. E, você não vai acreditar, mas ainda tenho uns bons dois meses para viajar por este maldito continente ao lado dela.*

Não digo nada disso, é claro, no lugar prefiro tossir e depois me ocupo fingindo que estou organizando a mochila.

Tilly, que adora romper todos os silêncios, é quem fala.

— Ela chamou você de "Ollie" — diz, apontando um dedo entre mim e Amina. — Gostei disso. Posso te chamar assim?

Dou de ombros em um gesto evasivo, mantendo os olhos fixos no feio edredom. Tenho medo de que, se olhar para ela, meu rosto explodirá em chamas mais uma vez.

— Ollie — ela repete, prolongando as sílabas. — Ollie.

Antes que eu possa processar o pensamento, as palavras vão saindo da minha boca:

— Gosto do jeito que você pronuncia. Por favor, me chame de Ollie.

É verdade, *gosto* do jeito dela de pronunciar meu nome — a única pessoa que me chama de Ollie é Cubby, e ela fala meu nome com aquele tom de irmã brava que me faz revirar os olhos —, mas gostaria de não ter sido tão honesto assim.

O silêncio toma conta do quarto por mais um instante, e preciso sair daqui ou vou... não sei, morrer?

— Tchau — digo, acenando para Tilly e quase passando por cima de Amina enquanto fujo para a porta. O barulho de saltos no corredor me diz que ela não está muito atrás.

Na rua, engulo o ar amanhecido e úmido, encostando a cabeça na parede do hotel. Mona está na calçada, falando ao celular e esperando o carro.

Os passos barulhentos de Amina param ao meu lado. Mantenho os olhos fixos nos pedaços de chiclete espalhados pela calçada.

Depois de um momento, ela ri, um som bem-humorado e rouco. Dou uma olhada rápida para ela de canto de olho.

Ela sorri para mim, balançando a cabeça.

— Oh, querido — diz, me dando um tapinha no ombro —, vai ser um verão interessante, não vai?

CAPÍTULO 16

E Vai Piorando...

Oliver

— **Queixo erguido**, amores — diz Amina no táxi de volta ao hotel algumas horas depois. — Vamos conseguir na próxima vez.

São palavras agradáveis, mas a tristeza em sua voz não me convence nem um pouco. Se for levar em conta o tom de ironia de Mona, ela também não acredita.

— Essa foi a experiência mais humilhante da minha vida — diz Mona, rosnando enquanto olha pela janela.

— Está falando sério? A minha foi tentar, bêbada, avançar o sinal com minha colega de quarto na universidade, só para ela me dizer que, abrem aspas, *não gosto de comer tacos*, fecham aspas.

— Amina! — Mona dá um tapa no braço da sócia, e seu rosto ganha um violento tom de vermelho. Depois, ela olha para mim.

Demoro alguns segundos para entender o que Amina quer dizer, e em seguida também fico vermelho até a raiz do cabelo. Ótimo, esse pode ser *meu* momento mais humilhante. Giro todo o corpo para a janela e olho para fora.

— Seja como for — diz Amina, como se não tivesse jogado uma bomba embaraçosa neste pequeno táxi —, eles que se fodam. Eram um bando de velhos idiotas que não reconheceriam um bom produto nem que fosse jogado na cara deles.

— Essa não é uma má ideia — Mona murmura.

— Mas acho que precisamos nos reorganizar — continua Amina. — Amanhã pegaremos o trem para Roma e acredito que devamos usar esse tempo para melhorar a apresentação. Reavaliar algumas estratégias e realmente enfatizar a parte de marketing e rede social.

Posso sentir o olhar de Amina, e a vergonha percorre minha espinha. Talvez tenha estragado totalmente minha parte da apresentação, ou não. Quando chegou a minha vez de falar, meu cérebro ainda estava no quarto de hotel com Tilly, e tropecei em todos os pontos que pretendia abordar.

— Vou melhorar — digo, tamborilando os dedos na lateral do corpo. — Sinto muito por ter falhado.

— Oh, querido, não — diz Amina, estendendo a mão e tocando meu ombro. — Nada disso. Fomos Mona e eu que falhamos com *você*. Nós nos atrapalhamos tentando encontrar respostas para perguntas que nunca tínhamos pensado em nos fazer. Você está sendo maravilhoso. Nossos seguidores no Instagram mais que dobraram, e estamos vendo um aumento nos pedidos *on-line*. Só precisamos falar a mesma língua e colori-la em detalhes para o resto da viagem.

O carro para em frente ao hotel e saímos, a tarde do início de verão caindo sobre nós. Coloco a bolsa da câmera no outro ombro.

— Sei que deve estar cansado, Oliver, mas gostaria que tirássemos pelo menos algumas fotos em Milão antes de partirmos amanhã. Ainda temos algumas horas de luz para aproveitar. — Mona inclina a cabeça para trás e olha para o hotel; em seguida, pega o telefone e digita. — Vou mandar uma mensagem para Tilly e pedir que ela venha nos encontrar. Se eu subir, vou acabar não querendo sair mais.

— Certo. Ótimo — respondo, brincando com a alça da minha bolsa. Não me sinto pronto para ver Tilly de novo depois do estranho... momento... ou o que quer que tenha acontecido no quarto antes. Não que eu tenha muita escolha, porque ela sai correndo do prédio um minuto depois.

— Como foi? — ela pergunta, olhando para cada um de nós com um sorriso de expectativa.

— Um massacre absoluto — diz Amina com um sorriso, abraçando Tilly. — E como foi sua tarde?

As próximas horas são um borrão de arquitetura deslumbrante e transporte público lotado. Mona nos leva a diversas atrações da cidade e paramos para tirar inúmeras fotos — Tilly segurando um buquê de flores em um mercado ao ar livre, tocando uma pétala de flor com a unha. Seus braços erguidos para o céu, as icônicas torres do Duomo di Milano ao fundo. As mãos de Tilly envolvendo uma grande casquinha transbordante de sorvete de framboesa. Uma outra em que ela estende a mão para o lindo teto abobadado da Galeria Vittorio como se pudesse tocar o vidro azul-celeste.

O sorriso dela é tão grande durante todo o tempo em que fotografamos que não consigo deixar de sorrir também.

Tilly chega a comprar meia dúzia de *cannoncini*, colocando a massa em forma de charuto entre os dedos e berrando que ela é Edward mãos de *cannoli*. Mona diz para ela parar com isso, mas vê-la gesticulando as massinhas para mim como garras recheadas de creme me faz rir tanto que tiro algumas fotos.

Já é tarde quando começamos a voltar para o hotel, e fico olhando as fotos enquanto caminhamos. Uma em particular chama minha atenção e quase paro quando a vejo. O eco da risada dela está impresso na foto, a cabeça jogada para trás e as mãos com as massinhas. Como várias das fotos de Tilly, está um pouco desfocada e o alinhamento é um pesadelo, mas, por algum motivo, escolho esta como minha nova favorita.

Por causa do Pantone 100c, um amarelo-amanteigado, e 7571, um marrom-dourado caloroso, capturados no *cannoncini*, é claro.

A reunião foi horrível, mas, no geral, acho que hoje pode ter sido um bom dia. Para os negócios, claro.

— Ah, meu Deus, preciso tanto fazer xixi que posso morrer — diz Tilly ao subirmos as escadas para o quarto. Ela acelera no último lance. — O banheiro é meu primeiro! — acrescenta por cima do ombro, abrindo a porta e correndo para dentro.

Sigo alguns passos atrás, Mona e Amina entrando no quarto ao lado. Tiro a bolsa da câmera do ombro e me jogo na cama, quase sentando no *laptop* de Tilly no processo. Ela o deixou aberto e apoiado em meus travesseiros, e a imagem dela deitada no meu colchão enquanto eu estava fora cria uma sensação estranha e efervescente em meu peito.

Meu movimento faz a tela de descanso sair e aparece uma página da *web* cheia de texto. Reconheço o ícone no canto como Babble, algum tipo de *site* de *blog* do qual Cubby gostava alguns anos atrás. Meus olhos começam a percorrer as linhas.

> Minha família teve uma gata quando eu era pequena. O nome dela era Smoosh e ela era perfeita. Eu a amava tanto que poderia explodir

de alegria, e, até hoje, acredito que Smoosh me amava muito também. Ela me seguia por todos os lados, a cauda listrada se contorcendo de animação toda vez que eu dizia seu nome.

Alguém me disse que, depois que você aprende a ler, o processo é tão automático e involuntário que é impossível evitar a leitura das palavras colocadas à sua frente. Culpo isso, e não um fascínio profundo por entendê-la melhor, por ter continuado a ler o que Tilly tinha escrito.

Quando estava feliz, ela se empoleirava nas patas traseiras e estendia as patas em minha direção. Quando eu estava triste, ela se enrolava no meu peito, ronronando e lambendo as lágrimas do meu rosto. Era como se compartilhássemos um pequeno coração (e as poucas células cerebrais entre nós).

Mas também acho interessante como ela e eu reagíamos ao mundo. Quando Smoosh ficava com medo, ela se escondia. Eu a encontrava nos cantos mais estranhos, enfiada atrás de móveis, o rabo enrolado e a cabeça pressionada contra a parede, parecendo que, se fechasse os olhos e ficasse o menor possível, as coisas não a assustariam mais.

Gosto de fazer isso quando me sinto sobrecarregada.

Às vezes, parece que o mundo tem tanto poder de me machucar que preciso...

— O que está fazendo?

A voz de Tilly atravessa meus sentidos como uma faca e me arranca do meio de suas palavras.

— Nada! — minto, pulando e ficando de pé.

Tilly vem em minha direção, pegando o *laptop* e abraçando-o contra o peito.

— Você não tinha o direito de ler isso! — ela diz, apontando o dedo contra meu esterno. — Como ousa invadir minha privacidade?

— Sua *privacidade*? — gaguejo. — Você deixou o *laptop* aberto na minha cama com um *site* público na tela. Como eu poderia saber que se tratava de uma informação ultrassecreta? — pergunto, estendendo o dedo para ela.

— Eu... você... eu... Fique longe das minhas coisas!

— Oh, meu Deus, por que está gritando? — pergunta Mona, aparecendo na porta. Coloca as mãos nos quadris, a tira dos saltos altos pendurada no dedo mindinho.

— Não estou gritando! — berra Tilly.

Mona arqueia uma sobrancelha para ela.

— *Não* estou... Eu... Ele... Ai, que droga! — Tilly joga as mãos para o ar e dá as costas para todos. Ela ataca a mala, revirando-a com a força de um furacão antes de pegar um punhado de roupas e entrar no banheiro, batendo a porta.

O silêncio imediato tem uma energia que faz minha pele se arrepiar de tão forte. Olho para Mona. Ela encara a porta do banheiro, as sobrancelhas franzidas e os lábios crispados.

— Não precisa ser tão dura com ela, querida — sussurra Amina, atrás de Mona.

Mona abre a boca como se fosse dizer algo, mas a fecha, balançando a cabeça e se virando. Desvia de Amina e desaparece dentro do quarto. Amina franze os lábios, mas logo suas feições mudam, e ela me dá um sorriso suave antes de seguir o exemplo de Mona.

Instantes depois, Tilly abre a porta, apaga as luzes e vai direto para a cama. Ela colocou o pijama e não me olha enquanto puxa as cobertas. Sua boca é uma linha apertada e os olhos estão enrugados nos cantos quando se deita. A última coisa que vejo dela é o que parece ser uma lágrima minúscula e brilhante. Ela esfrega a palma da mão no rosto, puxa o edredom sobre a cabeça e fica incrivelmente imóvel.

Se o silêncio anterior era ruim, isto é ainda pior. Estou imóvel ali, me sentindo um completo idiota. Vou na ponta dos pés até minha mala para pegar o pijama, o zíper parecendo o estampido de um tiro. Entro no banheiro e tranco a porta atrás de mim.

Meu Deus, Tilly é irritante. E dramática. Quer dizer: qual é o problema? O que li já estava no Babble. E era *bom.* Mas ela tinha que dar um chilique. E por que, por que, *por que* me importo tanto com isso?

Não sou só eu, raciocino ao vestir uma camiseta preta e a calça do pijama. Tilly irrita *todo mundo*. A forma como Mona fica brava é prova disso. O que é um alívio. É perfeitamente normal que fragmentos do modo como ela age fiquem se repetindo em minha mente. *Não significa* de jeito nenhum *que não consigo parar de pensar nela*, digo a mim mesmo, escovando os dentes com uma força que faria meu dentista estremecer.

Isso vai passar. A qualquer momento ficarei insensível... a seja lá o que for que Tilly tem que consome meus pensamentos como uma febre terrível.

Apago as luzes e saio do banheiro, indo para a cama. O som suave da respiração de Tilly ressoa baixinho no ambiente enquanto entro debaixo das cobertas e apago o abajur de cabeceira.

Tenho certeza de que amanhã coisas como a respiração dela, ou os suspiros suaves que ela solta durante o sono, ou o impacto elétrico de sua risada não vão me perturbar nem um pouco.

Infelizmente, esta noite, tudo isso me mantém bem acordado.

CAPÍTULO 17

Rumo ao Ouro

Tilly

Uma deslumbrante viagem de trem para Roma não é a ocasião mais fácil para ficar taciturna e angustiada, mas tento ao máximo. Até renunciei à minha roupa de trem (vestido rosa-chiclete com uma saia rodada e cinto, absolutamente perfeito) e troquei por um *look* mais sombrio (vestido cinza-pálido com flores brancas bordadas, de *top* bufante, ainda assim lindo demais) para combinar com o meu humor.

À medida que o trem avança, pressiono a testa contra a janela e olho para o borrão que se torna a paisagem. Se isso fosse um filme, uma música instrumental melancólica cresceria ao meu redor enquanto contemplo a vida, tendo alguma grande ideia, resolvendo todos os meus problemas. Ou, melhor ainda, algum estranho e belo italiano se sentaria à minha frente. Trocaríamos olhares tímidos. Alguns sorrisos. Em pouco tempo, estaríamos conversando e rindo, e alguma música *indie* alternativa começaria a tocar. Então, bum, o filme cortaria para uma montagem de nós dois lindos e felizes caminhando por Roma inteira (provavelmente em uma Vespa), e viveríamos felizes para sempre.

Tragicamente, isto não é um filme de comédia romântica. Não sou o personagem principal. E, em vez disso, estou sentada em frente a Oliver, que, claro, é muito bonito, mas também é um saco, e não estou falando com ele agora, muito menos sorrindo.

A única pessoa que tenta falar comigo é minha mãe, que se diverte com um jogo no qual vê quantas mensagens passivo-agressivas precisa enviar até eu responder.

Está tratando Mona bem?

Tomou seus remédios esta manhã?

Se for a algum museu, certifique-se de NÃO tocar em nada. Nada de Tilly Tornado ♥

Outra mensagem chega e olho para o celular como se fosse um cachorro que vai me morder, mamãe iluminando a tela.

A ligação semanal de verificação agendada é para daqui a alguns dias — um fato que não posso esquecer, porque minha mãe me envia notificações todos os dias —, e não posso dizer que esteja ansiosa por ela. A coisa toda parece fadada ao fracasso. Jamais poderei dar um relatório que satisfaça as expectativas inalcançáveis dos meus pais.

Com um suspiro, abro a mensagem.

Não está mandando muitas notícias!

Como está sendo a viagem? Sentimos sua falta beijos

Meus dedos pairam sobre a tela ao pensar no que dizer. Sendo bem honesta, não sinto saudade de casa. Por mais difíceis que as coisas tenham sido, cada dia desta viagem me faz sentir que posso respirar um pouco mais fundo. Levantar um pouco mais o queixo. Ser eu mesma um pouco mais.

A Europa é incrível, respondo.

Está gostando de trabalhar com Mona?

Solto uma rápida e irônica risada. Mona não confia muito em mim, só me deixa ficar com as mãos à mostra enquanto Ollie tira fotos.

Está tudo bem.

A conversa toda parece artificial. Forçada.

E odeio isso.

Quero me sentir *animada* para falar com minha mãe. Compartilhar fragmentos reais de mim com ela.

Na verdade, tenho escrito muito no Babble, respondo na mensagem seguinte. Foi muito bom voltar.

Observo o balão de texto subir e descer enquanto espero pela resposta de minha mãe, uma esperança perigosa crescendo em meu peito.

Espero que esteja priorizando o estágio.

Para obter uma experiência real de trabalho.

E, *puf*, a esperança desaparece, deixando um fio de vergonha em seu rastro.

Bom... escrever é trabalho para muita gente, respondo, os dedos trêmulos ao digitar.

Tilly. Não. Você sabe que esse não é um trabalho de verdade.

Olho para o celular, um nó se formando na garganta.

Empregos reais são sólidos. Estáveis. Você, mais que qualquer outra pessoa, precisa disso na vida!, mamãe envia na sequência. Espero que esteja sendo realista sobre como será seu futuro.

Um minuto depois, chega mais uma mensagem. É um *link* para uma faculdade local de Cleveland que ainda aceita inscrições.

Duas lágrimas grandes e quentes caem no meu colo antes mesmo de eu processar que estou chorando. Bloqueio o telefone e fecho os olhos, tentando afastar todas as emoções que crescem em meu crânio. Constrangimento, frustração, raiva e... e... não sei, saudade? Nostalgia? Esse desespero dolorido por um futuro para o qual, ao que parece, não fui feita? Um futuro em que tenho ideias e as compartilho, colocando meu coração no trabalho em vez de forçar o cérebro a se adaptar a um formato que nunca se encaixará nele.

Respiro fundo, tentando me acalmar.

Às vezes, odeio me sentir tanto desse jeito.

Abaixo a cabeça e finjo vasculhar a mochila como desculpa para deixar meu cabelo cair sobre o rosto, escondendo assim toda a emoção que, tenho certeza, está fervilhando em minha pele. A única maneira de piorar a situação é se Mona, Oliver ou Amina me pegarem chorando.

Meus dedos roçam a extremidade curva e fria do *laptop*. Uma pequena faísca sobe pelo meu braço e vai direto para o peito. Parece uma memória muscular, esse lembrete delicioso e tentador de que, quando os sentimentos ficam grandes demais, uma página aberta aguarda ser preenchida.

Sem me permitir pensar muito — e afastando a dúvida que está tentando se esgueirar pelos cantos —, pego o *laptop* e abro o Babble, digitando de modo frenético.

O conceito de emprego é tão estranho para mim. Tipo, nós, como humanos, evoluímos e então dissemos: "Hum, temos esta vida... por que não criamos essa coisa chamada emprego e fazemos dela o ponto central de todo o nosso mundo, o principal determinante de nossa vida e da capacidade de sobreviver, e por que não fazer também um julgamento moral sobre quanto dinheiro ganhamos com isso? Oh, o que é dinheiro, você pergunta? Também é essa coisa que criamos para nos divertir e que de vez em quando se tornará nada mais do que um pedaço de papel ao qual atribuímos valor, observando alguns o acumularem, ao mesmo tempo que outros mal conseguem sobreviver! E toda a sua existência vai estar centrada nessas duas coisas! Divirta-se!".

... Nossa. Desculpe. Um inesperado discurso capitalista chegando com tudo... não esperava por isso.

Bem, é claro que estou plenamente consciente de que obter necessidades básicas de sobrevivência, como comida, água e abrigo, dá trabalho. Sou a favor do trabalho e de que cada um faça a sua parte. Mas empregos? Criamos algo para o nosso próprio sofrimento! Que porcaria é uma bolsa de valores, criptomoeda ou análise de mercado? Tudo parece... falso. Ou, pelo menos, não é melhor como trabalho do que algo como pintura, poesia ou música, como a sociedade nos diz.

Posso afirmar: não quero um emprego. Isso não significa que não queira trabalhar. Escrever é trabalho. O que é engraçado, porque me disseram que "não é um emprego de verdade". O que isso significa? É porque não é garantia de que vou ganhar muito dinheiro? É porque depende muito da criatividade? Porque lida com emoções em vez de pedaços de papel? Transformar sentimentos em palavras, captar a intensidade dos momentos, isso é difícil. E é importante... para mim, pelo menos.

— Sinto muito, mas não. — A voz de Mona corta minha concentração enquanto leio o que escrevi. Levanto a cabeça. — Continuar com o básico ainda deve ser nossa abordagem — continua ela, apontando para um pedaço de papel na mesinha central entre nossos quatro assentos. Está pontilhado com cores básicas (leia-se: maçantes) de esmalte. — Essas são as opções mais acessíveis e versáteis para as usuárias. Os compradores vão querer isso para os clientes. Algo que possam vender e que seja neutro o suficiente para entrevistas de emprego ou encontros.

Os lábios de Amina estão franzidos enquanto olha para o papel.

— Tem sua razão de ser, mas me pergunto se não deveríamos mostrar algumas de nossas opções mais exclusivas. — Fica quieta por um momento, estudando as cores, antes de olhar para mim e perguntar: — O que acha, Tilly?

Minha cabeça se inclina para trás com a surpresa.

— Eu? Não sei. Não tenho nenhum tino comercial.

— Hum, você pode não ter *experiência* com negócios — Amina diz —, mas é jovem e divertida, e tem um ótimo estilo. O que gostaria de comprar?

Fecho o *laptop* e enrolo os dedos na saia do vestido, o calor subindo pelo meu pescoço. Sinto os olhos de Mona e Oliver em mim, mas não olho para eles. Continuo olhando para Amina, que me dá um aceno encorajador.

— Essas cores são todas bem básicas e sem graça, para ser honesta — digo.

Mona respira fundo, mas continuo:

— Quero dizer, são legais, mas não me impressionam. Não há razão para preferir aquele vermelho a qualquer outro dos milhões de esmaltes vermelhos por aí.

— Mas o pessoal das lojas precisa saber que temos um bom portfólio de produtos básicos de beleza — Mona fala, na defensiva.

— E você pode mostrar isso a eles, mas acho que está deixando de mostrar o que *seus* clientes vão querer — digo, encontrando coragem para olhar para ela.

Mona franze a testa para mim, mas não é um olhar aniquilador, então tomo isso como um bom sinal e prossigo:

— Consumidores jovens, como eu, não compram um esmalte rosa perolado e entediante para entrevistas de emprego ou porque alguma revista nos diz que algum tom específico de vermelho é o que devemos usar no primeiro encontro. Compramos para nos destacar. Para ter uma marca, que diz: "Ei, estou aqui. Existo, sou diferente e quero que perceba, mesmo que eu não seja supercorajosa e tenha coragem de mostrar isso apenas da maneira mais sutil possível". — Movo meus dedos, que pintei de um tom chocante de laranja, para Mona. — Queremos ser ousados, mas com segurança. Nem sempre é possível pintar o cabelo de uma cor doida ou ter dinheiro para comprar um monte de roupas legais, mas esmalte é acessível. É algo que podemos tornar nosso. E vocês já estão mostrando isso com os tipos de foto que Oliver tira, então, por que não apresentar dessa mesma maneira nas reuniões?

O grupo fica em silêncio, e me afundo no assento, traçando com o dedo a estampa floral do meu vestido em vez de olhar para qualquer um deles.

— Isso é absolutamente brilhante.

Meus olhos se voltam para Amina, que sorri para mim.

— É... é? — pergunto, mordendo o lábio enquanto um sorriso nervoso cresce em meus lábios.

— Adorei — diz Amina, olhando para Mona. — Você não adorou, Mo?

Mona me encara como se não me reconhecesse.

— Quais cores você mostraria? — ela pergunta, cada palavra lenta e pensativa.

Olho para Oliver e seus olhos estão fixos na minha boca, como se não conseguisse respirar enquanto eu não dissesse o que penso.

— Por que não todos os tons de joias? — digo, a sugestão soando mais como uma pergunta.

— Para o verão? — Amina pergunta, inclinando a cabeça. — Não seria melhor para o outono ou inverno? — Ela olha para Oliver em busca de confirmação, mas o olhar dele ainda está fixo em mim.

Dou de ombros.

— Acho que tradicionalmente seria, sim. Mas é preciso mesmo uma estação para querer se enfeitar com as cores das pedras preciosas? Para querer se sentir como se tivesse um milhão de dólares com a riqueza dos roxos e a ousadia das esmeraldas? Depois, podem finalizar a apresentação com o ponto alto. Sejam arrojadas. Terminem com o ouro.

A boca de Mona se abre, as sobrancelhas franzidas enquanto continua a olhar para mim.

Meu coração bate tão forte que sobe pela garganta, esperando para ouvir o que ela vai dizer. Os segundos passam, e ela permanece olhando para mim.

— Sem dúvida nenhuma, amei isso — diz ela.

Agora é minha vez de ficar com a boca aberta como um peixe morto. Isso foi... puta que pariu, isso foi um *elogio*? Da minha *irmã*?

— Oliver — diz ela, com uma animação nova na voz —, você acha que poderia editar algumas fotos? Destacar os tons de joias e adicioná-los à apresentação dos *slides*?

A cabeça de Oliver é um borrão quando balança a cabeça, já pegando o *laptop* e abrindo-o.

— Vai ser *fabuloso* — diz Amina, fazendo anotações em seu caderno.

Mona começa a conversar com Amina empregando termos comerciais que não reconheço ou não me importam, e as duas iniciam uma discussão animada, inclinando-se uma para a outra enquanto conversam.

Um brilho quente enche meu peito, espalhando felicidade pelos meus braços e zumbindo em meus dedos. Viro-me para a janela e dou um enorme sorriso, olhando lá fora pelo vidro durante a última hora da viagem.

Quando enfim chegamos a Roma, levantamos do assento, pegamos a bagagem nos bagageiros superiores e caminhamos espremidos pelo corredor.

Amina e Oliver já estão fora do trem quando Mona estende a mão e dá um tapinha nas minhas costas.

Olho para ela por cima do ombro e um leve rubor cobre suas bochechas. Ela limpa a garganta.

— Obrigada — diz por fim, colocando o cabelo atrás das orelhas. — Suas ideias foram muito boas. Estou apenas...

Ela morde o lábio por um segundo e depois faz a última coisa no mundo que eu esperaria. Aproxima-se e me dá um abraço. É estranho, um pouco rígido e superdesconfortável, porque ainda estou olhando para a frente e ela está meio que abraçando minhas costas e enfiando meu nariz em seu ombro, e o corredor não nos deixa muito espaço, mas ainda assim pode ser o melhor abraço da minha vida.

— Obrigada — ela repete. — Fico feliz que esteja aqui.

Fico imóvel por um instante, engolindo a torrente de emoções que obstruem minha garganta. Quando me asseguro de que não vou chorar, respondo:

— Estou feliz por estar aqui também.

Mona me solta e depois limpa a garganta de novo.

— Se estiver, hum, interessada, adoraria que participasse conosco da reunião.

Pisco várias vezes, o pensamento girando em meu cérebro.

— É mesmo?

Mona assente e sorri, usando as mãos para me empurrar para a frente. Fico pensando nisso enquanto espremo a mochila no corredor para sair do trem. Quero ir? Para ser honesta comigo mesma, a única razão pela qual quis ir antes era porque Oliver também ia. Mas, na realidade, reuniões de negócios parecem uma versão adulta de se estar numa sala de aula. Em outras palavras, um dos meus círculos pessoais do inferno.

Na plataforma, viro-me para Mona.

— Acho que não quero ir — digo.

O sorriso de Mona se transforma em uma carranca e seu corpo se enrijece.

Ela está prestes a ficar na defensiva e faz menção de abrir a boca.

— Não porque não acredite no que está fazendo — continuo, interrompendo-a. — Apenas não acho que seja a melhor maneira de ajudar. E quero ajudar. Muito.

Mona fecha a boca e inclina a cabeça, me convidando a continuar.

— Se, hã, você quiser, adoraria fazer mais coisas como o que aconteceu no trem. Conversar com você e Amina. E Oliver, ou com quem for. Aquilo foi divertido. Eu gostei e acho que com o tempo posso melhorar. Mas não estou interessada na parte da reunião. Faz sentido? Pode ser?

O rosto de Mona se suaviza.

— Eu acho — diz ela, ajeitando a blusa — que faz todo sentido. E poderíamos nos beneficiar da sua perspectiva de uma forma bem criativa.

Sem pensar, eu me aproximo, dando outro abraço nela.

Ela se afasta por um instante, tensa, depois relaxa. Um pouquinho.

— E, em troca da minha contribuição, aceitarei cinquenta por cento da propriedade da empresa.

Mona funga mais que ri, afastando-se em seguida.

— Vai sonhando, Til.

Abro um sorriso para minha irmã e depois dou de ombros.

— É o que eu faço.

CAPÍTULO 18

Trem Cerebral Descontrolado

Tilly

— **Opa.** — A voz de Oliver é suave, mas me assusta profundamente e dou um grito.

Oliver, Amina e Mona deixaram as malas no hotel e foram direto para a reunião. Depois de encontrar o café mais próximo e me empanturrar de café expresso e tantas fatias de *tiramisu* que deveria ter pedido logo de cara o doce inteiro, me arrastei de volta para o hotel e fiquei no modo hiperfoco por... três horas, se o que vejo no celular está correto. Poderiam ter sido três minutos pelo modo como me perdi em pensamentos.

Oliver fica quieto enquanto volto ao mundo real; há um quê de gentileza na maneira como coloca a mochila no chão e depois se senta na beirada da cama. É muito diferente de como minha mãe reage.

Meu hiperfoco costuma enlouquecer minha mãe.

Ela sempre invade meu quarto, me dizendo para ficar atenta ao que me rodeia, brigando comigo por causa de tarefas ou lições escolares esquecidas. Gritando quando eu me perdia em pensamentos, perdendo horas e horas enquanto meu cérebro se mantinha em uma tarefa inútil, como comprar um maiô *on-line* ou dar um mergulho profundo em algumas teorias de conspiração que envolviam Pete Davidson.

Mamãe age como se eu tivesse escolhido desaparecer, quando, na verdade, sou fisicamente incapaz de me afastar da tarefa. Às vezes, o hiperfoco me permite criar algo bonito ou que me entusiasma, como o que escrevi esta tarde. Outras vezes, fico refém dele até as três da manhã e lágrimas de frustração escorrem pelo meu rosto.

— Como foi a reunião? — pergunto, esfregando os punhos nos olhos.

Oliver e eu não conversamos muito desde a briga de ontem, e ele me olha surpreso com a pergunta, depois abre um sorriso tímido, que me devasta um pouquinho.

— Muito bem, acredito — diz ele, ensaiando uma expressão e esfregando a palma das mãos no tecido preto das calças.

— Isso é tudo que vai me contar? — digo, fechando o *laptop* e me inclinando na direção dele. — Vocês três têm voltado das reuniões como se tivessem sido torturados com brotos de bambu sob as unhas, e tudo o que vai me dizer é *muito bem*?

Pronuncio as últimas palavras imitando seu sotaque, e também imito a forma como os lábios dele se contraem nos cantos, aquele sorriso pronto para explodir e acabar comigo mais uma vez.

— Tudo bem — ele diz, se aproximando de mim. — Foi brilhante. Absolutamente brilhante. Eles adoraram tanto a ideia, que já estavam pensando em expositores de mesa para combinar com as joias e roupas que possuem.

Um ruído entre o acasalamento de uma baleia e o guincho de um pterodáctilo sai da minha garganta, e eu pulo e corro para a porta que liga meu quarto ao de Mona.

Está fechada, mas entro correndo.

— Mona!

Mona grita quando a porta bate na parede e ouço seu corpo cair no chão ao lado da cama.

— Tilly! Você deveria bater antes, puta que pariu — ela diz do outro lado da cama.

— A porta deveria ficar aberta — digo, cantarolando. Ouço o farfalhar de roupas e o som de um zíper antes de Mona enfim aparecer.

Solto um fraco assobio.

— Nossa, Mo. Você tem um encontro ou algo assim?

— O quê? Não! Que coisa estranha de se dizer — fala Mona, com o rosto vermelho. Ela passa as mãos sobre o vestido de frente única curto que está usando, parecendo ter saído de um calendário *pinup* dos anos 1950. Ela olha por cima do meu ombro, e olho também, vendo Oliver espiar pela porta.

— Ouvi dizer que a reunião correu bem — digo, correndo e caindo de barriga no colchão de Mona. Quase posso ouvi-la revirar os olhos.

— Foi muito promissora — ela fala, agarrando-me pelos tornozelos e me puxando para baixo, para que meus sapatos não toquem na cama.

— Vocês dois me matam — eu digo, sentando e apontando para ela e Oliver. — Tão imperturbáveis e sérios. Não há problema em admitir que foi bom pra cacete.

Mona revira os olhos mais uma vez e vai até o espelho para se maquiar.

— Não diga *cacete.*

— Desculpe. Não há problema em admitir que foi bom pra *caralho*.

— Tilly! — diz Mona, parando de passar rímel para me encarar.

— Onde está Amina? — pergunto, notando sua ausência. Ela teria se divertido com isso.

— Ela, hum, saiu — Mona responde, jogando o tubo de rímel de volta na bolsa de maquiagem.

— Para onde? — pergunto, observando Mona tirar a tampa do batom e girar a base.

— Hã. Ela foi... Não sei. Só saiu. Saiu para pegar alguma coisa.

Mona passa o batom e usa o dedo para acertar as extremidades.

— Por que você está com seu batom para encontros? — pergunto, andando ao lado de Mona e me inclinando em direção à sua boca. Ela me empurra para longe.

— Não estou.

— Está, sim. Você só usa batom vermelho em encontros. — Mona é tão personalidade tipo A que, mesmo no ensino médio, etiquetava caixas nas gavetas do banheiro com maquiagem específica para eventos, que iam desde reuniões do clube de debate de terça-feira até encontros noturnos às sextas.

— Não. O quê. Eu... — Mona corre o olhar pelo quarto como se procurasse a saída de emergência. Seus olhos pousam em Oliver.

— Vocês dois deveriam dar uma volta — diz Mona, enxotando-nos com as mãos.

— Não, obrigado — Oliver responde.

— Prefiro arrancar meus próprios cabelos — acrescento.

Mona franze a testa.

— Sério. Vão. No mínimo, tirem algumas fotos para o Instagram.

— Está me pedindo para dar uma volta ou para tirar fotos? — Oliver tenta entender. — Preciso saber se devo registrar o horário na minha fatura.

— Você está sendo *pago*? — pergunto, incrédula, afundando os pés no chão e resistindo à tentativa de Mona de me empurrar para fora do quarto. — Por que não estou sendo paga? — acrescento, virando-me para ela.

— Porque está viajando de graça pela Europa! — Mona diz, jogando as mãos para o alto.

Oh! É. Bom, trabalho ainda é trabalho e preciso de cada centavo se vou continuar consumindo doces e café nesse ritmo.

— Por que está tão determinada a nos tirar daqui? — pergunto, estreitando os olhos enquanto Mona tenta me afastar como um cão pastor-australiano pastoreando ovelhas.

— Não estou! É só que...

Uma batida à porta.

— Oi, linda. Está pronta para o nosso... — Amina enfia a cabeça no quarto com uma garrafa de vinho e duas taças nas mãos.

Seus olhos se arregalam e a boca se fecha quando vê que eu e Oliver a encaramos.

Puta merda!

Eu sabia!

Eu realmente *sabia* que havia algo ali.

Viro-me para Mona com um sorriso gigante. Respiro fundo, me preparando para gritar com animação.

— Não faça isso — diz Mona, os olhos arregalados, levantando um dedo ameaçador.

Sufoco o grito alegre que arranha minha garganta, a cabeça prestes a explodir.

Movendo-se devagar, como se eu fosse um animal selvagem que ela tem medo de assustar, Mona se vira para sua bolsa, vasculhando os bolsos. Mantém os olhos fixos nos meus, sabendo que posso perder a cabeça se ela desviar o olhar por um segundo que seja.

Ela estende a carteira.

— Pegue meu cartão de crédito e vá embora — diz, brava, como se eu a estivesse assaltando.

Com o corpo vibrando de alegria e os lábios apertados, consigo balançar a cabeça lentamente e pegar o cartão dela. Depois me viro, agarrando o cotovelo de Oliver.

— O que está acontecendo? — Oliver pergunta, as sobrancelhas franzidas enquanto o empurro para a porta.

— Explico quando estivermos passeando — digo, lançando a Amina um sorriso gigante e uma piscadela ao passarmos. Ela ainda está parada no mesmo lugar, mas, um segundo depois, sorri em resposta.

— Certo, mas vou ser remunerado por essas horas? — Oliver pergunta.

Solto um gemido.

— Vou pagar para você ficar quieto — respondo, continuando a arrastar Oliver comigo. Ouço a porta se fechar atrás de nós e meu sorriso cresce. — Aceita pagamento em sorvete?

CAPÍTULO 19

Quando em Roma

Tilly

Roma é o que eu chamaria de pesadelo sensorial. O calor pressiona meus ombros e pescoço com uma pressão física, sugando a energia dos meus músculos. A multidão é tão densa e barulhenta enquanto tentamos caminhar pela Fontana di Trevi, que é como se estivesse sendo engolida inteira pela massa de corpos, nunca mais tendo espaço para respirar.

E o barulho. Puta merda, que barulho! Há motores, gritos, sinos, água jorrando de fontes, conversas, canto de pássaros e choros de bebês, tudo combinado neste zumbido irritante que atravessa minha pele, subindo e descendo pela minha espinha em uma dor aguda.

Fico tão esgotada com tudo isso que paro de andar, a respiração curta, as lágrimas começando a brotar dos meus olhos. Sinto que Oliver para também, mas não consigo olhar para ele. Se fizer isso, sei que farei algo humilhante, como começar a chorar ou encostar meu rosto em seu peito. É provável que ele me pergunte por que parei de andar, ou o que há de errado comigo, ou me lance um daqueles seus olhares frios, e será constrangedor e impossível explicar que meu reator nuclear está implodindo sobre si mesmo da maneira mais catastrófica possível.

E que estou pirando.

Em público.

Um leve toque na minha coxa chama minha atenção para baixo, e vejo os dedos de Oliver tamborilando na lateral de seu corpo em movimentos bruscos. Arrisco dar uma olhada para o seu rosto. Seus ombros e pescoço estão tensos, e um músculo em seu maxilar treme enquanto olha para o céu. Será que... ele está odiando isso também?

Com um movimento tão rápido que me faz dar um pulo, aqueles infindáveis olhos castanhos pousam em mim. Ele deve ter conseguido ler o sofrimento em meu rosto, porque estende a mão, os longos dedos se entrelaçando aos meus.

— Vamos — diz, puxando minha mão. Ele se vira, empurrando a multidão. Puxando-me com ele.

Ollie nunca me tocou por tanto tempo antes — qualquer contato físico não passou de um breve ajuste em minhas mãos: murmúrios de toques. Deveria parecer estranho e agitar meus nervos o fato de os dedos dele estarem entrelaçados aos meus. Mas, de alguma maneira, tudo o que sinto é segurança.

E só um pouquinho de perfeição.

A pressão de sua mão é firme o suficiente para que eu saiba que não vou me dissolver em meio a todos os estímulos ao redor. Ollie cria espaço para mim enquanto segue na liderança.

Não sei para onde estamos indo, mas, por algum motivo, confio que ele vai encontrar um lugar melhor do que aqui. Mantenho os olhos fixos em um ponto entre suas escápulas, canalizando todo o meu foco nos fios da camisa preta, na maneira como o tecido repuxa e se move a cada passo que ele dá.

Enfim chegamos aos arredores da área mais congestionada, e ele me puxa por uma rua lateral estreita, um ar mais fresco vindo das sombras dos prédios de pedra áspera. A cabeça de Ollie balança para a frente e para trás enquanto ele caminha, espiando becos e alcovas, os ruídos explosivos da cidade desaparecendo atrás de nós à medida que avançamos no labirinto oculto de Roma.

Passamos voando por uma abertura estreita entre os prédios e, do nada, ele para no meio do caminho. Dou um encontrão nele, o nariz sendo esmagado em suas costas.

Não gosto de admitir isso, mas ele cheira absurdamente bem. Aquele filho da mãe.

Primeiro aquele rosto escandalosamente bonito, depois suas descrições de cores irritantemente belas, e agora tenho que viver sabendo que ele dá as mãos como um profissional e cheira como um deus? Ele torna bem difícil odiá-lo.

Ollie se vira, me puxando entre os prédios atrás dele.

— Uau — digo, meu queixo caindo ao avançarmos por um pátio escondido. Pisco algumas vezes enquanto meus olhos se ajustam à luz mais baixa do local. Os edifícios ao redor são altos e tortos, encostados uns nos outros de modo confortável. Varais com roupas ondulando no alto e pequenas varandas repletas de plantas.

E o silêncio.

Eu poderia chorar de agradecimento pelo silêncio. É macio como um cobertor, nada do caos de Roma invadindo este pequeno e seguro espaço.

Dou mais alguns passos para dentro do pátio e então, sem pensar, desabo no chão de paralelepípedos, a energia tensa sendo drenada de mim na tranquilidade deste lugar.

— Está tudo bem? — Ollie pergunta depois de um instante.

Seu olhar é como uma carícia que posso sentir no rosto, e eu concordo, pressionando meu rosto contra o ombro, desviando do olhar dele.

— Sim. Desculpe. É que foi só... demais. — Mordo meu lábio. — Desculpa mesmo — repito.

— Não precisa se desculpar. — Ollie limpa a garganta. — Eu, hã... entendo. Entendo como se sente.

Solto um suspiro.

— Certo. Claro.

Há uma longa pausa, e ainda posso sentir Oliver me olhando.

— Acho que está sendo sarcástica, mas não entendo por quê — ele diz por fim.

Com um suspiro, pressiono minha cabeça contra a parede atrás de mim, piscando para o pedaço de céu azul sobre nosso esconderijo. Tento decifrar a profusão de palavras na minha cabeça, mas é difícil encontrar algumas que funcionem. Por que sempre pareço me despir quando admito isso para as pessoas?

— Tenho TDAH — digo, continuando a olhar para cima. — E, embora saiba que ninguém em particular *gosta* de multidões como aquela, o que vivenciamos parece quase um curto-circuito para mim.

Oliver fica quieto na pequena pausa que deixo, e decido seguir em frente. Falar tudo. Pôr tudo para fora.

— O mundo tem a ideia errada de que o TDAH é apenas falta de concentração ou algum traço peculiar de personalidade, mas é muito mais do que isso. É como... meu Deus, como se explica isso? É como se cada coisa ao redor gritasse pedindo minha atenção, arranhando meu cérebro e rasgando-o em cem direções diferentes, com a mesma força. E meu corpo não é capaz de descobrir como processar nada disso. Multidões como aquela — aceno vagamente para a direção de onde viemos — fazem meu sistema nervoso parecer prestes a ser destruído. É como se meu cérebro nunca parasse de zumbir, nunca alcançasse tudo o que implora pela atenção dele. A vida se torna... não sei... demais pra caralho. É difícil fazer qualquer coisa. Descobrir a ordem em que devo fazer qualquer coisa. Lembrar de comer ou cuidar de mim mesma. E... sim. Tudo isso contribui para chiliques incrivelmente embaraçosos.

Faço traços nas pedras sob mim, tentando engolir a vulnerabilidade crua que cresce em minha garganta. Cutuca meus olhos. Mesmo antes de darem um nome para isso, já fui julgada pela maneira atípica como meu cérebro funciona, até mesmo por pessoas como mamãe ou papai, que deveriam ser aqueles que me amam mais.

Foram necessários uma pandemia global, um ensino *on-line* torturante e cair em soluços furiosos todos os dias quando não conseguia fazer meu cérebro divagante cooperar para que minha mãe me levasse a um psiquiatra infantil.

O dr. Alverez nos explicou que eu não era desmiolada, preguiçosa ou indisciplinada (como ouvi muitas vezes na vida), mas que meu funcionamento executivo era quase inexistente. Não que me faltasse atenção; eu apenas não conseguia controlá-la.

Mas, mesmo com meu diagnóstico, eles não *entenderam*. Seria ridículo pensar que um quase estranho como Oliver pudesse entender aquilo de alguma forma.

— Tenho certeza de que você tem algum tipo de pergunta inevitável como "TDAH não é apenas para meninos ou crianças pequenas?", então vá em frente e pergunte — digo, com meus dedos ainda vagando pelo chão.

Não sou capaz de encarar Oliver, mas o ouço dar um passo em minha direção. Pelo canto do olho, vejo-o se agachar, usando a palma da mão para tirar o pó de um ponto no chão antes de se sentar a meu lado.

Por alguma razão, o silêncio dele, o calor do seu braço próximo ao meu, é muito pior do que se ele tivesse dito alguma merda, como eu esperava.

— Posso te contar uma coisa? — ele pergunta depois de um momento.

— Se quiser — respondo, tentando ser irreverente enquanto enxugo com sutileza meus olhos e nariz na manga.

— Acredito que somos muito mais parecidos do que você pensa.

CAPÍTULO 20

Neurodivino e me Sentindo Ótimo

Oliver

— **Como assim?** — Tilly pergunta, seus olhos tempestuosos olhando para mim com total vulnerabilidade.

— Sou... bem... — Dou umas tossidinhas, procurando as palavras certas.

É difícil confiar que as pessoas saberão o que fazer quando descobrirem que sou autista. Elas agem como se fosse uma grande *coisa* em vez de um simples fato sobre o meu cérebro.

São tias "bem-intencionadas" dizendo baixinho para minhas mães que não *pareço* autista, ou aguentar meus colegas de escola me olhando horrorizados depois de contar isso, como se fosse algo contagioso.

São piadas da escola primária em que fui chamado de Spock[2] ou professores me olhando com a expectativa de que eu fosse algum tipo de sábio, quando, na verdade, não sou nada mais do que eu mesmo.

Não é a vergonha que me faz hesitar em contar às pessoas — sentir vergonha das conexões do meu cérebro seria um desperdício de energia totalmente inútil —, e sim o fato de que meu autismo é um pedaço de mim, e compartilhar algo meu com outras pessoas é uma experiência bastante desconfortável. É entregar a alguém algo que ele pode tratar com gentileza ou torcer e remodelar para me ferir.

Engulo em seco, tamborilando os dedos na lateral do corpo.

— Sou autista — digo, olhando para o ombro de Tilly. — E entendo seus problemas de processamento sensorial. Eu também tenho, mas com ruídos complexos e cheiros fortes. Confundem completamente meu cérebro e me estimulam demais.

Tilly fica quieta por tanto tempo — para ela, na verdade, significam apenas dois segundos de silêncio —, que arrisco olhar um pouco mais acima de seu ombro.

Ela ainda me encara com aqueles olhos arregalados e cinzentos, mas tem um sorriso na boca.

— Oh — diz por fim, e algo naquela única sílaba reverbera com suavidade pela minha espinha como o efeito calmante de uma corda de harpa dedilhada. — Então você *entende*... Por que não me contou antes?

Dou de ombros.

— Sei que não se importa muito comigo, então, por que incomodá-la com detalhes?

2. Referência a Spock, um personagem da franquia *Star Trek* (*Jornada nas Estrelas*). Ele é um alienígena híbrido, Vulcano e Humano, e entre suas inúmeras características, destaca-se a sua incapacidade de sentir qualquer tipo de emoção. (N. do Ed.)

— Não... o quê? Por que diz isso? — Ela se inclina em minha direção e uma brisa suave atravessa seus cabelos, o aroma suave e doce dela me envolvendo.

Encolho os ombros de novo, os olhos recuando para a segurança daquelas três malditas sardas em sua bochecha.

— Você sempre fica frustrada quando conversamos e acaba furiosa. E sempre me olha e franze a testa quando estou tirando fotos, trabalhando em edições ou redigindo uma postagem. Deixou claro que acha meus hábitos bastante intoleráveis.

Tilly fica de joelhos, mudando de posição para ficarmos no mesmo nível de olhar. Fico preso naqueles olhos dela.

— Ollie. Não. Não é nada disso.

— Então é a minha personalidade que provoca uma antipatia tão evidente?

— Oh, meu Deus, *não.* E pare de falar como um herói de romance histórico. Está deixando meu cérebro confuso.

— Não sei o que isso significa.

Tilly solta um suspiro, esfregando a palma das mãos nos olhos.

— Tudo bem — ela fala, jogando as mãos para o alto. — Eu admito. Eu meio que... tenho *inveja* de você.

Pisco com rapidez para ela.

— Tem inveja de *mim*? Mas por quê?

— Porque você é perfeito! É absurdamente bom naquilo que adora fazer. Não se atrapalha, nem se questiona, nem pensa duas vezes antes de parar no meio da droga de uma rua para tirar uma foto de uma poça, porque é muito dedicado ao que faz. E sabe como fazer. Não tenho nada disso. Não sei o que estou fazendo. Nunca. E, mesmo quando *faço* algo, sinto que faço tudo errado e acabo decepcionando todo mundo.

Paro por um momento, processando o que ela disse.

— Tilly, essas coisas... tipo, isso é hiperfoco... Não é o mesmo que perfeição.

Longe disso. É um impulso. A necessidade absoluta de analisar a cor. De mexer com as imagens. E compartilhar com outras pessoas da única maneira que sou capaz de compartilhar qualquer coisa com alguém.

— Bem, eu não *sabia* disso.

— Saber que sou autista e hiperfocado teria mudado o tanto que não gostava de mim?

— Claro! Espere, não. Não foi isso que eu quis dizer. É...

— O quê? — pergunto, cutucando-a com o joelho. Ela olha para minha perna e sorri.

— Significa que você entende.

— Entende o quê?

Tilly morde os lábios por um momento antes de se abrirem naquele sorriso que parece ser sua configuração-padrão.

— A luta que é navegar em um mundo que não foi projetado para você. A confusão, a frustração e a dor no peito que vem ao tentar se conectar com as pessoas, nunca acertar, mas dizer foda-se e ser você mesmo, seja como for.

Tilly olha para mim e respondo ao olhar dela, uma sensação estranha e vibrante crescendo no peito e se espalhando pelos braços até a ponta dos dedos. É meio que... agradável.

Nesse momento, sinto-me *próximo* de Tilly, como se compartilhássemos um cobertor quente que nos mantém confortáveis. Não sei se já senti isso com alguém antes.

— Você já sentiu... — Solto um pigarreio. — Não sei bem as palavras... mas em situações sociais, você...

— Não tem absolutamente nenhuma ideia do que está fazendo? — Tilly diz, inclinando-se ainda para mais perto e rindo.

— Sim — digo, sorrindo para ela. — Isso.

Tilly joga a cabeça para trás e gargalha como uma bruxa.

— Ollie. O tempo todo. Cada interação que tenho se parece com ter surgido do nada em algum teatro, ouvir que sou a protagonista de uma peça e depois ser empurrada para o palco. Todo mundo tem um roteiro e sabe o que dizer, e de alguma forma eu deveria saber as falas, mesmo sem conhecer o enredo. É um pesadelo.

Isso arranca uma risada de minha própria garganta.

— Gosto dessa analogia. Muito.

— Obrigada, veio de sonhos estressantes.

— Sempre achei que era mais como uma parede grossa de vidro — digo, tamborilando os dedos nas pedras do calçamento. — Consigo ver outras pessoas, observá-las, mas nunca está certo. É como algum tipo de metamorfose. E às vezes há um brilho horrível que me deixa completamente cego. E a parede distorce os sons. Estraga o que tento dizer. Ou bloqueia os significados codificados das outras pessoas. Sempre me deixa um pouco perdido. E me sentindo sozinho. Acho que é por isso que me dedico tanto à minha conta do Instagram. Postar ali — reduzir meu mundo a uma tela do tamanho da palma da mão enquanto mergulho profundamente nas cores e na maneira como elas movem o mundo — me permite me sentir mais próximo das pessoas do que estar na presença delas. É a única maneira que descobri de realmente me conectar.

Tilly suspira e olho para ela, preocupado em tê-la deixado incomodada ou perdida em algum ponto da minha fala. Mas... não... ela está...

— Por que está sorrindo? — pergunto. Espere. Meu Deus. Isso é...? Oh, não. — Por que está *chorando*? — Minhas mãos fazem um estranho movimento esvoaçante, como dois pássaros se debatendo em direção a ela.

Tilly dá uma risada e cobre a boca e o nariz com a mão. Literalmente, ela consegue percorrer todo o espectro humano de emoções em um único segundo. Não consigo acompanhar essa garota.

— Eu, hum, acho que estou me sentindo sobrecarregada de sentimentos muito fortes e... — Ela solta um suspiro, levantando o cabelo que cai sobre a testa. — E, agora, estou muito feliz por ter te conhecido.

Coisas terríveis acontecem no meu corpo quando ela diz isso: meu coração dá um pulo, um apertão doloroso e depois começa a bater forte no peito, com o dobro da velocidade. Enquanto isso, uma estranha onda elétrica percorre meu sistema nervoso, até as pontas dos dedos das mãos e dos pés, fazendo-os formigar. Para completar, minha respiração fica presa no alto da garganta e tenho quase certeza de que estou prestes a morrer.

Levanto-me de repente, fazendo o máximo para, hã, você sabe, não morrer. Consigo respirar fundo uma vez. Depois outra. E acho que meu coração vai ficar bem, mas também vou ligar para minhas mães esta noite para perguntar se devo procurar um cardiologista, só por segurança.

Olho para Tilly, e ela ainda está fazendo aquela coisa terrivelmente interessante de chorar/sorrir baixinho enquanto olha para mim. É quando percebo que estou sorrindo para ela também.

Ela se coloca de pé, como eu. Tudo fica quieto por um momento, e então limpo a garganta.

— Gostaria de conhecer um pouco mais de Roma? Poderíamos tentar encontrar alguns lugares que sejam mais...

— Amigável aos neurodiversos? — ela completa, arqueando uma sobrancelha.

— Sim. Isso.

Tilly assente.

— Estou dentro. Além disso, quero ter certeza de que daremos a Mona e Amina tempo suficiente para... bom, para que façam o que for preciso para que parem de sofrer uma pela outra e comecem a namorar. Esse desejo delas está me matando de verdade.

— Ainda não entendo como percebeu isso — digo com um olhar cético. — Elas parecem sócias perfeitamente platônicas para mim.

— Você é especialista em amor sáfico? — ela pergunta, me dando uma piscadela lasciva. Sinto meu rosto queimar.

— Ponto pra você — murmuro, passando a palma da mão pela nuca e olhando o chão. Quando volto o olhar para Tilly, ela me dá um sorriso mais amplo que o horizonte.

Viro-me, pronto para encontrar outro lugar sensorialmente seguro em Roma, quando Tilly pigarreia.

— Ollie? — ela fala em um tom de voz suave.

Viro para ela.

Tilly limpa a garganta de novo.

— Eu... tipo... entendo *totalmente* se isso for um não e não há nenhuma pressão de forma *alguma*, mas estaria tudo bem se eu talvez... hum... te abraçasse?

Minha cabeça se inclina para o lado enquanto olho para ela, e uma sensação de calor enche meu peito. Se a sensação tivesse uma cor, seria Pantone 176. Um rosa pálido. Brilhante. Macio. Seguro.

De repente, um abraço de Tilly parece a coisa mais maravilhosa do mundo.

— Bom, deixa pra lá — ela diz, arregalando os olhos e as bochechas corando com o meu silêncio. — Por favor, esqueça que pedi. Estou falando sério. Foi estranho. Não quis parecer estranha. Estou me sentindo um pouquinho ferida e em carne viva por causa desta tarde, e acho que...

Não tenho certeza do que aconteceu comigo, mas, quando me dou conta, estou agarrando a mão de Tilly e puxando-a contra mim.

Ela fica congelada por um momento — nós dois ficamos, para falar a verdade —, mas depois ela apenas... *derrete*. Ela se aproxima mais, envolvendo minha cintura enquanto meus braços enlaçam seus ombros, as palmas das mãos apoiadas nas costas dela. Tilly me aperta com força, esfregando a cabeça no meu peito. Pergunto-me se ela consegue sentir o modo como meu coração bate com violência contra meu esterno.

É isso, com certeza preciso procurar um cardiologista.

CAPÍTULO 21

Morte por Mil Textos Passivo-Agressivos

Tilly

A semana seguinte é um turbilhão de aviões, trens e automóveis à medida que avançamos pela Europa. A Ruhe não fechou mais nenhum acordo desde Roma, e a euforia inicial passou, com Amina, Mona e Ollie alternando estados de exagerado pessimismo e alegria de dar nojo.

De minha parte, estou me divertindo muito. Mona e Amina me incumbiram de escrever *slogans* bem-humorados e legais, além de descrições de cores, e tenho aos poucos forçado os limites do estranho e do bizarro nas descrições, adicionando coisas como "a cor perfeita para usar no funeral do seu terrível terceiro marido, que faleceu de modo trágico, repentino e misterioso. Better off Red diz ao mundo que você se sente desamparada por ter herdado milhões".

Mona está sempre hesitante, mas alguns olhares de cachorrinho agressivo meus e de Amina a têm feito ceder com mais frequência do que poderia esperar.

Ainda não estou indo a nenhuma reunião da Ruhe — gosto de passar essas horas sozinha, perambulando e escrevendo. Tenho escrito muito.

Uma de minhas postagens mais pessoais fez um certo sucesso, e meu cérebro parece uma esponja supersaturada ao analisar as respostas e mensagens diretas.

> [...] Um diagnóstico neurodivergente parece ser considerado um fardo para todos, menos para o dono do cérebro em questão. Quando me disseram que tenho TDAH, foi como se tivesse recebido um mapa, mostrando o caminho das minhas placas de circuito e fios enrolados. Ainda me perco lá em cima? Claro. Mas pelo menos agora enfrento isso com uma espécie de... paz. Sei que minha maquiagem é diferente. Não está errada. É apenas diferente. Não sou preguiçosa, indisciplinada ou desafiadora — coisas de que me chamaram durante toda a vida —; só não tenho as ferramentas para o funcionamento executivo. Não que me falte atenção, apenas não sei como administrá-la.
>
> Embora para mim o diagnóstico parecesse liberdade, minha mãe chorava como se eu tivesse apenas mais uma semana

de vida. Ela passou de suspiros exasperados e explosões de aborrecimento com meus esquecimentos ou viagens com o hiperfoco para o mimo a ponto do sufocamento, lamentando como era difícil "para toda a família" meu TDAH.

Por que, quando falamos de neurodivergências, é sempre pela perspectiva dos neurotípicos? Qualquer leitura sugerida é sobre uma mãe que superou isso do filho, ou um cônjuge que lidou com aquilo do parceiro. Por que esses guias não vêm das vozes de quem vive nessas condições? Por que nos preocupamos mais com o suposto fardo que a família e os amigos sentem por estarem próximos de uma pessoa com TDAH, em vez de com as experiências de quem de fato lida com isso? Por que falamos sobre esse assunto em sussurros abafados, em vez de celebrar com alegria o que diferentes cérebros podem oferecer ao mundo?

Meu cérebro não está quebrado. Não preciso de cura. Só preciso de compaixão.

Quase da noite para o dia, passei de algumas centenas de seguidores no Babble para milhares — o que é ao mesmo tempo assustador e estimulante. Quanto mais vulnerável me mostro na minha escrita, mais as pessoas se identificam com ela.

Muitas pessoas têm me contado sobre a experiência delas com o TDAH, ou como foram levadas a sentir que as experiências de convivência com ele não parecem importar em comparação com as de outras pessoas que falam sobre elas. A postagem não foi poupada de idiotas capacitistas falando sobre como o TDAH é diagnosticado em exagero, alguns até alegando que se trata de um tipo de propaganda política falsa. Mas outros foram rápidos em se colocar e silenciá-los. Emoções agudas e maravilhosas crescem em meu peito quando outras pessoas com cérebro como o meu usam o seu tempo defendendo o que escrevi.

Tudo isso me faz sentir exposta e viva. É meio que... demais. Mas no bom sentido. No sentido de fazer meus dedos dançarem no teclado. De me expor na esperança de que isso faça mais pessoas se sentirem vistas.

E, claro, tudo o que escrevo é influenciado pelo modo como a Europa é romântica.

Apaixono-me por cada cidade que vejo. Bruxelas. Zurique. Luxemburgo. Amsterdã. Choro quando partimos para um novo lugar, nunca estou pronta para partir, não importa quantas horas tenha passado no local atual. Deixo um pedacinho de mim em cada um, marcando todos como um minúsculo lar em meu coração carente.

Ollie e eu também chegamos a uma espécie de trégua. Discutimos com a mesma frequência de sempre, mas há uma corrente subterrânea de compreensão nisso. Nós nos entendemos, pelo menos um pouco.

Mas também estamos mantendo distância. E, pelo menos de minha parte, é intencional. Venho tentando controlar o impulso perigoso que tenho de me agarrar a Ollie como plástico filme.

Chegar muito perto dele seria o caos. Ollie é todo certinho, arrumado, organizado e sempre tem um plano. Sou inquieta, não tenho direção e não sei o que vou fazer quando meu visto de turista expirar daqui a um mês e meio. Seria inútil me apegar a alguém tão diferente de mim. Alguém tão sólido e firme. Eu seria como um tornado que passa e arrasa tudo.

Chegamos a Copenhague esta manhã e estou enfiando os pés nos tênis para uma exploração quando meu celular toca. O nome de mamãe pisca na tela, e solto um suspiro profundo. Tenho evitado ao máximo as ligações, até que Mona praticamente me amarra em uma cadeira e me obriga a falar com ela. Mas suas mensagens chegam com regularidade ao longo do dia, cada uma parecendo um corte passivo-agressivo em minha pele.

Levanto os olhos da tela. Ollie está no canto, com fones de ouvido e concentrado em algum projeto de edição. Poderia atender a ligação aqui, mas decido entrar no quarto de Mona. Ela e Amina saíram para almoçar com um amigo da pós-graduação, deixando nós dois sozinhos.

Depois de me jogar de modo dramático na cama e esperar até o último toque, aceito a ligação.

— Oi, mãe!

— Tilly! Como você está? Está se comportando?

— Hã... bem — digo, sem saber ao certo como responder a isso. Poderia me comportar como uma baronesa vitoriana e tenho certeza de que minha mãe ainda assim seria capaz de encontrar algum defeito.

— Como está o papai? — consigo perguntar, o silêncio se estendendo demais para ser confortável.

— Ele está bem — mamãe responde, com sua voz adorável e nítida. — Está muito ocupado no trabalho nos últimos tempos. Conseguiu um excedente de novos clientes, e isso o mantém na correria.

— Quem não ama um excedente? — digo, como se tivesse alguma ideia do que ela está falando.

Há aquele silêncio de novo.

— Como está sendo a viagem? — mamãe pergunta. — Como está Mona? Ela parece estar tendo reuniões incríveis com investidores ultimamente. Imagino que esteja aprendendo bastante.

Hummm, não diria que nenhuma das reuniões tenha sido exatamente incrível. E com certeza não foram com investidores. Mas não vou corrigir mamãe.

— Sim, Mona está indo muito bem. Estou bastante obcecada pela Europa neste momento. Tudo é tão lindo, histórico e simplesmente... *incrível.* Cada vez que chegamos a algum lugar novo, eu penso: "Não quero ir emboooora".

A conversa é interrompida. Mais uma vez. Na verdade, não tenho certeza de ser capaz de sobreviver a mais um silêncio neste telefonema, mas persisto.

— Bem, é maravilhoso que esteja se divertindo, mas espero que esteja sendo realista em relação à viagem — mamãe diz por fim, aliviando só um pouco meu sofrimento.

— O que isso quer dizer?

— Espero que esteja levando a sério seu futuro e não veja isso apenas como férias grátis — diz ela. — Esta viagem deveria lhe mostrar os benefícios do trabalho árduo, e não uma espécie de vale-tudo. O sucesso de Mona não caiu do céu, ela trabalhou para isso. E você vai precisar trabalhar pelo seu também. Este verão não deveria ser uma viagem para o "Mundo Mágico de Tilly", mas deveria mostrar como é importante ir para a faculdade e conseguir um diploma em algo prático.

E agora esse silêncio? É minha responsabilidade. Porque, de verdade, o que devo dizer sobre isso?

— Ainda está aí? — mamãe pergunta depois de um minuto.

— Estou — digo, mas é mais um gemido. Sinto-me incrivelmente pequena, como se meu peito desmoronasse, a vergonha sendo um buraco negro no qual estou desaparecendo.

— Tem mais alguma coisa que gostaria de dizer?

Balanço a cabeça e percebo que ela não pode me ver.

— Na verdade, não.

O suspiro de mamãe parece cansado.

— Tenho escrito bastante. — O que é uma coisa tola de se admitir, mas estou desesperada para provar a minha mãe que posso realizar *algo*. — Tenho me conectado com muitas pessoas no Babble por causa disso.

Mamãe respira fundo, fazendo aquele barulho irritante com os dentes.

— Estou feliz que tenha um *hobby*, mas escrever um diário não é uma carreira. Não é estável nem lucrativo.

Gostaria que as lágrimas que escorrem pelos cantos dos meus olhos e descem pelo meu rosto pudessem me dissolver. Poderia aliviar a sensação terrível e dolorosa de fracasso em meu peito.

— Você não pode evitar seu amadurecimento, Tilly — diz mamãe, a voz mais suave agora. — Quanto mais cedo aceitar isso, melhor. Você precisa de um plano. Pelo menos me diga que vai começar a pensar nisso com seriedade nos próximos dias, e falaremos do assunto de novo na próxima ligação.

— Está bem — sussurro. É mentira, e ambas sabemos disso.

— Fale com Mona. Ela tem muitas informações. Veja tudo o que ela conquistou. Poderia ser você. Se decidisse se dedicar.

A dor se transforma em um monstro furioso na base da minha garganta, fazendo meus maxilares estalarem. Me dedicar? É tudo o que faço. Esforço-me tanto que estou quase virando meu cérebro do avesso. Mas os resultados não se parecem com os que Mona apresentou e estão, portanto, automaticamente errados.

— Preciso desligar — falo, a voz embargada.

— Tilly...

— Amo você. Tchau.

Com o clique mais agressivo do mundo, encerro a ligação e jogo meu telefone nos pés da cama. Depois, começo a ter um pequeno acesso de raiva, batendo as pernas no colchão.

É assim que deveria ser? Toda conversa com minha mãe deveria fazer eu me sentir uma merda? Devo passar a vida sendo a comparação sem brilho de Mona? Viver à sombra de alguém que as pessoas podem apontar e dizer: *Essa. Essa aí é o que seu potencial poderia ter produzido. Pena que você o desperdiçou.*

Puxando um travesseiro sobre a cabeça, mordo-o com os dentes e solto um grito rouco.

— Você está bem?

Assusto-me e me levanto como um vampiro despertando de um caixão — muito fofo e atraente, tenho certeza —, e encontro Ollie encostado à porta com uma aparência absurda em suas roupas totalmente pretas e com aquele rosto irritantemente lindo.

Pisco para ele por um momento, a pergunta dando voltas em meu cérebro. *Estou* bem? Na verdade, não. E é um tanto vergonhosa a quantidade de vezes que Ollie teve que me fazer essa pergunta. Pelo que parece, nunca estou bem. Sou a filha decepcionante, sem direção, que não consegue planejar o futuro e não tem motivação nenhuma além de doces, café e reconhecimento por parte de estranhos na internet. É provável que este não seja um estado de saúde mental ideal.

Anos de tentativas e fracassos me ensinaram que as pessoas costumam perguntar se você está bem ou como está na expectativa de que não responda com nada mais profundo do que um *Estou bem! E você?* O que na maioria das vezes é uma mentira descarada, além de uma regra social exaustiva. No entanto, é o que quase digo a Ollie. As palavras falsas estão na ponta da minha língua, mas azedam quando percebo a maneira séria como ele me olha, os olhos vagando lentamente pelo meu rosto.

— Não — berro por fim, balançando a cabeça. — Não estou muito bem. Mas sei que vou ficar.

Ollie aperta os olhos enquanto me estuda, depois balança a cabeça, satisfeito com a conclusão a que chegou.

— Claro que vai — diz ele, endireitando os ombros e mexendo nos punhos da camisa. — E também tudo bem que não esteja bem agora.

Quase perco a respiração quando olho para ele. É um daqueles momentos aterrorizantes e especiais em que alguém diz algo tão simples, mas tão válido, que lágrimas instantâneas brotam em meus olhos. Aquela frase fácil, porém genuína, dá um soco no meu peito e aperta meu coração, ameaçando esmagar qualquer parede que levantei, porque de repente me sinto irremediavelmente em segurança para desabar.

Não sei o que dizer e, pela primeira vez na vida, não deixo escapar a primeira bobagem que me vem à cabeça. Estou começando a ficar mais confortável com os silêncios que existem entre nós.

A falta de estímulo costumava me fazer querer virar minha pele do avesso, mas isso foi antes de perceber quanto havia para notar nos momentos de silêncio com Oliver. A pequena dilatação de suas narinas a cada inspiração. O quase imperceptível movimento de seu pomo de adão toda vez que ele engole. A maneira como seus cílios pretos como carvão batem no alto das bochechas a cada piscada.

Nossos silêncios me permitiram descobrir esses detalhes cruciais. Aqueles em que pensarei quando este verão acabar.

— Gostaria de trabalhar comigo? — pergunta Ollie de repente, com um tom um pouco alto para ele.

Inclino a cabeça, a mente ainda voando entre as nuvens dos meus pensamentos, e lhe lanço um olhar confuso.

Ele limpa a garganta, pequenas manchas coloridas florescendo nas maçãs do rosto.

— Claro, sem pressão se não quiser. Só estava pensando que você poderia escrever enquanto eu edito algumas fotos.

Solto uma risada alta demais para fingir que não sei do que ele está falando.

— Escrever? — digo, de forma pouco convincente. — O que eu iria escrever?

Ollie inclina a cabeça, me imitando.

— Não tenho certeza, mas admito que estou muito curioso.

Meu coração dispara no peito. Esperava que Oliver tivesse esquecido fosse lá o que tivesse lido no meu *laptop* em Milão. A única maneira de eu lidar com isso é me convencendo de que ele não sabe que escrevo e que não leu nenhuma palavra.

Mas, no estilo clássico de Oliver, ele destruiu esse sonho com ousadia e sem rodeios.

— Eu escrevo sobre meu cérebro — sussurro, um segredo que não sabia que iria admitir. Mas algo em Ollie e seus olhos cor de mel, além da seriedade gentil na maneira como ele fala comigo, me fazem querer contar tudo.

O olhar de Ollie viaja para minha testa como se ele pudesse ver o órgão em questão.

— O que tem ele?

Deixo escapar uma risadinha nervosa, me contendo para não mexer no cabelo.

— Como às vezes ele é frustrante. Divertido e criativo outras vezes. Como seus fios e placas de circuito são diferentes dos neurotípicos, e como isso muda a forma como vejo o mundo.

— Você fala sobre seu cérebro como se fosse uma entidade à parte.

Oh, meu Deus, quero realmente parar com essas risadinhas nervosas que me fazem parecer ter 12 anos.

— É assim que parece, às vezes. Como se eu tivesse uma criança rebelde ou um gênio criativo alugando um quarto aqui em cima — acrescento, batendo na têmpora. — Você já se sentiu assim?

Ollie continua olhando para minha testa, e tudo o que posso fazer é rezar para que não apareçam novas espinhas.

— Acho que sim — ele diz por fim.

Não dá mais detalhes, mas não preciso que faça isso. Ele já me deu o suficiente.

— Então, você, hã, quer trabalhar comigo? — ele pergunta depois de um momento, esfregando a palma da mão na nuca.

— Quero — praticamente grito para ele, saindo da cama e indo até a porta. Ele se afasta para que eu passe. Procuro o *laptop* na minha metade bagunçada do quarto, encontro-o aberto no chão, entre minha cama e a parede, e o pego, virando-me para ver onde Ollie vai se sentar.

Só então percebo que ele reorganizou alguns móveis, colocando a pequena escrivaninha ao lado de uma mesa de cabeceira removível.

Ele arrastou um pouco a cama para que um canto funcione como o banco que ele está usando agora, a cadeira da escrivaninha ao lado dele.

Meu coração salta pela boca ao caminhar para aquele local. Ele comprime os joelhos contra a mesa de cabeceira, encolhendo as pernas para poder caber. Assim posso ficar com a cadeira. Por que tudo isso me dá vontade de chorar?

Sento-me ao lado dele, abro meu *laptop* e o ligo. Sinto Ollie olhar em minha direção e meu impulso é proteger a tela para que ele não veja o rascunho bagunçado de uma postagem no Babble. Mas não faço isso.

Não escondo o que me faz feliz. Algo que adoro fazer. Deixo que ele olhe quanto quiser.

Ele lê por cima do meu ombro por alguns minutos, e meus dedos ficam rígidos e hesitantes para escrever, mas também parece... agradável. Como se em vez de ver minhas palavras, ele estivesse *me* vendo. E talvez, apenas talvez, ele estivesse gostando do que vê.

No final, ele se volta para o próprio *laptop* e aos poucos mergulhamos no trabalho, os cliques e toques dos *laptops* sendo uma doce melodia exclusivamente nossa. Estamos sentados em mundos paralelos, o limiar de nossas bolhas se tocando com suavidade.

Não tenho certeza de quanto tempo ficamos ali trabalhando, mas chego ao fim do que estava escrevendo e tiro os olhos da tela pela primeira vez em muito tempo. Sorrio, um sorriso indulgente e satisfeito com o que escrevi. Falei sobre viajar, sobre o estímulo e a sobrecarga sensorial disso. E dei dicas sobre os momentos caóticos que Ollie e eu compartilhamos em aviões ou trens. Mesmo que fale sobre coisas que são difíceis, parece... divertido. Como se a alegria brotasse mesmo dos momentos mais difíceis.

Olho para Ollie, para as linhas e ângulos intensos de seu perfil. Reprimo um pequeno suspiro quando vejo sua tela.

Ele está editando uma foto minha, inclinado perto da tela, o lábio preso entre os dentes enquanto desliza o *mouse*. Isso não deveria me surpreender; conceitualmente, sei que ele edita todas as fotos que a Ruhe usa nas redes sociais. Mas vê-lo me estudando com tanta intensidade, com aquele foco tão concentrado em meu rosto...

Isso me faz sentir tantas coisas, e tudo de uma só vez. Como se meu peito fosse explodir com cada emoção que zumbe em minhas veias. Olho de novo para o rosto de Ollie, para confirmar que ainda está solidamente no mundo dele.

Então digito algo no *laptop*. Algo perigoso, assustador e trágico.

Acho que gosto de Oliver Clark.

Apago logo em seguida, mas não importa. O impacto continua. Aquelas seis palavras simples são verdadeiras e me deixaram confusa.

Qualquer esperança de me convencer de que não sinto nada por Oliver é amassada como uma bolinha e jogada pela janela.

CAPÍTULO 22

Pegue a Manteiga!

Oliver

Editar fotos de Tilly se tornou uma hiperfixação nos últimos tempos. Mesmo quando estou tirando fotos dela — quero dizer, das unhas de Tilly —, meus dedos ficam ansiosos para chegar ao computador, brincar com configurações, manipular cores. Tentar captar e depois transmitir a luz que Tilly possui. Trabalho em edições muito mais do que o necessário e fico preocupado com o que farei quando esse verão acabar e não tiver mais motivos para passar horas editando imagens dela.

Felizmente, sou pago para essa nova obsessão e espero que isso faça tudo parecer menos assustador sempre que Mona ou Amina me veem trabalhando nas fotos, o que acontece quase o tempo todo. Mas ter Tilly sentada a meu lado, olhando para mim enquanto trabalho, é um tipo único de metaestranheza que até eu teria o instinto social de achar perturbador. Porém, não há como deter o hiperfoco, então continuo.

Depois de verificar de novo minha tabela, aplico a cor para que suas unhas fiquem num vermelho brilhante, todo o restante em preto e branco. Inclino a cabeça, estudando o resultado final.

Tilly parece uma experiente estrela de Hollywood. A cabeça dela está jogada para trás, a boca aberta em um sorriso que é inacreditavelmente brilhante, as mãos a meio caminho para a boca em uma tentativa sutil de diminuir o efeito de sua alegria.

Tirei essa foto durante a rápida parada em Amsterdã. Tínhamos todos terminado o jantar e caminhávamos pelo canal de volta ao trem para uma viagem noturna, a noite fresca de verão com leves indícios do anoitecer tocando tudo com uma luz suave. Do nada, Tilly fez uma piada perversa sobre me levar para a Zona da Luz Vermelha, e meu subsequente olhar de alarme e constrangimento fez que ela explodisse em cativantes gritinhos e fungadas de alegria.

Não tinha minha câmera pronta, mas o olhar, a maneira como a felicidade irradiava dela, como se segurasse o sol no coração, me deixaram frenético para capturar o momento. Peguei o telefone e tirei inúmeras fotos difusas.

Todas ficaram lindas.

Agora dou os retoques finais no equilíbrio das cores quando sinto uma leve lufada de ar na bochecha. Quando ela se vira, o rosto de Tilly está a centímetros do meu, os narizes quase se roçando. Nós nos encaramos por um momento, confusos e vesgos, e depois Tilly se afasta de mim.

— Desculpe! — Tilly diz (grita). — Não queria chegar tão perto de você e, ahn, respirar em seu pescoço... Ohmeudeus. Quero dizer, fui me aproximando, vendo você trabalhar. Não sou assim tão esquisita. Juro. Pelo menos, se for esquisita... é tipo... de um jeito seguro? O quê? Certo, não, por favor, esqueça o que eu disse. Bom...

Nesse ponto, ela está tão cansada que os braços se projetam para os lados, atingindo os *laptops* e derrubando minha pilha de tabelas de cores e amostras Pantone.

Observamos em silêncio as fichas coloridas caindo no chão como confetes.

— Cacete — Tilly diz por fim, deslizando da cadeira e se enfiando debaixo da mesa. Depois, ela rasteja pelo chão, estendendo a mão em todos os sentidos para recolher os papéis. — Sinto muito.

— Não foi nada — digo, contornando a mesa e me ajoelhando para ajudá-la. — Não se preocupe, deixe isso pra lá.

— Sou um desastre. Desculpe. Algum caiu debaixo da cômoda? Me deixa só...

Ela se deita de bruços, pressionando o rosto contra o tapete e enfiando o braço na pequena fenda embaixo da cômoda.

— Estou falando sério, Tilly, não é nada de mais. Pode deixar. Ou vou...

— Peguei! — Tilly diz, virando o pescoço para olhar para mim.

O movimento me lembra a forma aterrorizante como Cubby costumava virar a cabeça das bonecas dela.

— CACETE — ela diz de novo, os olhos arregalados.

— Qual é o problema?

— Meu braço está preso! — Ela aproxima o corpo de mim, mas o braço permanece alojado com firmeza sob a mobília. — Puta merda, está preso mesmo.

— Certo. Espere. Hum. Talvez seria melhor parar de se contorcer assim? — sugiro, minha voz subindo uma oitava. — Não quero que se machuque.

— Ollie, puta que pariu. Está realmente preso. Não quero surtar, mas estou quase. — Sua mão livre agarra o carpete.

— O que devo fazer? — pergunto, como o inútil que sou.

— Não sei! — Tilly grita, seu pânico inflamando o meu. — Você pode pegar... não sei, um pouco de manteiga?

— Manteiga?

— Para esfregar no meu braço e ajudar a retirá-lo?

— Onde vou conseguir manteiga?

— Realmente, não posso resolver esse problema pra você, Oliver! Meu braço está preso e provavelmente morrerei neste carpete nojento!

— Espere aí — digo, me levantando e correndo para o banheiro.

— Como se eu pudesse ir pra algum lugar! — grita Tilly para mim.

Pego os pequenos frascos de xampu e sabonete do hotel e volto para onde ela está, ajoelhando-me ao lado da cômoda. Tilly faz aquela coisa horrível de girar a cabeça mais uma vez.

— Pode funcionar — digo, abrindo as tampas e espremendo o conteúdo viscoso dos frascos em seu braço.

Tilly grita.

— O que foi? — grito em resposta.

— Está frio!

Por um momento, penso em deixar essa garota do contra exatamente onde ela está.

— Acho que você pode aguentar isso — resmungo, esfregando a gosma em sua pele e deslizando meus dedos sob a fenda para alcançar o máximo que posso lá embaixo.

— Não sei se isso é bem verdade. Não tenho nenhuma resiliência.

Há algo em seu tom de voz que me faz pensar que ela pode estar gostando disso. Só um pouquinho.

Ela me deixou em pânico e irritado, mas um sorriso incontrolável surge em meus lábios.

— Vamos tentar — digo, segurando o braço dela com uma mão e a cintura com a outra. É um momento terrível para perceber como a pele dela é macia. Como a curva de sua cintura se alinha com perfeição à palma da minha mão.

Desesperado para eliminar esses pensamentos da cabeça, dou um puxão nela.

Esperava que houvesse muito mais resistência, realmente esperava. Mas não. Ela saiu num instante, e a força que usei me faz cair para trás, batendo a cabeça no chão, e o peso do corpo de Tilly cai todo sobre mim enquanto ela solta um sonoro ufa.

Por um momento, não consigo respirar, e não só porque o cotovelo de Tilly pousou com firmeza no meu diafragma.

É a maneira como suas pernas estão enroladas nas minhas, o calor dela penetrando em mim, os sopros suaves da respiração em meu pescoço e as cócegas de seu cabelo contra meu queixo.

É...

Estou...

Não tenho nomes para as emoções estranhas que surgem em mim, mas sinto tudo. Como se meu coração estivesse se desdobrando, se expandindo cada vez mais, até ameaçar explodir para fora do peito. Como se abelhas zumbissem em meu estômago e mel quente corresse em minhas veias.

É tanta coisa ao mesmo tempo, mas, por algum motivo, espero que nunca acabe.

Depois de um momento, Tilly se mexe, levantando a cabeça e olhando para mim. É como... porra. Não sei. Talvez ela esteja sentindo tudo também? É possível? Passei grande parte da vida me sentindo desconectado dos outros, não sei o que fazer com esse fio carregado e vibrante que de repente está nos amarrando.

— Você está bem? — Tilly sussurra, e sinto o sopro de suas palavras dançando em minha boca.

Aceno que sim com um gesto de cabeça.

— E você? — consigo perguntar, a voz rouca.

Meus membros, ao que parece, não me pertencem mais, porque, de repente, as pontas dos meus dedos estão no rosto dela.

Tilly assente. A fricção da pele dela contra a minha parece um raio afiado subindo pelo meu braço e indo direto para o peito. Um brilho rosa mais suave aquece os pontos que toco. Pantone 12-1305, Heavenly Pink. De repente, estou convencido de que a cor só recebeu esse nome depois que Tilly a mostrou ao mundo.

Ficamos ali, imóveis por um momento, focados apenas um no outro. Tilly se inclina um centímetro em minha direção. Levanto meu pescoço em igual distância. Minha cabeça é um turbilhão, e fragmentos de perguntas cutucam meu cérebro. O que ela...? Isso é...? Estamos...?

Ela vai me beijar?

Então, um pensamento ainda mais importante toma forma em minha mente:

Quero beijá-la.

Bem quando estou prestes a diminuir a distância entre nós, uma batida forte ecoa na porta, assustando os dois. Ambos nos movemos tão rápido, que nossas testas se chocam. Tilly solta uma série de palavrões enquanto sai de cima de mim, e eu apoio minha cabeça nas mãos, soltando um gemido.

A segunda batida desagradável cria uma dor latejante em meu crânio, e me esforço para ficar de pé, pronto para matar quem nos roubou aquele momento.

Uma terceira batida, ainda mais alta.

Chego à porta em quatro passos longos e a abro.

— Mas que mer...

— Prazer em vê-lo também, Ollie — diz a voz mais familiar do mundo. — Você sempre foi do tipo que dá as boas-vindas mais calorosas.

Fecho os olhos e suspiro, usando a mão livre para esfregar a têmpora.

— Oi — digo depois de um instante, sentindo uma estranha mistura de aborrecimento e animação com a surpresa de ver a última pessoa que esperava.

Minha irmã.

CAPÍTULO 23

Contemplando o Sororicídio

Oliver

— **O que** está fazendo aqui? — pergunto a Cubby, atordoado ao vê-la. Apesar de nossas mensagens de texto e de tentarmos nos coordenar, não achei que as agendas iriam se alinhar neste verão, com Cubby em turnê com sua banda.

— Ollie, sério, não precisa estender o tapete vermelho assim para me cumprimentar — diz ela, revirando os olhos e depois jogando os braços em volta de mim em um abraço. — Estava com saudade — ela acrescenta, me dando um apertão extra antes de me soltar. — Convenci meus colegas de banda a pularem um *pub* de merda em Odense para que eu pudesse ver você.

Olho por cima do ombro dela em busca do bando habitual de desajustados: Darcy, Harry e o namorado de Cubby, Connor.

— Eu os deixei no albergue — diz Cubby, lendo minha mente daquele jeito fácil de que sempre foi capaz. — Podemos nos encontrar com eles mais tarde. Achei que você e eu poderíamos jantar primeiro e colocar a conversa em dia.

Concordo com a cabeça, os dedos tamborilando em descontrole na lateral do meu corpo ao perceber que Cubby, minha pessoa favorita, está mesmo aqui. Costumo ser um pouco lento para processar, e mostrar entusiasmo não é algo natural para mim, mas estou emocionado em vê-la.

Cubby percebe os dedos tamborilando e sorri. Passa por mim, entrando no quarto.

Viro-me para segui-la e acabo batendo em suas costas.

— Bem, olá — diz Cubby, olhando para Tilly, que está parada como uma coruja assustada em um canto. — Quem é você?

Tilly olha para mim, depois de volta para Cubby, para mim mais uma vez, e em seguida para si mesma, como se não tivesse ideia de como responder à pergunta. Seu rosto ainda está com o tom rosa-escuro de um minuto atrás, quando o toquei. Quando estava louco de vontade de beijá-la.

— Essa é a Tilly. É a minha... não... dela... Eu...

— Sou a irmã mais nova da chefe do Ollie, estagiária de verão ou algo assim — diz Tilly, salvando-me do meu gaguejar interminável. — Oi.

— Claro — Cubby responde devagar, um sorriso se formando na boca. — Ollie mencionou que estava viajando com alguém da nossa idade. — Ela faz uma pausa. — Só não mencionou como você é absurdamente linda.

Faz-se um novo silêncio, e eu gostaria, simplesmente, de morrer. Ou assassinar minha irmã. Talvez as duas coisas.

Então, Tilly solta uma gargalhada, enquanto eu belisco com sutileza o braço de minha irmã. Cubby me empurra e se aproxima de Tilly.

— É um prazer conhecer você — diz Cubby, estendendo os braços para um abraço.

Tilly hesita por meio segundo antes de esticar os braços e abraçar Cubby como se fossem melhores amigas.

— Certo, comecemos pelo princípio — diz Cubby, afastando-se de Tilly depois de um momento. — Precisamos com certeza fazer uma videochamada para nossas mães.

Antes que eu possa dizer qualquer coisa, Cubby já tirou a jaqueta, se acomodou na minha cama e está segurando o celular enquanto um som invade o quarto.

A ligação é atendida na hora.

— Querida! — a voz de *mommy* vibra na linha em saudação.

— Nossa querida filhotinha — mamãe diz pra ela. — Em que cidade está hoje, meu amor?

— Olha com quem estou — diz Cubby, me agarrando pelo cotovelo e me puxando para perto dela, unindo nossos rostos. Minhas mães gritam em uníssono, e preciso de toda a minha força de vontade para não tapar os ouvidos com as mãos.

— Oliver, nosso menino maravilhoso, como sentimos falta desse rosto precioso! — *mommy* diz, e minhas bochechas ficam quentes.

Acidentalmente olho para Tilly, e ela está olhando para mim e para Cubby com um enorme sorriso no rosto. Fico ainda mais corado.

— Esperem, onde vocês estão? — mamãe pergunta de novo, inclinando-se para tão perto da tela que temos uma visão ampliada de sua testa.

— Surpreendi Ollie em Copenhague — diz Cubby. — Embora, com base na recepção pouco entusiasmada que recebi do querido Oliver aqui, acho que devo ter interrompido alguma coisa.

Dá para morrer de rubor? Não pode ser algo saudável tanto sangue convergir para o meu rosto. Outra rápida (de novo, acidental) olhada para Tilly e fico sabendo que ela está passando por uma crise fisiológica semelhante.

— Interrompendo o que, querida? — pergunta *mommy*, afastando mamãe da câmera.

— Nada — respondo. Alto demais. As quatro mulheres piscam para mim. Então Cubby solta uma gargalhada maligna.

— Explico mais tarde — diz Cubby, dando uma piscadela para nossas mães. — O mais importante é que precisam conhecer Tilly. — Cubby me empurra e vai direto até Tilly, passando um braço em volta dos ombros dela. — Mães, esta é a Tilly. Ela está viajando com Ollie neste verão por causa do estágio.

Há uma pausa antes de minhas mães gritarem mais uma vez. Gostaria de me dissolver no carpete.

— Meu Deus, você é linda — diz mamãe. — Não é, Lu?

— É um prazer conhecer você — diz minha mãe, Louise, um pouco mais calma que mamãe. — E, sim, você é adorável.

Deixo a cabeça pender em minhas mãos e reprimo um gemido. Não sei por que todo mundo ficou, de repente, tão obcecado com a aparência de Tilly. Ela tem mil qualidades ainda mais incríveis. Como a inteligência. A capacidade de iniciar conversas com literalmente qualquer pessoa. A energia que irradia toda vez que entra em algum lugar.

Fazendo certo esforço, dou outra olhada para Tilly, tentando avaliar se ela está muito desconfortável. Quanto ela deve me desprezar e a minha família excessivamente entusiasmada.

Seu olhar encontra o meu quase de imediato, e ela me dá um sorriso deslumbrante que me faz deixar cair de novo a cabeça entre as mãos.

— Como está sendo a viagem? — pergunta *mommy*. — Sei que Ollie está se divertindo muito. Ele nos enviou mensagens de texto dizendo que gosta muito de editar o conteúdo da rede social.

— Está sendo... — Consigo sentir Tilly me olhando. — Esta viagem com certeza está sendo um turbilhão. Mas adoro trabalhar com Ollie nas sessões de fotos. Ele facilita muito meu trabalho de modelo de mão. E sei que minha irmã e Amina estão muito felizes com o crescimento e o *buzz* que ele trouxe para elas nas redes sociais.

— Essas mãos nas fotos são suas, querida? — pergunta *mommy*.

— São. Ele faz um ótimo trabalho me dirigindo, porque, caso contrário, eu teria minhas mãos assim em todas as cenas — diz Tilly, sorrindo e segurando os pulsos flácidos na frente do peito como uma espécie de esquilo adorável.

— Bem, sem dúvida você o inspirou — diz mamãe. — Ele nos enviou centenas de fotos de mãos que ainda não postou. Falando sobre esta ou aquela cor.

— É verdade — *mommy* interrompe. — Tantas fotos. Tantas. Não consigo descobrir como impedir que meu WhatsApp salve todas de modo automático, então todas as imagens da minha câmera são basicamente suas unhas.

Cubby ri com isso e eu, mais uma vez, espero uma morte oportuna.

— Quero participar deste grupo "Fotos das Mãos da Tilly" — diz Cubby.

— Vou mandar para você algumas das minhas favoritas — diz mamãe.

— Cubby, estou pronto para sair para o jantar — digo, me levantando e caminhando na direção dela. — Mães, amo vocês e estou fazendo a gentileza de avisar que estou desligando na cara das duas.

Tilly olha para mim, mordendo o lábio e sorrindo. Cubby dá uma gargalhada, não tenho ideia do motivo, e depois olha de novo para o celular.

— Amamos vocês dois — elas dizem em uníssono, antes que eu toque com meu dedo a tela de Cubby para encerrar a ligação.

— As mães de vocês são tão legais! — Tilly diz, virando-se para Cubby.

— Elas são incrivelmente maravilhosas — fala Cubby, colocando o telefone no bolso de trás da calça jeans rasgada. — O que torna muito difícil tentar escrever músicas angustiantes. Como ousam nos dar uma ótima infância e roubar traumas latentes que poderíamos usar para fazer arte?

Tilly ri.

— Elas trabalham em quê?

— *Mommy* é curadora de arte e mamãe, artista. *Mommy* conheceu mamãe quando trabalhava numa galeria em Lisboa. Elas se apaixonaram tão desesperadamente que mamãe seguiu *mommy* de Portugal para Surrey e nunca mais voltou.

— Isso é tão romântico — diz Tilly.

— Está em nosso sangue — fala Cubby, me dando um soco no ombro. Olho para ela por um momento, antes de perceber como os olhos de Tilly se voltaram para os meus e depois se desviaram. Fico olhando mesmo depois que o olhar dela me deixou. Mas então Cubby enfia o cotovelo em minhas costelas e saio do meu torpor.

— Estamos indo — rosno para Cubby, caminhando pelo quarto e jogando a jaqueta para ela. Abro a porta e a olho em expectativa.

— Tão mandão — diz Cubby, erguendo as sobrancelhas e lançando um olhar conspiratório para Tilly. Ela aperta os lábios em uma tentativa fracassada de esconder um sorriso. — Foi ótimo conhecer você, querida — Cubby continua. — A gente se vê depois do jantar para tomar uma cerveja. Não aceito não como resposta. Marque seu número.

Tilly assente, pegando o telefone de Cubby e digitando.

— Estarei lá.

— Fabuloso. Meu colega de banda Harry também estará lá. Ele é solteiro, artista e está sempre à procura de uma nova mulher para escrever canções de amor trágicas, por isso tenho certeza de que ele vai ficar particularmente interessado em conhecer você.

— Cubby. Vamos. Agora.

Não hesito em arrastar minha irmã para fora do quarto com força bruta.

— Meu Deus, Ollie, por que está tão perturbado? — Cubby pergunta quando passa pela porta, certificando-se de dar um tapinha na minha bochecha. — Você parece febril.

— Estou bem — digo com os dentes cerrados.

Cubby estala a língua.

— Sempre um livro tão fechado. Não importa, tenho todo o jantar para arrancar tudo de você.

CAPÍTULO 24

Pássaros, Abelhas e Outras Lições de Vida

Oliver

— **E expliquei** para eles, mesmo antes de sairmos para a turnê, que Copenhague era feliz demais para a minha disposição natural e que seria um desastre artístico agendar quatro *shows* aqui, mas eles me ouvem? Não, claro que não. Só veem bebida grátis e querem assinar na linha pontilhada. Não percebem que precisamos nos cercar sempre de ambientes emocionalmente estimulantes para criar nosso som cheio de nuances. É como tentar carregar um iPad em um carregador Android: não funciona.

Cubby está falando há pelo menos trinta minutos sobre as últimas diferenças artísticas que vem enfrentando com os colegas de banda, desta vez centrada em como fazer turnês em cidades muito felizes é ruim para seu processo criativo.

Ela é cantora de uma banda de jazz-punk que é um pesadelo, com títulos de músicas excepcionalmente longos, como "meu último cigarro me dá mais a sensação de estar em casa do que ficar com você".

Ao que parece, eles são muito bons.

Literalmente, não tenho nada a acrescentar a esta conversa, mas gosto de ouvir Cubby falar, e ela parece gostar de ter alguém com quem conversar sem interrupções. Faz uma pausa suficiente apenas para dar uma mordida na pizza e tomar um gole de vinho.

— Ollie, você está usando proteção? — ela pergunta.

Inclino a cabeça e olho para ela, dando também uma mordida na pizza.

— Contra o quê? Roubo? Você me disse que meu cinto para colocar dinheiro de viagem era, abrem aspas, absolutamente ridículo, fecham aspas.

— Mantenho isso — diz Cubby, inclinando-se para a frente e apontando o dedo para mim. — Aquela coisa-cinto-carteira-gigante-bege era horrível. Mas não estou falando de proteção contra batedores de carteira, seu idiota. Estou falando de preservativos.

Engasgo com um gole de água.

— Cubby. Não. Este é um daqueles limites inadequados entre irmãos sobre os quais o dr. Shakil nos falou. Dá pra ver.

— Somos gêmeos, Ollie. É diferente.

— Aposto que não — murmuro, tossindo com força no guardanapo. — E é um ponto discutível. Eu não... preciso deles.

Cubby bufa.

— Tem certeza? Porque a maneira como você olha para Tilly transmite algo bem diferente.

— Tilly? — quase grito. — Não. Não, nunca. Somos... Não somos nem amigos. Somos apenas...

— Totalmente obcecados um pelo outro e passando noventa por cento do tempo olhando de modo furtivo quando o outro não está olhando?

— Ela olha para mim? — pergunto. Meu coração dá um salto estranho no peito. É uma arritmia?

Cubby revira os olhos.

— Não seja lerdo. Claro que sim. Mas o mais interessante é a maneira como você olha para ela.

— Não, não é — respondo de forma automática. E completo: — Como olho para ela?

Cubby ri.

— Você lembra quando fomos ao museu Dalí na Espanha com nossas mães?

— Lembro. — Foi sem dúvida uma das melhores experiências da minha vida. Passamos horas entrando e saindo das galerias divertidas e malucas.

— E lembra como mamãe olhava para Galatea das Esferas?

Concordo com a cabeça, me lembrando de cada detalhe daquela pintura requintada. A plenitude fragmentada que Dalí criou. A graça das cores. A ternura no rosto de sua esposa. A maneira como tudo isso quase levou mamãe às lágrimas.

— Então se lembra como *mommy* olhava para mamãe enquanto ela admirava aquela pintura?

Concordo com a cabeça de novo, tentando engolir, apesar da garganta seca. *Mommy* olhou para mamãe como se ela fosse o sol e *mommy* não conseguisse acreditar que tinha o privilégio de aproveitar o calor dela. Foi uma das muitas variações de olhares amorosos que vi no rosto de ambas durante a vida. É impressionante imaginar que uma pessoa sinta tanto ao olhar para alguém.

— É assim que você olha para Tilly — diz Cubby, como se ela não tivesse acabado de lançar uma bomba emocional atômica no meu colo. Que irmã adorável. — É óbvio que vocês dois gostam um do outro — acrescenta ela.

— Você apresentou suposições bastante óbvias, obrigado — digo de modo lacônico, enfiando mais pizza na boca. — Mas está, e isso não deve chocar ninguém, equivocada. Nosso relacionamento não vai além de conhecidos no trabalho.

— É mesmo? Então presumo que foi apenas por uma questão de trabalho que você estava se familiarizando com a boca de Tilly quando entrei?

— Não estava! — quase grito de indignação, parte disso se devendo ao fato de que era exatamente o que estava tentando fazer antes de ela nos interromper de modo tão rude. Mas não vou contar isso a Cubby.

O sorriso de minha irmã se transforma em algo mais suave, mais sério.

— Tudo bem gostar dela, Ollie. Você merece gostar de alguém. E ter alguém que também goste de você.

Balanço a cabeça, enfiando outro pedaço de pizza na boca.

— Granadina! — digo com a boca cheia. É nossa palavra de segurança. Aquela que estabelecemos com o dr. Shakil anos atrás para quando as conversas vão muito além. Ficam intensas demais. Difíceis demais para processar em tempo real.

Cubby se inclina para trás, respeitando esse limite. Essa é uma das razões pelas quais ela é a melhor irmã do mundo: vai me pressionar mais do que ninguém, mas reconhecerá o momento em que eu pedir um tempo.

E eu faria o mesmo por ela. Se é que ela alguma vez vai precisar de uma pausa em uma conversa, claro. Faço uma pergunta aleatória sobre seu namorado idiota, Connor, e ela dispara como um cavalo de corrida com reclamações e exemplos de como ele é um completo idiota.

Estou ouvindo Cubby, juro que estou, mas metade do meu cérebro continua na conversa anterior.

Não estou fazendo sexo. Com certeza, não com Tilly.

... Não que eu não queira. Inferno, a ideia surgiu na minha cabeça muito mais vezes do que eu acho que seria socialmente aceitável admitir. Está... Bem... Parece tão fora das possibilidades que Tilly queira isso comigo. Que sentiria... isso que... essa coisa que eu sinto por ela.

Mas não significa que não farei sexo algum dia. Espero. Oh, meu Deus, sério, espero mesmo.

Há uma pequena pausa na conversa enquanto Cubby toma outro gole de vinho.

— Como alguém, teoricamente, compra preservativos? — pergunto, olhando para o prato.

Ela quase cospe o vinho e depois solta uma gargalhada tão alta, que cogito me afastar da mesa.

— Tudo bem — digo, enxugando as manchas de merlot borrifadas que atingiram meu rosto —, esqueça o que perguntei.

— Nunca — diz Cubby, dando-me aquele sorriso maligno dela. — Alguém, teoricamente, entra na farmácia, caminha até o corredor apropriado, examina opções lubrificadas com nervuras para o prazer de todos, leva-as até o caixa, tira o dinheiro — não de uma carteira de viagem horrível com cinto, veja bem —, paga pelos ditos preservativos e sai da farmácia com eles.

Concordo com a cabeça, me perguntando se ela riria muito de mim se eu pegasse o telefone para anotar isso no aplicativo de notas.

— Depois a pessoa vai até o parceiro, obtém seu glorioso consentimento e os dois fazem sexo protegido como coelhos no cio, e então repetem o processo, conforme necessário.

— Coelhinhos não entram no cio — digo, meu rosto inteiro queimando.

— Sim, eles entram. Todos os mamíferos fazem isso. É biologia.

— Os coelhos têm um ciclo estral, não um ciclo menstrual.

— Ai, meu Deus, granadina! Granadina! — Cubby grita, batendo as mãos nos ouvidos.

— Certo. Porque a discussão sobre o desenvolvimento folicular dos coelhos é muito mais inapropriada do que você me mandar comprar preservativos — digo, franzindo a testa para ela.

— Respeite a palavra de segurança ou vou ligar para o dr. Shakil. — Cubby faz uma pausa e aponta para mim. — E para nossas mães.

Com a maior ameaça de todas pairando sobre a cabeça, dou a última mordida na minha pizza e peço a conta.

CAPÍTULO 25

Vício em Fanfic

Tilly

Certo, mas de verdade há algo mais intimidante do que ir sozinha a um *pub*, em Copenhague, encontrar uma garota de quem você deseja desesperadamente ser a melhor amiga, seus colegas de banda e um cara por quem você com certeza tem sentimentos irresistíveis e não correspondidos?

Acho que não.

Fico do lado de fora por tanto tempo que as pessoas bebendo ali começam a me olhar de um jeito estranho. Mas, em vez de fazer a coisa lógica e entrar, decido que algumas voltas no quarteirão seriam a melhor opção.

Uma voz familiar me interrompe quando estou para começar a quarta volta.

— Tilly?

Viro-me e vejo Ollie parado na porta do bar, a luz dourada destacando sua silhueta esguia.

— Oi — digo, dando um aceno brusco.

— Você já deu a volta pelo menos três vezes. O seu GPS não está funcionando? — pergunta Ollie, apontando para o telefone que seguro na mão.

Oh, meu Deus, mande um raio agora.

— É — minto. — Acho que sim. Ele ficava me dizendo para andar mais cem metros.

Ollie franze a testa e depois caminha em minha direção.

— Não podemos permitir que ande por aí com um GPS defeituoso. Você se importaria se eu desse uma olhada no seu telefone? Talvez haja uma atualização faltando e eu possa ajudar.

Já que sou uma covarde suja e uma mentirosa, enfio meu telefone na bolsa e desvio da pergunta:

— Você dá uma olhada amanhã no trem. Teremos bastante tempo livre.

Ollie pensa sobre isso por um momento, os olhos percorrendo a rua como se estivesse à procura de ladrões.

— Certo — diz ele por fim, movendo-se para me conduzir pela entrada. — Mas não gosto da ideia de você andando sem rumo por cidades estrangeiras.

Já estou caidinha o bastante por esse cara para admitir que estou absolutamente radiante com sua preocupação.

— Estamos bem aqui — diz Ollie, me levando até uma mesa de canto nos fundos. — Pedi que mudássemos quatro vezes para encontrar o local menos estimulante. Não seria bom que nenhum de nós ficasse sobrecarregado sensorialmente e tivesse um colapso.

— Sim, com certeza seria horrível me envergonhar em público pela primeira vez na vida. Com certeza, não tenho ideia de como é isso.

Ollie olha para mim e percebe meu sarcasmo, dando-me aquele sorriso que sempre ameaça me matar.

Pisco algumas vezes, concentrando-me em Cubby no canto. Ela me lança um sorriso e um aceno tão legal e tranquilo, que já me sinto suando.

Quando enfim passamos pela multidão considerável e chegamos à mesa, fico consternada, mas não surpresa, ao descobrir que seus aparentes companheiros de banda são igualmente legais, embora melancólicos.

— Tillyyyyyy — ela fala cantarolando, e se levanta para me beijar nas bochechas como se fôssemos grandes amigas que conseguem se reunir depois de anos. — Venha. Sente-se. Ollie, chega pra lá, meu Deus.

Oliver olha chateado para Cubby, mas faz o que ela manda, abrindo espaço extra para mim no banco ao lado dele.

— Tilly — diz Cubby —, gostaria que conhecesse minha banda, Tongue-Tied.

— Achei que o nome da sua banda fosse Rabbit Hole — interrompe Ollie.

Cubby olha para ele.

— Mudamos o nome há séculos.

— Esse era o nome há quatro meses, quando me obrigou a comprar aquela camiseta da Rabbit Hole no seu show em Londres.

— Certo, mas logo depois disso percebemos que as pessoas começaram a gritar "coelhinha" nos shows, pensando que nos referíamos a um tipo diferente de buraco — a outra garota na mesa diz, dando a Oliver um largo sorriso.

Cubby suspira.

— Não importa. Somos Tongue-Tied agora. Tilly, estes são meus companheiros. Darcy toca baixo...

A garota com mechas rosa no cabelo pisca para mim.

— Harry, que está no teclado...

— E às vezes no sax. Quando a chefe deixa — diz o cara bonito sentado ao meu lado na ponta da mesa, com seus olhos azuis glaciais brilhando enquanto se inclina para apertar minha mão. Ele tem aquele tipo alarmante de beleza sobre o qual todas as músicas da Taylor Swift me alertaram, e traz uma adição extra letal de sotaque irlandês. Minhas bochechas traidoras coram com o amplo sorriso que ele me dá.

— E este é Connor — diz Cubby, passando o braço em volta dos ombros do membro mais taciturno do grupo. — Meu namorado. Ele toca guitarra e às vezes me acompanha nos vocais.

Connor mal olha para cima, oferecendo um grunhido de reconhecimento, e depois se desvencilha do braço de Cubby, encostando-se na parede e mexendo no celular. Que encantador.

Dou um aceno estranho para a mesa.

— Há quanto tempo estão em turnê? — pergunto.

— Quanto, umas seis semanas? — Darcy responde, olhando para Harry em busca de confirmação.

Ele dá de ombros e depois me dirige aquele sorriso de novo.

— Acho que é isso mesmo. Tudo tem ficado meio enevoado.

— Onde vocês tocaram?

— Parece que em todos os lugares — diz Harry, apoiando o cotovelo na mesa e tomando um gole de cerveja. — Uns dois botecos *trash* em Londres. Alguns outros em Bruxelas. Umas paradas na França. Fomos parar até em Lisboa. As mães de Cubby se juntaram a nós lá.

— Mamãe conseguiu reunir todos os amigos da universidade para o show — Cubby diz para Ollie. — Elas poderiam muito bem ter nos contratado para a festa de reunião pelo tanto de gente que ela juntou.

— Realmente ótimo para a nossa imagem — murmura Connor.

Cubby olha para ele, a mágoa aparecendo em sua fachada de frieza.

— Achei que tivesse dito que não se importava com que elas fossem — ela sussurra. Connor revira os olhos e volta para o celular, e Cubby continua a lançar para ele aquele olhar magoado.

CAPÍTULO 25

Parece que estou me metendo onde não fui chamada e começo a balançar a perna, esperando que Darcy ou Harry continuem falando. Mas eles olham para a própria bebida.

Até Ollie sente a tensão, o corpo se movendo e as costas ficando rígidas. Ele se remexe na cadeira como se tentasse identificar a origem da mudança.

Cubby limpa a garganta, me dando um sorriso rápido.

— A turnê está sendo ótima. Uma doideira. Faltam apenas duas semanas, no entanto. Já estamos preparando outra.

Harry e Darcy assentem com entusiasmo.

— Desta vez na Irlanda. Não é verdade, amor? — Cubby diz, aconchegando-se mais em Connor.

— Veremos se vamos sobreviver a esta primeira, não é? — Connor diz. — Pode se afastar? Preciso mijar.

Darcy e Cubby se levantam, deixando Connor sair. Em vez de ir na direção dos banheiros, ele anda até o outro lado do bar, aproximando-se de uma garota bonita da nossa idade.

Todos fingimos não notar.

Bem, todos, exceto Oliver, que olha diretamente para Connor com um olhar que poderia matá-lo.

— E você, o que faz, Tilly? — pergunta Darcy, sua voz brilhante para combater a nuvem escura que paira sobre a mesa.

Faço o mesmo de sempre para tentar acalmar a tensão, aliviar as emoções fervilhantes dos outros que pressionam meu peito como se fossem minhas: conto uma piada sobre mim mesma.

— Depois de me dedicar a princípio a criar pequenos incêndios em cozinhas e derramar todas as bebidas que tocava, descobri minha verdadeira vocação como modelo de mão — digo, piscando os cílios. — Posso tentar os pés no futuro. Ouvi dizer que há um grande mercado de fetiche por pés na internet disposto a pagar muito pelas minhas meias fedorentas.

Darcy e Harry piscam para mim por um momento antes de rirem. Até Cubby solta uma risada suave.

— Tilly é escritora — Ollie diz, enfim desviando os olhos de Connor. Meu rosto explode em chamas.

— Você é? — pergunta Darcy, inclinando-se para a frente. — O que escreve?

— Certificados de óbito para garotos com a língua grande — respondo, lançando a Oliver meu olhar mais ameaçador. Ele olha para mim com o canto do olho e toma um gole de cerveja.

— Não é nada, na verdade — digo, colocando uma mecha de cabelo atrás da orelha ao me virar para Darcy. Falar sobre escrever — essa coisa vaga e indescritível que desejo tanto a ponto de meus ossos doerem — é como saltar de umas pedras em um lago: emocionante e aterrorizante, com uma chance muito promissora de expor seus detalhes mais íntimos no processo.

— Ela é muito boa — diz Oliver. — Inteligente.

Quem poderia adivinhar que cinco sílabas poderiam fazer meu coração inflar como um balão de ar quente, tirando-me do chão e me colocando com suavidade nas nuvens.

— Já estou interessada — diz Cubby, e fico feliz em ver um pouco do brilho de volta a seus olhos. — Continue.

Respiro fundo. Posso fazer isso. Posso acreditar em mim mesma o suficiente para contar às pessoas o que me faz feliz. Aquilo em que me perco. Mesmo sem nenhum resultado concreto. Mesmo que seja o maior sonho impossível do mundo. Escrever ainda é algo que amo e que posso amar abertamente.

— No começo, iniciei com fanfic...

— Como, oh céus, pretendia que todos os grandes escritores começassem — diz Darcy.

Dou um sorriso para ela.

— O AO3 (Archive of Our Own) me deixou presa por cinco anos, sem esperança de me soltar. É minha maior alegria e a ruína da minha existência. Esperei catorze meses pelo capítulo seguinte da *fanfic* de Steve/Bucky, que resultou em um tumultuado momento de angústia sexual envolvendo um braço de metal. O. Braço. De. Metal. Quem escreve 148 mil palavras e está prestes a fazer meu *laptop* derreter com as proezas sexuais do maldito Bucky Barnes usando um braço de metal e depois deixa o público esperando?

— Oh. Meu. Deus — diz Darcy, os olhos arregalados enquanto agarra minha mão por cima da mesa. — Está falando de *Bucked by Barnes*, escrito por LexiProse22?

Minha boca fica aberta por uns bons vinte segundos.

— Quer ser minha melhor amiga? — deixo escapar. Uau! Que sutileza. Muito sutil.

Espero pelo olhar estranho. Aquele sinal de que cruzei um limite ou fui muito ousada e a deixei desconfortável. É a resposta habitual quando minha máscara cai.

Darcy, sendo o anjo da Terra que ela é, não perde o embalo enquanto balança a cabeça e sorri.

— Acho que já somos, querida.

— Não tenho ideia nenhuma do que vocês estão falando — Harry diz, oferecendo-nos um sorriso com covinhas. — Mas qual é esse site que você mencionou?

— Prontinho para obscenidades com um braço biônico, não é? — Cubby diz, dando uma piscadela para ele.

— Não posso criticar algo antes de conhecer, posso?

Continuamos por mais meia hora, rindo e gritando sobre nossos *fandoms* e *ships* favoritos entre os casais. No começo, fico preocupada por estar exagerando. Falando muito alto. Que esteja interpretando mal e despejando informações com muito vigor sobre estranhos. Olho para Ollie, que não falou muito, nervosa por talvez o estar constrangendo na frente de sua irmã superlegal. Mas seus olhos estão me analisando, um sorriso suave inclinado naquela boca severa, fazendo uma vertigem absurda atingir meu peito. Darcy, Harry e Cubby parecem igualmente entusiasmados, discutindo sobre alguma banda obscura que aparentemente tem um triângulo amoroso bem movimentado.

Não consigo evitar todas as palavras excitadas que saem da minha boca, e, pela primeira vez, sinto que o que digo em uma conversa contribui de verdade para ela melhorar. Que meu volume, ou a velocidade com que falo, não importa. Que posso mergulhar fundo ou pular de um assunto para outro como uma bola de borracha, e as pessoas ao meu redor não me olharão de forma estranha; apenas manterão o embalo. Me encorajando.

Talvez o problema durante toda a minha vida não tenha sido o fato de eu ser ruim de conversa, mas sim não ter conversado com as pessoas certas.

— Sobre o que está escrevendo agora, Tilly? — Darcy pergunta quando todos nos acalmamos o suficiente para pensar direito.

Dou de ombros. Como responder a isso? Tudo? Nada? Quero desnudar minha alma em uma página e, ao mesmo tempo, trancar cada palavra que tenta sair do meu coração.

— Acho que, neste momento, escrevo sobre, hum, a vida? Sei que parece incrivelmente vago e meio idiota, mas é a verdade.

— Não acho que pareça idiota — diz Cubby, esticando o braço por cima da mesa e apertando meu pulso. — É o objetivo de escrever se formos pensar nisso, não é?

Assinto com um gesto de cabeça.

— Só quero escrever algo que faça as pessoas se sentirem vistas — digo baixinho, mordendo o lábio inferior.

Há outra frase na ponta da minha língua. Quero ser corajosa. Quero dizer isso. Mas será que posso mesmo?

Olho para Oliver e ele ainda está me encarando. E algo nesse olhar me faz sentir muito corajosa.

— Tenho TDAH — digo, apertando os dedos dos pés nos sapatos.

Ninguém pisca e... Uau, admitir isso com tanta naturalidade é como abrir as cortinas de uma janela no meu peito e deixar a luz do sol entrar.

— Gosto de escrever sobre como isso molda a maneira como vejo o mundo. Como dificulta algumas coisas. E como outras ficam mais bonitas. Não sei. É provável que não esteja me explicando muito bem.

— Tilly tem um blog incrível — diz Ollie.

— É mesmo? — fala Darcy, os olhos brilhando. — Posso ler? Desculpe, foi muito rude da minha parte pedir? Você é tão legal, e adoraria ver como coloca isso por escrito.

Olho para Ollie e seu olhar é suave; seu sorriso, um incentivo gentil para que eu seja corajosa mais uma vez.

— Qual é o seu WhatsApp? — pergunto, voltando-me para Darcy. — Vou mandar para você.

CAPÍTULO 26

É Aqui a Coisa Fica Séria... e a Mágica Acontece

Oliver

— **Foi um prazer** conhecer você — diz Darcy do lado de fora do bar, dando um abraço em Tilly. — E não se esqueça de me enviar aquela *fic* da Harley/Ivy que você mencionou.

— Mande para mim também — diz Harry, também dando um abraço em Tilly. Por alguma razão, observá-lo passar os braços em torno dela, vê-la ficar na ponta dos pés para abraçá-lo com força, cria uma sensação forte em mim; meu estômago se contorce como um pano de prato torcido.

— Não se preocupe com o Harry — Cubby sussurra a meu lado, colocando a mão no meu ombro.

— O quê? — pergunto, franzindo as sobrancelhas.

— Harry não tem nada contra você, Oll. Não precisa ficar com ciúmes.

Faço uma careta.

— Não estou com ciúmes. Do que teria ciúmes?

Cubby revira os olhos e sorri para mim.

— Posso ficar com você esta noite? — ela pergunta.

— Claro — respondo de modo automático. — Por quê?

Cubby solta um longo suspiro.

— Outra briga com Connor. Não tenho ideia de para onde ele foi, mas com certeza não quero dividir o quarto com o idiota esta noite.

— Você parece estar sempre brigando com Connor.

— Não é da sua conta, é? — Cubby cruza os braços sobre o peito, arrastando o dedão do pé pela calçada.

— Você é minha irmã gêmea, Cubby... Gosto de pensar que é pelo menos um pouco da minha conta.

Cubby suspira.

— Hoje não, Ollie. Só quero ficar com você e não pensar em todas essas merdas. Pode ser?

Estendo a mão e lhe dou um abraço rápido e de um braço só.

— Claro que pode ser.

— Encontro vocês pela manhã — diz Cubby, acenando para Harry e Darcy.

— Não perca o trem ou seremos forçados a deixá-la na terra dos felizes — Harry ameaça, ele e Darcy começando a descer a rua.

— Nem vocês sejam tão cruéis para condenar os inocentes de Copenhague a isso — ela grita para as silhuetas.

A risada deles ecoa até nós.

— Você não se importa se Cubby ficar conosco, não é? — pergunto a Tilly.

— Me importar? Estou quase fazendo xixi nas calças de tanta animação. Espere, deixe-me mandar uma mensagem para minha irmã e avisá-la.

— Vocês dois dividem um quarto? — Cubby pergunta, sorrindo para mim com os olhos arregalados. Posso ver o toque rosado no rosto de Tilly. Na luz desbotada, parece Pantone 14-1714, Quartz Pink. É adorável.

Dou uma tossidinha.

— Mona reserva quartos com uma porta de comunicação que deixamos aberta, então é mais como uma suíte grande para os quatro.

— Claro que é.

— Mona disse que está tudo bem — fala Tilly, olhando por cima do telefone. — Vamos.

A noite está enevoada e fresca, e isso não ajuda em nada a dissipar a névoa da minha cabeça, com Tilly dando voltas lá no alto. Tilly e Cubby estão de braços dados enquanto caminhamos, as cabeças inclinadas, rindo sem parar. E é como... meu Deus, não tenho certeza das palavras certas, mas é como se meu peito estivesse cheio e meus membros estivessem quentes, e talvez estivesse tudo bem minha cabeça estar nas nuvens.

Quando voltamos para o hotel, fico surpreso ao ver que Amina ou Mona fecharam a porta conjunta, as mesinhas de cabeceira empurradas entre as camas como uma barreira sem sentido.

Tilly dá um gritinho, lançando-se em uma conspiração sussurrada de que Amina e Mona estão na verdade loucamente apaixonadas uma pela outra, mas com muito medo de admitir isso e, de algum modo, a porta fechada confirma tudo isso. Cubby concorda com cada palavra dela.

Ficamos acordados até tarde, nós três conversando. Bem, Tilly e Cubby falam mais, as duas deitadas em direções opostas na cama de Tilly. Mas nós três rimos.

Sinto...

Bem, esse sentimento é felicidade. Não há dúvida.

Na manhã seguinte, acordo e descubro que Cubby foi embora e há uma mensagem dela no meu telefone.

Desculpe por ter saído sem te acordar... sabe quanto odeio despedidas. Te amoooooo

Sorrio para meu celular. Também te amo, digito.

Um pequeno ruído vindo de Tilly atrai minha atenção para a outra cama. Ela está enrolada, uma pequena protuberância no centro do colchão, o cabelo preto como nanquim contrastando de maneira impressionante com o edredom branco ao redor dela, como se dormisse em uma nuvem macia.

Uma onda surpreendente de sentimentos toma conta de mim — um formigamento agudo na nuca, um aperto no peito, uma onda de adrenalina pelos braços — ao observá-la respirar.

Desvio o olhar, navegando loucamente pelo celular até encontrar o nome de Marcus. Começo a digitar de forma moderadamente frenética.

Acho que posso estar morrendo

sempre que olho para Tilly parece que meu coração vai explodir

estou preocupado será que posso estar à beira de um ataque cardíaco?

como é gostar de alguém?

seu tio não é cardiologista? Pode marcar uma consulta de emergência com ele?

Marcus leva quatro minutos para responder, o que é bastante alarmante, visto que estou prestes a morrer.

ei, Oliver. É bom ter notícias suas! Estou bem, obrigado por perguntar. Como você está?

Solto um suspiro exasperado pelo nariz.

Que bom que está bem. Estou bem, exceto pelo possível ataque cardíaco

kkk quem diabos é Tilly?

Reprimo um gemido. Não quero entrar em detalhes agora, tudo o que quero saber é como sobreviver a qualquer coisa terrível que esteja acontecendo com meu organismo.

Deixa pra lá

Jogo-me nos travesseiros, deixando o telefone cair a meu lado. Meus dedos ficam tamborilando em descontrole na lateral do corpo enquanto tento não me concentrar no som das inspirações e expirações de Tilly, um ritmo que se tornou tão familiar quanto a minha respiração.

Chega outra mensagem.

começar a gostar de alguém pode ser tão avassalador que dá a impressão de estar morrendo. Mas isso é só porque você está à beira do precipício que é realmente viver

Leio isso umas sete vezes e reviro os olhos.

o que isso quer dizer? Não faz sentido. Essa conversa foi inútil

kkk. Sinto saudades também, amigo

Tilly saúda o dia com um bocejo surpreendente e áspero, mas de repente se senta, totalmente ereta. Os olhos sonolentos estão com as pálpebras pesadas ao percorrer o quarto, os cabelos espetados em ângulos estranhos. Meu coração aperta.

Que porra é essa!

— Cubby já foi embora? — Tilly pergunta, franzindo a testa ao olhar para mim. — Não me despedi.

Engulo o nó na garganta.

— Esse é o jeito dela. Gosta de entrar e sair da vida das pessoas com grande efeito dramático.

— Uma mulher misteriosa — diz Tilly, olhando para mim com um sorriso. Eu me pego retribuindo o sorriso.

Continuo olhando para ela, os olhos fixos em sua boca, e me surpreende a cor que sobe por seu pescoço e rosto como hera. Pantone Burnt Sienna.

Tilly limpa a garganta e desvia o olhar, bocejando mais uma vez.

— O que é isso? — pergunta, apontando para uma sacola plástica de farmácia na cômoda enquanto estica os braços acima da cabeça. Tem um envelope em cima dela. — Espere, isso é uma barra de chocolate?

Aperto os olhos e vejo as cores de uma embalagem de barra de chocolate ao leite Cadbury através do fino plástico branco.

— Acho que sim.

Tilly olha para mim.

— ... Posso dar uma mordida?

— São sete da manhã.

— Quem é você, meu dentista?

— Fique à vontade — digo, apontando para a sacola.

Tilly corre pela cama como um animal raivoso e vai até a cômoda.

— Me entregue o cartão, pode ser? — peço.

Tilly o arremessa para mim e depois se volta para a sacola, mexendo os dedos como um vilão de desenho animado.

Assim que rompo o envelope, Tilly solta um grito, fazendo-me cortar o dedo na borda.

— Qual é o problema? — pergunto, chupando o corte sangrento que o papel fez.

— Humm... nada — diz ela, afastando-se devagar da cômoda com as mãos erguidas em sinal de rendição. — Mudei de ideia sobre o chocolate.

— Certo... — digo, prolongando a palavra.

— Certo. Tchau.

Tilly corre para o banheiro e ouço o chuveiro momentos depois.

Meu Deus, ela é estranha.

Retiro o cartão e o abro.

Adorei ver você, Oll. Comprei isto para te poupar o trabalho.
Lembre-se, elas NÃO devem ser usadas com o horrível cinto
para colocar dinheiro em nenhuma circunstância.
beijos,
Cubby

Afasto as cobertas e caminho até a cômoda, vasculhando a sacola plástica. Tem barras de chocolate nela, mas também tem outra coisa. Uma caixa roxa brilhante. Demoro um segundo para ler o rótulo.

PRESERVATIVO DUREX PRAZER PROLONGADO

Deixo cair o pacote e saio correndo, como Tilly fez momentos atrás.

Meu Deus, *Tilly*. Ela viu aquilo.

Tilly viu os preservativos.

Não consigo nem imaginar o que está pensando. Provavelmente que sou um idiota muito estranho que manda a irmã comprar camisinhas e chocolate para ele.

Não sei se isso poderia piorar.

A única coisa de que *tenho* certeza é que, da próxima vez que me encontrar com Cubby, vou matá-la.

CAPÍTULO 27

Deslizando pelos sentimentos

Tilly

O TDAH muitas vezes pode causar pensamentos obsessivos.

Às vezes são coisas como: *Preciso ir a uma loja de artesanato HOJE e comprar TODOS os materiais de aquarela, porque de repente me transformei em alguém destinado a ser artista, só que PRECISO FAZER ISSO AGORA OU POSSO MORRER.*

Ou isto: *Oi! Você se lembra daquela época em que tinha 11 anos e bateu em uma porta de vidro no museu de arte, quebrando-a, e todo mundo riu? Vamos repassar aquele momento sem cessar pelos próximos oito dias, até você se encolher tanto que seu traseiro vai acabar se esticando.*

Muitas vezes, é simples e potente: *Sou um pesadelo e todo mundo me odeia* repetido tantas vezes, que você começa a se odiar.

CAPÍTULO 27

Mas, nos últimos três dias de viagem, o único pensamento que parece passar pela minha cabeça é: *Oliver segundo-nome-provavelmente-é-deliciosamente-britânico Clark tem preservativos na bagagem e preciso saber com quem ele planeja usá-los.*

Não é da minha conta com quem Oliver faz sexo. Sei disso. Posso compreender a racionalidade desse pensamento e por que é objetivamente verdadeiro. Mas não consigo, de jeito nenhum, fazer meu cérebro ouvir isso.

Continuo imaginando todas as garotas de fantasia pelas quais Oliver está apaixonado, imaginando-o beijando-as e tocando-as do jeito que desejo que ele faça comigo. Machuco meu maldito coração muitas vezes tentando adivinhar como ela será, como será sua aparência. Porque nunca imagino alguém como eu. Não poderia ser eu. Não importa quanto eu queria que fosse.

Tenho saudades de uma vida e de um relacionamento que nunca tive.

Vou, no entanto, me dar certo crédito e dizer, exceto pela minha reação pouco tranquila ao encontrar os preservativos, que fiz um trabalho bastante decente fingindo que não havia nada de errado. Na verdade, Ollie e eu estamos nos dando muito bem. E sempre que trabalhamos juntos ou ele me ouve falar *sem parar* sobre algo, e os sentimentos que tenho por ele começam a crescer em meu peito e obstruir minha garganta, descobri que sair do quarto de repente é uma maneira segura de ir para um lugar privado e chorar, sem que ele me siga.

Nosso quarto em Estocolmo também me dá um pouco mais de espaço. O hotel não tem quartos conjugados, e, como só sobraram um de casal e um de solteiro, colocamos colchões no chão e estou com Mona e Amina.

— Não entendo por que ele tem um quarto só para ele — resmungo para Mona.

Ela faz uma careta.

— Não é apropriado que meu estagiário de 18 anos durma no mesmo quarto que suas duas chefes — diz Mona.

Ela tem razão.

— Bem — digo, abrindo o zíper da mala —, também sou sua estagiária.

— Você é minha irmã em primeiro lugar.

Minha boca se contorce, mas uma pequena pontada de felicidade me atinge as costelas.

— Aí você me pegou. Mas também não deve forçar sua sócia a dormir na mesma cama que você, quando poderia facilmente dividi-la com sua irmã — digo, lançando um olhar inocente para Amina, Mona e o colchão em que estão sentadas.

Mona fica da cor de tamales quentes, movendo-se para que seu quadril não toque o de Amina.

— Eu... nós... eu... você se mexe muito quando dorme — Mona balbucia. — Estou tentando sair viva desta viagem.

Ela fica de pé, cruzando os braços sobre o peito e andando sem rumo. Estou sorrindo agora enquanto meu olhar se vira para Amina, que pressiona os lábios para esconder um sorriso. Ela me dá uma piscadela rápida, e eu quase solto um grito.

Amo as duas.

O celular de Mona toca e ela atende em um tom entrecortado.

— Alô. — Pausa. — Oh. Sim. Oi. É ela.

Fica quieta por mais alguns momentos, e é o tempo que leva para que eu perca o interesse e comece a navegar no celular.

Meu *post* mais recente no Babble está ganhando força, o que é surpreendente e estranho, porque foi uma postagem grande e não editada sobre como os cães são mestres em *stimming*.

> Os cães ficam tão entusiasmados que balançam o traseiro como pequenos torpedos, começam a ganir e pular, e depois vão pegar os brinquedos favoritos para mostrar a você. E adoramos isso nos cachorros. A animação deles. A manifestação de alegria incontrolável, algo que não ousariam tentar controlar. Por que não podemos amar isso nos humanos também?

Estou lendo um comentário de alguém dizendo que costuma ficar envergonhado com seus estímulos vocais, mas que vai começar a considerá-los uma energia parecida com a de um cachorrinho por causa da minha postagem, quando Mona grita. Minha alma quase deixa meu corpo, tamanho foi o susto.

— Não vai acreditar nisso — diz Mona, correndo para o lado de Amina. — Era o comprador da Vers, a pequena rede de Amsterdã. Estão discutindo e planejando o outono, e mudaram de ideia. Querem fechar um pedido conosco!

— Não brinca comigo! — Amina diz, segurando as mãos de Mona. — Está falando sério?

— Estou! Perguntaram se poderíamos ir amanhã para apresentar mais algumas amostras de tons de joias antes de finalizarem o pedido.

— E o que disse a eles?

— Que sim, óbvio — diz Mona, abraçando Amina. — Isso pode ser algo *enorme* para nós.

Amina aperta Mona, balançando-a com suavidade de um lado para o outro. As duas parecem tão... *felizes*. Meu coração se enche de alegria ao observá-las.

Mona interrompe o momento, pigarreando e se afastando, e volta à sua versão de mulher profissional.

— É melhor planejarmos a viagem — diz ela.

A animação de Amina ainda é evidente quando concorda com um gesto de cabeça.

— Pode deixar, querida.

— Vamos tentar embarcar no próximo voo, se conseguirmos. E aquele hotel em que ficamos enquanto estávamos lá era relativamente barato, então espero que tenham outro quarto disponível.

— Vou dormir em um banco perto dos canais se isso significar a garantia desse acordo — diz Amina, pegando o *laptop* e digitando. — Meu Deus, a conexão aqui é horrível — diz ela, balançando o *laptop* de um lado para o outro. — Não consigo carregar o site. Vou descer correndo até a recepção e ver se podem ajudar.

Amina dá um pulo e corre para a porta.

— Espere — diz Mona quando Amina segura a maçaneta. Mona olha para mim. — Tilly, pode nos dar um minuto?

— E ir para *onde*? — pergunto, apontando para o quarto do tamanho de uma caixa de sapatos.

— Para o corredor?

— Não, obrigada — respondo, sentando-me na cama.

A veia saliente na testa de Mona parece prestes a estourar, mas ela se controla.

— Tudo bem.

Ela se vira para Amina.

— Consiga as passagens para você e para mim. Depois da reunião amanhã, se possível, para não precisarmos de um quarto por duas noites.

— Entendi — diz Amina, saindo do quarto.

Tudo permanece em silêncio por um instante.

— Você vai nos abandonar? — digo chorosa.

— Não seja tão dramática — responde Mona, movendo-se como um tornado bem-vestido pelo quarto do hotel enquanto recolhe suas coisas. — É provável que eu e Amina voltemos amanhã. Você realmente acha que não consegue passar uma noite sem a supervisão de um adulto?

Endireito os ombros, tentando parecer madura, sábia e justificadamente indignada.

— Claro que consigo.

— Então, qual é o problema?

— Apenas não entendo *por que* não nos levaria com você. Gostei muito de Amsterdã. Não me importaria de voltar.

— Odeio dizer isso, mas essa decisão não tem nada a ver com você — Mona diz, fechando o zíper de sua bolsa de maquiagem.

Direciono a ela uma fungada arrogante.

— Bom, isso não é totalmente verdade. Tenho um grande papel como personagem principal. Então, qual é a sua próxima desculpa? É tudo uma manobra para ter um encontro secreto com Amina? Não precisa fingir que não sente nada por ela. Todos estamos vendo isso.

— Dá pra parar com esse assunto? — fala Mona em um tom de voz alto, colocando um punhado de produtos de higiene pessoal na mala. — Nem tudo é uma piada.

— Oh, meu Deus, por que está berrando? — grito. — Era só uma pergunta.

— É porque estou ficando sem dinheiro, está bem? — Mona diz, olhando para mim. — Pronto. Está feliz?

— Você está... o quê?

— Ficando. Sem. Dinheiro — ela responde entre os dentes. — Minha empresa está falindo, Tilly. Não tenho dinheiro para levar você e Oliver de volta a Amsterdã para a segunda reunião sem estourar o orçamento. E tenho certeza de que você mal pode esperar para esfregar isso na minha cara. Então, vá em frente, vamos lá.

Mona cruza os braços sobre o peito, as sobrancelhas franzidas e uma carranca profunda curvando sua boca.

— Por que acha que eu iria esfregar isso na sua cara? — pergunto, dando um passo em direção a ela.

— Eu... Não sei — ela responde, olhando para os saltos de couro brilhantes. — Você age como se eu devesse ser perfeita. Como se mal pudesse esperar para me ver fracassando. E estou... Eu não... É vergonhoso.

Olho para ela com meu coração partido.

— Mo, isso não é verdade. Tipo, de jeito nenhum. Você é a pessoa mais bem-sucedida que conheço e adoro ver você arrasando. Mas você sabe que não precisa ser perfeita, não sabe?

Mona revira os olhos e pisca com rapidez, olhando para o lado.

— Não é tão simples.

— O que quer dizer com isso?

— Sempre houve muita pressão sobre mim para ter alguma espécie de sucesso. Papai sempre me disse que eu faria parte da lista de pessoas influentes com menos de 30 anos, desde que comecei a andar. — Ela respira fundo, usando uma das mãos para cobrir a testa e esconder sua expressão. — Então, ir para Yale foi estranho. Estava cercada de pessoas muito bem relacionadas, ricas e bem-sucedidas, e havia um fluxo constante de competição. Por mais que eu trabalhasse, sentia que sempre chegava em último lugar.

Sua voz falha e ela afunda na beirada da cama, os ombros em uma curva protetora ao redor das orelhas.

— Nada era bom o bastante para eles. Sentia como se devesse ser outra pessoa, séria e motivada, e, quanto mais me inclinava para isso, mais mamãe e papai pareciam felizes comigo. Não sei... Às vezes sinto que nem sei mais quem sou de verdade. Se não sou perfeita, se não sou uma magnata dos negócios, uma empreendedora ou qualquer outra coisa que as pessoas esperam que eu seja, então, quem sou eu?

— Você é minha Mo-Mo — digo, estendendo a mão e agarrando a dela. Seguro com força, embora seus dedos estejam rígidos. — Você é minha irmã mais velha, uma força da natureza. É a pessoa mais inteligente que conheço. A garota que ria e cantava músicas da Taylor Swift comigo enquanto pintava minhas unhas. Alguém que fica maluca olhando fotos de filhotes de elefante.

Duas lágrimas rolam pelo rosto de Mona, e ela me dá um sorriso úmido.

— Adoro mesmo quando dão mamadeiras para filhotes de elefante.

Mordo meu lábio, dando-lhe um sorriso tristonho e também molhado.

— Mas, Mo... você precisa perceber que, se alguém aqui sente que não tem espaço para erros, sou eu. Sou eu quem vive na sua sombra.

O olhar de Mona me mostra sua intensa dor.

— Odeio que pense assim.

Dou de ombros.

— É meio difícil não fazer isso.

Os olhos de Mona percorrem meu rosto como se ela pudesse decifrar algum código secreto em minhas feições.

Começo a sentir muitas coisas, com muita força, e gesticulo com as mãos para dissolver um pouco da seriedade.

— Você devia continuar arrumando suas coisas — sussurro.

Mona balança a cabeça e depois se vira totalmente para mim, segurando meus ombros.

— Isso é mais importante.

— O quê?

— Você, Tilly. Nós. Cansei de mentir para mim mesma sobre o fato de que consertar nosso relacionamento é algo que poderia ser adiado até que a vida se acalmasse um pouco.

— Você acha que precisa de conserto? — pergunto, algumas lágrimas escorrendo pelo rosto.

O sorriso de Mona é devastador e triste.

— Sei que precisa.

— Eu... sinto sua falta, Mo. Da antiga Mo.

Mona me abraça com força e firmeza, meus músculos derretendo enquanto ela passa a mão pelo meu cabelo.

Minha garganta aperta, mas decido ser honesta com minha irmã.

— Sinto que, quando foi para a faculdade, você mudou. Você... parou de gostar de mim. Ou de querer ser minha amiga. E não sei por quê.

— Me desculpe se te machuquei — diz Mona. — Me desculpe por ter feito você sentir que não gosto de você ou que não é maravilhosa exatamente do jeito que é.

— Parece que não sou boa o suficiente. Nem para você, nem para a mamãe, nem para ninguém. É como se eu fosse um aborrecimento e um fardo aos quais você está presa. Você é a irmã mais velha e perfeita, enquanto eu sou a problemática da família.

Minhas palavras se transformam em um soluço, e pressiono meu rosto contra o ombro dela.

Mona me abraça com mais força, um som pequeno e fragmentado saindo de sua garganta.

— Ser sua irmã é uma honra, Tilly. Eu me odeio por tratá-la de uma maneira que não a faça se sentir desse jeito.

Solto um gemido de depreciação.

— Estou falando sério — diz Mona, afastando-se para me olhar nos olhos. Ela também está chorando. — Não posso mudar mamãe ou papai. Não posso fazer com que te tratem melhor. Mas entendo. Sei como é difícil sair de qualquer papel no qual eles te colocaram. Sinto o peso disso.

Nunca me ocorreu que Mona também pudesse se sentir presa.

— Mas você é tão maravilhosa — Mona continua, colocando meu cabelo atrás das orelhas. — Você é engraçada, vibrante e reluzente, e consegue arrancar um sorriso de quase qualquer pessoa. Me desculpe por não ter mostrado antes como eu acho que você é incrível.

Não sei o que dizer, então me inclino para Mona mais uma vez, deixando que ela me balance com suavidade de um lado para o outro enquanto aprendemos a nos sentir confortáveis em nosso silêncio.

— Amo você de verdade, Tilly. Muito — ela sussurra, encostada no meu cabelo. — Vou melhorar a maneira como demonstro isso.

CAPÍTULO 28

Negócio Arriscado

Tilly

Amina e Mona partem, e fico um pouco no nosso quarto, navegando no celular. Meu momento emo com Mona me deixou desequilibrada: aquecida e alegre, mas também trêmula e pronta para a ação.

Por um minuto, penso em ir até o quarto ao lado e irritar Oliver, mas sei que ele está em sua zona de edição e não parece certo invadir sua bolha.

E talvez eu queira estar... sozinha? Não tenho certeza. Nunca consigo decidir se quero a liberdade da solidão ou a energia de outra pessoa.

Saio da cama e me arrasto até a mochila em busca de minha carteira, decidindo pelo menos que preciso sair do quarto de hotel. Mergulhar nesta bela cidade nova.

O canto do *laptop* sobressai por uma divisão interna, e é aí que percebo enfim que essa faísca se movendo em um turbilhão do meu cérebro para os dedos é a vontade de escrever. Pequenos balões de pensamento e belas palavras flutuam pela minha cabeça, brilhantes e deliciosos, implorando para serem perseguidos e capturados no papel.

Agarro loucamente minha mochila, fecho o zíper e saio correndo do quarto de hotel para a calçada.

Caminho por alguns minutos pelas ruas de paralelepípedos de Estocolmo. Embora esteja nublado, a cidade tem um brilho alegre — o intricado trabalho em pedra dos edifícios históricos, os arranha-céus elegantes e modernos que refletem a cidade, as bicicletas, as tulipas e o rio —, e absorvo todos os mínimos detalhes como se fossem a luz do sol na minha pele.

Meu celular vibra no bolso; eu o pego e vejo que é uma mensagem de Darcy.

Olá, querida! Como você está??

Abro um sorriso. Darcy e eu trocamos mensagens de texto algumas vezes desde que nos conhecemos em Copenhague, e gosto de pensar que realmente nos tornamos amigas.

Oi!! Estou bem! E você? Em que cidade está?

Alguma cidadezinha de merda perto de Frankfurt

Reze por mim

Mas, olha, queria falar com você sobre uma coisa

Posso te ligar?

Meio segundo depois de eu responder claro, Darcy me liga.

— Bom — ela diz como saudação. Meu sorriso fica ainda maior.

— Cubby também está aqui.

— Oi, Tilly — Cubby cantarola ao fundo.

— Temos lido suas postagens no Babble: realmente brilhantes, aliás, você sempre consegue nos prender.

— Muito inteligentes — acrescenta Cubby.

— E ontem, depois de um *show*, conversamos com outra banda...

— Eles eram um pouco *pop* demais para o meu gosto — diz Cubby.

— Oh, sim. Muitos sintetizadores. Não estamos em 2014.

— E eles tentaram enfiar uma gaita de foles e, tipo, em termos artísticos, eu entendo o magnetismo carnal que procuravam com isso? Sim. Era cru, e criou uma dissonância cognitiva que refletiu o clima político se justaposta às batidas do sintetizador *pop*? Claro. Mas funcionou?

— Não — Darcy termina. — Seja como for, são pessoas adoráveis, apesar do som confuso. E começamos a conversar e, para encurtar a história, uma das garotas da banda, Hamda, tem uma prima que dirige uma revista *on-line* supermoderna...

— Achei que fosse uma amiga da prima de Hamda — diz Cubby.

— Hum, não. Definitivamente, a prima.

— Tem certeza?

Neste ponto, minha cabeça está girando enquanto tento acompanhar essas duas, mas é uma causa perdida.

— Não importa se é prima, amiga ou qualquer outra coisa, Hamda conhece a pessoa que dirige *Ivy*.

— Pelo que parece, é uma *Cosmo* com uma *BuzzFeed*, com um toque de *Elite Daily*, mas menos desesperadamente *millennial* — diz Cubby.

— E eles estão contratando — fala Darcy. — Procurando contratar, abrem aspas, vozes únicas, fecham aspas.

Há uma pausa.

— O que você acha?

Fico em silêncio, presumindo que Cubby e Darcy vão continuar conversando, mas elas param.

— O que acho sobre o quê? — pergunto.

— Sobre se *candidatar*, claro — diz Darcy. — Mostramos seu Babble para a Hamda e ela achou fabuloso. Parece que a prima dela também tem TDAH. Passamos o *link* para Hamda, e ela o enviou para a prima, que disse que você deveria enviar seu currículo e alguns textos.

Sinto uma dor no estômago. É aquela sensação de novo.

De saber que as pessoas estão absorvendo algo que criei.

— Eu... hã...

— Ah, Tilly, você *precisa* mandar seu currículo. Você seria perfeita. Estamos enviando uma mensagem de texto com o *link* agora mesmo.

Logo meu telefone vibra com o *site* do aplicativo. Navego por ele por um momento, lendo a descrição do cargo de assistente editorial.

— Não tenho certeza se estou qualificada para isso — digo.

— Oh, meu Deus, e quem é que está qualificado para qualquer emprego? Você precisa de dez anos de experiência para um primeiro emprego hoje em dia. Por favor, mande seu currículo, Tilly, por favor! Você seria tão perfeita.

— Muito perfeita — Cubby repete. — Somos suas maiores fãs neste momento. Não vamos hesitar em roubar sua identidade e enviar uma inscrição em seu nome.

Minha cabeça parece cheia de abelhas zumbindo em volta do meu crânio enquanto tento processar tudo.

É assim... É assim que é ter amigos? Pessoas que te encorajam de um modo tão descarado? É impressionante, da melhor maneira possível.

Estou morrendo de medo. Muito assustada. É basicamente uma rejeição garantida, não sou ninguém, com nenhuma experiência.

Mesmo assim...

— Ok — murmuro, e depois abro um sorriso. — Vou me candidatar.

Cubby e Darcy gritam.

— Perfeito. Vou mandar uma mensagem para Hamda. Assim, ela avisa a prima dela para ficar de olho em sua inscrição. Faça isso hoje! Se possível, agora.

— Está bem — digo mais uma vez, meu sorriso crescendo.

— Certo, temos que desligar, Tilly — diz Cubby. — Mande um beijo para o Ollie.

— Pode deixar — respondo. — E muito obrigada, de verdade, por pensarem em mim. Estou muito animada.

Finalizamos a ligação e entro em uma cafeteria, pedindo um café e um doce chamado *kanelbullar*, que se parece um pouco com um pãozinho de canela, mas de alguma maneira tem um gosto ainda melhor.

Sento-me a uma pequena mesa no canto, pego o *laptop*, tomo meu café e, antes que possa pensar demais, preencho o formulário. Envio amostras do que escrevo, arriscando e enviando alguns de meus artigos mais vulneráveis sobre TDAH. Provavelmente estou indo rápido demais, minha perna balançando o tempo todo, mas quero acabar logo com isso, tirar do caminho, antes que uma dúvida profunda me domine.

Quando termino, respiro fundo. Sinto-me um pouco... orgulhosa de mim mesma. Como se tivesse feito algo proativo. Algo bom.

Mas não quero mais pensar nisso. Se começar a querer muito, vai doer ainda mais quando vier a rejeição.

Afastando esses pensamentos, abro uma nova aba, respiro fundo mais uma vez, e faço um voo livre por uma página em branco.

Algumas horas depois, bebi cafeína e comi *kanelbullar* em doses suficientes para sentir o coração batendo nas unhas dos pés. Digito as linhas finais da postagem do meu *blog* e depois desabo na cadeira de couro surrada para ler os parágrafos finais:

> Sempre achei que minha irmã era perfeita. Essa perfeição estava presente em seu DNA, assim como seu cabelo preto ou os olhos castanhos. Ela se encaixa em todos os espaços nos quais entra.
>
> E sempre pensei que errar era a espinha dorsal da minha composição genética. Tenho TDAH. Meu cérebro não funciona como o das demais pessoas. Sempre tenho a impressão de que ele e meu corpo estão sendo questionados de modo interminável, sem terem resposta para nenhuma das perguntas. Não consigo processá-las. E a sociedade nos diz que isso significa que estou condenada desde o início. Que o funcionamento singular do meu cérebro é uma falha de personalidade. Falta de disciplina. Nenhum espaço me acomoda, e não mereço atrapalhar nem conquistar meu próprio lugar.
>
> Mas talvez isso não seja verdade. Com certeza, não é justo. Minha irmã não deveria ter o fardo de ser obrigada a ser perfeita em tudo o que ela tenta. Eu não deveria suportar

o peso de ser rotulada de "danificada" antes mesmo de tentar.

Que tal se destruirmos essas caixas nas quais deveríamos nos espremer? E se desfizermos os nós que nos mantêm presos às expectativas? E se deixarmos que o outro e nós mesmos apenas sejamos?

P.S. São perguntas genuínas. Esta garota não tem as respostas, entãooo...

P.P.S. Esta postagem foi alimentada por muitas xícaras de café da Drop Coffee Roasters... Não é um anúncio patrocinado nem nada (ainda), mas todos temos que expressar nossos sonhos, certo?

Sorrio.

Gostei mesmo do que escrevi.

Acho que não percebo quanto algumas palavras pesam em meu coração e esqueço que minhas mãos podem eliminar esse peso digitando no teclado. Escrever sobre meus sentimentos não os afasta, mas lhes dá outro espaço para serem guardados. Um local que posso abandonar ou revisitar quando necessário.

Com dedos trêmulos, clico em *publicar*. Pronto. Já foi.

Escrever parece um paradoxo. Ao mesmo tempo que quero que o mundo absorva minhas palavras, fico horrorizada com a ideia de que alguém veja o que escrevi. Quero ser conhecida, mas não julgada. Gostei de escrever pequenas sinopses sobre cores no *site* de Mona, mas não é a mesma coisa. Aquelas palavras não são pedaços de *mim*.

Meu *blog* parece o lugar mais seguro para me expor. Ele existe, no Velho Oeste da internet, mas não faço nada para atrair pessoas. Não me dá a impressão de que me exponho; apenas enfio a cabeça pela porta. Na verdade, provavelmente é mais do que minha cabeça neste momento. Tenho visto um aumento substancial em meu envolvimento e de seguidores no Babble, o que é emocionante e também assustador.

Não entendo direito *por que* as pessoas se preocupam com o que tenho a dizer, mas me conectar e trocar mensagens com pessoas neurodiversas no aplicativo tem sido uma das experiências de valorização mais importantes da minha vida. Finalmente entendo o que Ollie quis dizer quando falou que conversar com pessoas na internet lhe permitia se sentir mais próximo dos outros do que se estivesse na presença deles.

Tento desenvolver autocontrole, mas se trata de mim, portanto não tenho nenhum, e começo a atualizar a página de análise do *post*. Espero que alguém leia. Espero que ninguém leia. Espero que... ai que droga. Nenhuma visualização. Como é que meu *blog* pessoal, não marcado e não monetizado, não tem quatro bilhões de visualizações doze segundos depois de eu postar algo?

Aperto *atualizar*.

Ai, não acredito. Que merda! Diz que duas pessoas clicaram. Certo. Uau! Oh, meu Deus! Ótimo. O que estarão pensando? Provavelmente que é idiota e odiaram.

Aperto *atualizar* mais uma vez. Quero outra onda de dopamina como a que tive quando esse número mudou de zero.

Espere. Não. Não vou fazer isso.

Fecho o *laptop* antes que a página termine de carregar. Esse é o conhecido "trem cerebral descontrolado". Essa necessidade obsessiva de clicar em algo com a esperança desesperadora de uma recompensa virtual. O soco no estômago da decepção quando não há nenhuma nova curtida. Ou visualizações. Ou comentários. Aquela sensação estranha e expansiva de estar tão sozinha em um mundo de conexão constante.

Escrevi aquele *post* para mim. Só para mim. E parecia *bom*. Vou proteger isso, e que se dane! Não preciso de reconhecimento externo sobre algo que me dá alegria. Exceto pelas vezes em que preciso desesperadamente... mas este verão tem tudo a ver com crescimento etc., etc.

Levanto-me da mesa, reunindo minhas coisas e colocando-as na mochila. Saio do café e começo a andar pela rua, colocando os fones de ouvido e deixando a música fluir pelo corpo. Esse é o tipo de barulho de que gosto. É concentrado, faz sentido e sei o que posso esperar dele. É tão diferente dos ruídos aleatórios das áreas lotadas, que me dão calafrios.

Há algo tão libertador em estar em um lugar novo. Em estar sozinha. Sou responsável por mim mesma. Posso comer o que quiser. Ir aonde quiser. Não preciso me preocupar com o fato de outra pessoa estar se divertindo. Ou estar entediada. Com o fato de se minhas constantes paradas para olhar as diferentes coisas que chamam a atenção do meu cérebro pegajoso as irritam. Posso ser completa, plenamente eu.

Dissolvo-me nas ruas de Estocolmo e continuo andando, cada passo deixando um bilhete de amor nas pedras da calçada. *Tilly Twomley esteve aqui e, meu Deus, como ela se divertiu.*

Depois de alguns quarteirões, estou em Gamla stan, o centro histórico de Estocolmo. O tráfego de turistas é mais intenso aqui, mas entendo por quê. Os prédios são como casas de biscoitos natalinos de gengibre em tecnicolor, altos e finos, e bem juntinhos uns dos outros. As extremidades são em curva em alguns lugares, pontudas em outros, cumes felizes sorrindo nas ruas estreitas.

Minha atenção é atraída para uma vitrine e corro até o vidro como uma mariposa diante da chama.

A vitrine da loja está repleta de sapatos de cima a baixo.

Não qualquer sapato.

Tamancos.

Decido entrar.

O cheiro de couro e madeira me envolve como um abraço, e tiro meus fones de ouvido, absorvendo o silêncio suave da loja.

Todos os meus sentidos zumbem e vibram em uma frequência de felicidade, meus dedos passando por fivelas e fechos ao caminhar pela loja. Escolho uma centena de sapatos diferentes, estudando-os de todos os ângulos, admirando a complexidade dos diferentes *designs*. Um par de saltos plataforma de madeira com couro macio e pequenos entalhes de folhas me convida a pegar minha carteira, mas também sei ser provável que os saltos de dez centímetros me levem à morte, e, com o máximo de melodrama possível, coloco o par de volta em seu lugar na prateleira.

Mas depois vejo algo que faz meus olhos se transformarem em corações gigantes.

Brilhante. Vermelho. De madeira. Tamancos.

Aproximo-me deles devagar, como se fossem um animal arisco prestes a fugir. Arrasto um dedo reverente sobre a intrincada pintura no alto. É uma paisagem. Alqueires de flores enfiados em um pedaço de grama verde, tudo contra um céu azul perfeito e um moinho de vento ao longe.

Penso logo em Oliver. Pergunto-me que cor ele encontraria em algum ponto daquele cenário. O que diria sobre o equilíbrio. Ou sentimentos. Ou a maneira como os olhos dele, penetrantes, intensos e maravilhosamente profundos, passariam por aqueles sapatos vermelhos brilhantes.

Eu os pego e vou até o caixa.

— Olá! — diz a mulher mais velha atrás do balcão, registrando os sapatos.

— Olá! — respondo. — Amei os sapatos — acrescento.

— São lindos, não são? — ela diz, virando-os de um lado para o outro.

— E tão autenticamente suecos — digo, o que é sem dúvida a coisa turística mais vergonhosa que eu poderia ter dito. Ela me dá um sorriso engraçado e depois aperta alguns botões da caixa registradora.

O preço pisca para mim e encosto os lábios nos dentes, surpresa: 2.200 coroas. Isso é, tipo... muito, não é? Ou não?

Não me lembro da taxa de conversão. Não é, tipo... um dólar americano é... cinquenta coroas? Ou... vinte e cinco coroas? Tento de modo furtivo pegar o telefone e abrir meu aplicativo de conversão sem parecer ridícula ou em pânico, mas não tenho sinal.

Certo. Tudo bem. Agora não é hora de entrar em pânico. Tenho certeza de que a conversão será de vinte e cinco ou cinquenta coroas para cada dólar americano. Então isso significa que 2.200 está em algum lugar entre quarenta e quatro e oitenta e oito dólares. O que é... bem, uma lacuna gigante e meio que muito para sapatos, mas eles são tão bonitos e autênticos e, tipo, quando em Roma..., certo? Ou, hã, Estocolmo, quero dizer. Tudo bem. Vou comprar isso aqui.

Na rua, imediatamente tiro as sandálias e coloco meus preciosos pedaços novos de madeira.

Que. Impressionante.

Sou a fodona mais esotérica de Estocolmo agora e não poderia estar mais satisfeita. Esses sapatos agora são oficialmente toda a minha personalidade.

Começo a caminhar, os sapatos fazendo barulho nas pedras. Fico um pouco chateada ao sentir uma bolha se formando nos calcanhares, mas a surpresa do que imagino serem turistas me permite ignorar a dor sutil. Devem estar pensando que sou uma espécie de influenciadora da moda sueca e ter ficado maravilhados com meu estilo europeu impecável.

Depois de um tempo, reconheço alguns dos edifícios ao redor e percebo que voltei para o hotel.

O lugar onde estamos hospedados é pequeno, e paro um momento para observar a luz dourada e fraca do crepúsculo tocar o prédio. Estamos no segundo andar do hotel de quatro andares, e Oliver está no quarto de canto com vista para a rua estreita abaixo de nós. A luz do sol poente cria um clarão em sua janela, e de repente sinto-me quase desesperada para vê-lo. Para desfrutar da tranquilidade de sua companhia.

Será que está acordado? Estará trabalhando? Vendo TV? Talvez esteja falando ao telefone com a garota misteriosa com quem usará as camisinhas.

Odeio essa possibilidade, e isso me impele, até que me encontro postada sob sua janela como o maior clichê do mundo. Eca.

Mas, se vou ser um clichê, é melhor dar tudo de mim. Correndo o olhar pelo entorno, encontro uma pedrinha no chão. Eu a pego e jogo em direção à janela dele. Quase não faz barulho quando bate no peitoril. Franzindo a testa, encontro uma pedra um pouco maior e a lanço, mas erro a janela dele. Pego a última pedra que encontro e atiro na janela dele.

E...

CRASH!

O som de vidro quebrando cria uma sensação semelhante em meu estômago.

Fico presa no chão quando a janela se abre e a cabeça de Ollie se projeta para fora. Ele olha para a frente e para trás no beco e depois para mim.

— Tilly?

— Oi, Ollie — digo, dando um aceno fraco. Como uma idiota.

— Está tudo bem?

— Eu... hã... queria saber se estava ocupado.

— Você quebrou a janela — diz Ollie, afirmando o dolorosamente óbvio enquanto olha para o vidro.

— É. Percebi — respondo.

— Existe algum motivo específico para ter jogado uma pedra em mim?

— Não foi em você... apenas na sua janela.

— Acho que essa é uma das maneiras de ver as coisas — diz Ollie.

— E então... está ocupado? — pergunto, batendo meu tamanco no chão.

— Além de agora ter que descobrir como trocar o vidro de uma janela? Não muito.

Meu sorriso é lento, mas incontrolável. Ele é um idiota sarcástico. Odeio achar isso tão adorável.

— Quer sair?

Ollie me retribui com um sorriso.

CAPÍTULO 29

Morte por Tamancos

Tilly

— **Gostou dos** meus tamancos novos? — pergunto, desferindo chutes e batendo os calcanhares de madeira ao caminharmos e tomarmos nosso sorvete. Tento não estremecer com a pontada de dor que sai das bolhas, indo direto para os meus joelhos. — Sou quase uma nativa sueca neste momento.

Ollie franze a testa, olhando para meus tamancos enquanto dá uma lambida em seu sorvete de chocolate com menta.

— São feitos de madeira.

— Nada passa batido por você, garoto — digo com uma piscadela, tentando fazer meu colapso em um banco próximo parecer casual, e não uma consequência de meus pés estarem doendo tanto que simplesmente desistiram de andar.

Ele franze mais a testa quando se senta a meu lado.

— Mas isso está errado, não?

— O quê? Não. — Faço uma pausa. — Como assim?

— Bem, tamancos de madeira como esses são... holandeses, não são?

— Por favor, não estereotipe os escandinavos, Ollie. Não é legal.

— Os holandeses são dos Países Baixos. Assim como esse estilo de sapato. Veja, tem até tulipas e um moinho de vento pintados neles.

Faço uma pausa, olhando com cautela para meus tamancos. Ele não pode estar certo.

— Sei que você é uma pessoa incrível que gosta de palavras coloridas, mas com certeza não conhece moda como eu — digo, colocando a mão sob o joelho e levantando minha perna no ar para que meu fabuloso pé com tamancos fique balançando na frente do rosto dele.

Oliver pega o telefone e digita por um instante; em seguida, levanta a tela para eu ver. Com certeza, é um pequeno gráfico que mostra que os tamancos suecos tendem a ter bases de madeira com tampo de couro, e que o visual todo em madeira com ponta pontiaguda é... holandês. Cacete

Afasto a mão dele.

— Por que venderiam tamancos holandeses na Suécia?

— Para lucrar com turistas crédulos?

Solto um rosnado para ele.

— Bom... tanto faz. Foram uma pechincha e ainda são meu novo par de sapatos favorito. É provável que eu os use todos os dias... — Se pararem de machucar meus pés.

— Quanto pagou por eles?

— Duas mil e duzentas coroas.

Ollie dá a última mordida na casquinha do sorvete, inclinando a cabeça para olhar para mim.

— Considera isso uma pechincha?

Oh, não. Um pequeno arrepio de pavor percorre minha espinha.

— Sim. Acho que são feitos à mão. Isso é tipo... quanto? Oitenta dólares?

Ollie pega o telefone de novo e digita por um momento.

— Está mais para duzentos — diz ele, mostrando-me uma calculadora de conversão de coroas em dólares americanos.

Meu coração quase para.

Puta merda. DUZENTOS DÓLARES? Paguei duzentos dólares em um par de dispositivos de tortura, disfarçados de sapatos? Não posso nem devolver as malditas peças, porque estão encharcadas com o sangue do meu pé.

— Parece que você consegue um par *on-line* por cerca de vinte e cinco libras — diz Oliver, navegando pelo telefone enquanto derrama sal na ferida (do pé). — Diria que você pagou bem a mais.

Viro minha cabeça, sentindo-me uma completa idiota. Um suspiro de vergonha sacode meu peito e tenho vontade de chorar. Posso sentir Oliver me observando, então faço o que posso para me controlar.

Ele dá uma daquelas tossidinhas que sempre chamam minha atenção. Não. Isso não vai funcionar. Não serei o maldito cachorro de Pavlov, louco por essa tosse nervosa estranha e deliciosa dele. Não serei. Sou impenetrável. Feita de gelo. Sou...

— Sinto muito — diz Ollie, chocando-me ao estender a mão e colocar a palma no meu braço. — Estava brincando com você. Adorei seus sapatos novos. Valem cada centavo.

Viro-me para encará-lo, meu olhar indo dos nós dos dedos de sua mão, subindo pela curva do braço, até aquele queixo pontiagudo, o nariz grande e os suaves olhos castanhos. Eu disse que era feita de gelo? Porque, no momento, pareço mais um pudim morno... e viscoso. Ou algo menos nojento. Mas ainda assim quente. Você entendeu.

— As cores são brilhantes — diz Ollie, inclinando-se para olhar os tamancos. — O caos controlado na ponta dos pés. Posso tirar uma foto deles?

E, por alguma estranha razão, isso faz valer a pena o constrangimento da minha confusão cultural e a devastação da minha conta bancária mal convertida. Ou, pelo menos, por um segundo. Realmente gostaria de não ter gastado tanto dinheiro neles.

Ollie pega o telefone e tira algumas fotos. Sorri para a tela e depois se aproxima de mim no banco, me mostrando.

— A iluminação está um pouco escura — diz ele, o ombro roçando o meu. — Mas acho que é o suficiente para poder corrigi-la mais tarde. Adoro as nuances de rosa-claro e amarelo para iluminar a cena e chamar a atenção para o centro. Acho que é Pantone 12-1706, Pink Dogwood, e 11-0620, Elfin Yellow. Na verdade, tenho outras três fotos perfeitas para combinar com esse rosa.

Ele inclina a cabeça ainda para mais perto da minha, ampliando uma parte do sapato e apontando o local atrás do moinho de vento, onde a luz do sol parece brilhar nos sapatos.

Olho para ele, observando o movimento devastador de seus cílios, a linha inclinada de excitação em sua boca, a pequena protuberância na ponta do nariz.

Depois de um momento, ele se vira para olhar para mim também. Seu olhar salta dos meus olhos para minha bochecha, depois segue para minha boca.

Fazemos uma pausa, o mundo se encolhendo apenas para nós, este banco do parque e o frescor da noite de verão. Quero que ele me beije. Quero que ele goste de mim. Quero...

Quero o Ollie. Suas peculiaridades, sua franqueza, o cérebro lindo e o rosto bonito.

E, quando ele olha para mim desse jeito — atenção total, forte intensidade —, é fácil imaginar um universo alternativo onde ele me queira também.

E isso dói. É tão desastrosamente doloroso que ele nunca vá me querer assim. Que existe uma pessoa sortuda por aí, que é quem ele quer. Outra pessoa que faz esse momento não me pertencer.

Uma brisa fria sopra através de nossa bolha, levantando meu cabelo e aguçando a dor em meu peito, até que um arrepio percorre minha espinha. Ollie percebe. Ele percebe tudo.

— Você está com frio — diz ele, franzindo as sobrancelhas e olhando ao redor como se tentasse ver o vento. — Deveríamos ir para casa.

Concordo, levantando-me com ele. Passo os braços em volta da cintura, como se pudesse juntar meu coração partido.

Oliver começa a andar e, respirando fundo, eu o sigo.

Exceto pelo fato de, depois de um passo, tanta dor irromper em meus pés e percorrer meu corpo, que meus joelhos dobram e caio na calçada, soltando um ai dolorido ao bater contra o concreto, os membros pousando em ângulos estranhos.

Ollie se vira, os olhos arregalados enquanto olha para meu corpo estatelado.

— Você está bem? — ele pergunta a meu lado.

Sem saber como explicar que, se eu pudesse morrer aqui e agora, morreria, aceno para ele com a cabeça em um gesto fraco, soltando um pequeno gemido.

— Estou. É só uma pequena bolha.

Os olhos de Ollie vão até meus pés.

— Tilly, isso é sangue?

Olho para a extremidade do meu corpo e, com certeza, uma linha de sangue escorre da borda do tamanco, envolvendo meu tornozelo.

— Estou bem — digo, tentando me mover para uma posição mais digna no chão.

Oliver se inclina sobre mim, deslizando um pouco a parte de trás do tamanco esquerdo pelo meu calcanhar. Tenho que morder o lábio para não gritar.

— Oh, meu Deus, seus pés estão destroçados — diz ele, largando o tamanco e recuando como se eu fosse radioativa.

— Não seja tão dramático — respondo, encontrando um pouco de força interior para arrastar meu corpo e ficar de pé. Dou um passo vacilante enquanto mais sangue enche os tamancos. Até minhas bolhas transformam-se em novas bolhas.

— Olhe para você. Já vi carne no açougue em melhores condições.

— Uau. Sempre tão encantador — digo, continuando meu doloroso rastejar pela rua.

— Tilly, vamos parar um pouco.

— Agradeço pela sua preocupação. De verdade — respondo, olhando para ele por cima do ombro, o suor pinicando minha pele. — Mas, se eu parar de andar, há uma grande chance de não conseguir começar de novo. E é bem provável que eu vá chorar.

— Você está com os outros sapatos?

Pisco para ele enquanto manco, depois verifico meu tronco como se pudesse encontrá-los em algum bolso gigante escondido. Onde estão meus outros sapatos?

— Merda. Acho que os deixei na loja depois de comprar estes.

Ollie morde o lábio, ainda observando meus pés.

— E se eu... E se eu carregar você? — ele pergunta, detendo-me em meu (doloroso) caminho.

— M-me carregar?

— Nas costas, talvez? Você não pode continuar andando assim.

Arregalo os olhos. Isso significaria tocá-lo. E que ele me tocasse. Envolver meus braços e pernas em volta do cara por quem estou apaixonada. Tudo isso me coloca em risco extremo de fazer algo absolutamente horrível como... cheirar o cabelo dele ou... ou suspirar em seu ouvido. Ou, não sei, apalpá-lo, e sua camisa preta.

Mas, quando outra pontada de dor atravessa meus pés cheios de bolhas, não há de fato outra opção. Ou, para ser mais exata, não existe um universo onde eu recusaria me aproximar de Oliver Clark.

— Está bem — digo por fim, curvando-me um pouco. Desabo de novo no chão. Tiro com cuidado um dos meus tamancos ridículos. A fricção da madeira e o ar batendo nas feridas abertas parecem uma faca, e choramingo, as lágrimas perfurando meus olhos enquanto os aperto para fechá-los.

Respirando daquele jeito agressivo e ritmado que as mulheres que dão à luz fazem, puxo o outro. Uma onda de náusea me atinge por causa da dor, e minha pele fica úmida e nojenta. Isso não poderia ficar pior.

Então sinto o peso suave de uma palma fria na bochecha.

Meus olhos se abrem.

E pousam em Oliver agachado na minha frente. Ele estremece (de forma bastante dramática) com o que imagino ser minha expressão selvagem de olhos arregalados. Os olhos de Ollie estão arregalados também ao deslizar para ver onde sua mão repousa sobre minha pele, como se ele não soubesse como ela tinha ido parar ali. Como se não soubesse como movê-la.

— Oi — deixo escapar. Muito alto. Como uma idiota. Mas, na verdade, o que eu deveria falar? Oliver está me tocando e acho que meu organismo está em curto-circuito.

— Oi — ele responde, ainda olhando para a mão na minha bochecha.

Com o que parece ser um grande esforço, ele afasta a mão, os olhos ainda fixos na minha pele. Depois de um longo momento, levanta-se, estendendo a mão para me ajudar. Eu me levanto com cuidado, e Oliver se vira, dobrando os joelhos consideravelmente para que nossa altura fique mais uniforme.

— Suba — diz ele, olhando para mim por cima do ombro.

Em um mundo perfeito, eu flutuaria lindamente nas costas dele, braços e pernas envolvendo-o com graciosidade.

Na realidade, estou suada e nervosa, e acabo desabando sobre ele como uma jogadora de futebol ansiosa depois de acertá-lo no peito com meus tamancos de madeira presos ao meu punho.

Ele não parece notar.

Oliver me levanta mais alto, passando os braços sob minhas coxas, e simplesmente derreto.

Ele começa a andar, e a cada passo pressiono meu peito para mais perto dele, mantendo os braços ao redor dele com um pouco mais de força. Pergunto-me se ele consegue sentir o jeito que meu coração bate ali dentro.

— Tudo bem? — Ollie pergunta, sua voz sendo o oposto suave do estrondo sônico dos meus pensamentos acelerados.

— Sim — respondo. Porque, sim, meus pés doem e ainda sangram, e não tenho certeza se poderei usar sapatos de novo, mas Ollie acabou de tocar meu rosto e agora me segura nos braços e parece genuinamente preocupado com meu bem-estar, e nunca me senti tão maravilhosamente bem em toda a minha vida.

— Só mais alguns quarteirões — diz ele, como se eu não estivesse implorando em silêncio para que essa caminhada nunca acabasse.

Em pouco tempo, estamos de volta ao hotel. Oliver para na frente dos degraus da entrada. Ele se vira, me depositando no segundo degrau, para que eu não tenha que descer muito. Posso estar de volta à terra firme, mas não acho que minha cabeça e coração descerão das nuvens depois daquele trajeto.

CAPÍTULO 29

Oliver passa por mim, subindo as escadas, e procura as chaves nos bolsos. Coloco minha mochila de lado, procurando a mesma coisa. Este hotel é antigo e ainda utiliza fechaduras tradicionais e grandes chaves de latão para os quartos e o acesso ao *lobby*.

Minha busca se torna um pouco frenética quando Ollie abre a porta da frente.

— Tudo certo? — ele pergunta, enquanto abro por completo a mochila e passo a jogar coisas no chão.

— Acho que perdi a chave do quarto — digo, o medo tomando minha garganta e se instalando no estômago, uma familiar espiral de pânico girando em torno do cérebro. Que inferno. Por que sempre perco tudo?

— Onde você a perdeu? — Oliver pergunta. O que é, objetivamente, a pergunta mais inútil de todas.

— Se eu soubesse onde a perdi, não a teria deixado lá, não é mesmo? — explodo, virando os bolsos laterais do avesso.

Oliver fica parado por um momento, me observando, e, por algum motivo, isso torna tudo ainda pior. Não quero ser assim. Não quero ser desorganizada, descuidada, esquecida e...

— Tilly — ele diz, sua voz suave e firme enquanto estende a mão e segura meu pulso, detendo meus dedos frenéticos. — Está tudo bem — ele continua. — É só uma chave. Tenho certeza de que eles têm extras. Podemos perguntar na recepção.

Fecho os olhos por um segundo, tentando reunir coragem para olhar para ele, sabendo muito bem a expressão de aborrecimento que estará estampada em suas feições. É o que está sempre na cara de alguém quando estrago tudo.

Mas, quando enfim o encaro, ele parece... paciente. E calmo. E não parece estar preocupado com a chave perdida, mas sim... comigo.

— Certo — falo, assentindo.

Ollie assente em resposta e destranca a porta do hall de entrada.

Um cara de aparência entediada está recostado em uma cadeira de plástico atrás da mesa que serve de balcão de *check-in*, mexendo no celular e sem se preocupar em erguer os olhos, quando a sineta acima da porta indica nossa presença. Seu crachá torto diz LIAM.

Depois de um momento, Oliver limpa a garganta. Liam levanta a vista e em seguida volta para o celular.

— Sim? — Liam diz, mal contendo um bocejo.

— Olá. Sim. Sinto muito incomodá-lo — Oliver diz —, mas minha, hã... hã... minha... amiga...

Oliver demora tanto para decidir como me chamar que até Liam percebe e olha para cima, nos avaliando um pouco mais de perto.

— Sim? — ele fala baixinho.

— Ela perdeu a chave do quarto e precisa substituí-la — Oliver termina, as palavras saindo com rapidez.

Liam olha para Oliver, depois para mim, depois para minhas mãos segurando tamancos vermelhos brilhantes e uma mochila esfarrapada, antes de enfim se levantar.

— Tem algum documento de identificação? — pergunta Liam.

Oliver e eu trocamos um olhar de pânico.

— Eu... o quarto está no nome de minha irmã. Quarto vinte e sete.

— Você está registrada como hóspede no quarto? — Liam pergunta, bocejando mais uma vez.

— Não sei. Você pode, tipo... verificar? Ou algo assim? — digo, acenando para o livro em sua mesa. — Meu nome é Tilly. Tilly Twomley.

Liam me encara como se eu tivesse tornado o dia dele terrivelmente difícil, depois olha para o livro de registros.

— Esse nome não está registrado — ele diz.

— Hum. Certo. Tenho minha identidade, se isso ajudar — digo, vasculhando a mochila. — Temos o mesmo sobrenome.

— Não — diz Liam, voltando a atenção para o celular. — A menos que a pessoa cujo nome está registrado possa mostrar a identidade, não posso ajudá-la. Desculpe — ele finaliza, sem parecer nem um pouco abalado com a situação.

Oliver e eu nos entreolhamos mais uma vez, sem ideia do que fazer.

— Sou convidada de Mona Twomley — digo com falsa assertividade, apontando para o ponto no livro onde vejo o nome dela. — E exijo acesso ao quarto.

— Certo — ele diz com um sorriso de escárnio. — Mais uma vez, não posso te dar uma chave sem ela aqui, e seu nome não está registrado. Além disso, para ser franco, não acredito em você. — Liam me olha da cabeça aos pés, parando nos pés horríveis e descalços.

Bem.

Sinto-me um pouco menos culpada com todo o incidente da janela quebrada depois da atitude desse cara. Mas o que vou fazer? Dormir nos degraus da porta de entrada? Já vi muitos programas de sequestros para saber que isso não terminaria nada bem para mim.

— Você pode ficar comigo — diz Ollie, como se pudesse ouvir meus pensamentos.

Olho para ele.

— O quê? Não. Tudo bem. Tem certeza?

Ele me lança um olhar perplexo antes de oferecer um sorriso sutil.

— Claro. Venha.

Ele se vira e sobe as escadas. Dou uma última olhada em Liam, desejando-lhe enormes inconvenientes em todos os deslocamentos matinais futuros, antes de seguir Ollie.

— Eu... hã... posso dormir no chão? — Oliver pergunta, ambos nos olhando com horror e choque ao perceber que o quarto tem apenas uma cama.

Uma. Cama.

— Não! — quase grito para ele. Muito sutil. — Quero dizer, você não deve fazer isso. Fui eu que perdi a chave do quarto. Se alguém deve ser banido para o tapete sujo de um hotel, devo ser eu.

— Sabe que não posso deixá-la fazer isso — ele diz depois de um momento, os olhos ainda fixos no colchão.

Encolho os ombros, engolindo em seco.

— Talvez a gente possa dividir?

Aponto para a cama, que parece uma terceira pessoa nesse quarto.

Os olhos de Oliver vão se arregalando devagar, como se ele pudesse abrir um buraco no edredom. Então ele assente.

— Acho que sim.

Nós dois ficamos parados, sem jeito, por mais um minuto, sem saber o que fazer a seguir.

— Não tenho pijama — digo, mais para mim mesma do que para ele.

Oliver pisca duas vezes, depois balança a cabeça, abrindo uma gaveta da cômoda e remexendo em pilhas de roupas bem organizadas. Meio que adoro que ele tenha desfeito a mala e encontrado um lugar para cada item, apesar de que ficaremos aqui apenas por alguns dias.

— Talvez isso sirva? — ele diz, me entregando um fardo de roupas. Deixo uma calça de pijama e uma grande camiseta cinza serem colocadas em minhas mãos. O tecido é macio, na medida certa, e já posso sentir o cheiro de Oliver neles. Não sei por que isso me faz corar.

— Obrigada — murmuro, passando por ele em direção ao banheiro e fechando a porta atrás de mim. Coloco as roupas dele. O tecido se esfregando na minha pele me faz tremer, algo nele parecendo ao mesmo tempo estranho e a lembrança mais familiar.

Que inferno.

Olho-me no espelho, tentando ter um daqueles momentos de filme em que uma grande epifania surge ao olhar para o próprio reflexo. Talvez, se eu olhar bem, consiga me livrar dessa paixão dolorosa e ter alguma noção de que estar obcecada unilateralmente por um carinha de quem vou me despedir daqui a um mês não é uma boa ideia.

De modo trágico, não vejo nada além de uma garota um pouco suada, de rosto vermelho, cabelo desgrenhado e coração nos olhos.

Ótimo.

Que bom para mim tudo isso.

Não há como não acabar mal.

Percebendo que, quanto mais tempo eu me escondo no banheiro, maiores serão as chances de ele pensar que estou fazendo cocô, apago as luzes e saio.

Oliver vestiu um pijama diferente e está sentado na beirada da cama, navegando pelo celular. Ele parece tão... tão... escandalosamente adorável. A mecha de cabelo na testa, a leve curva em suas costas ao se debruçar sobre o telefone, a seriedade com que digita na tela, provavelmente conversando com alguém sobre algum uso maluco da cor lilás.

— Ollie, você está namorando com alguém? — deixo escapar. Depois fecho a boca com tanta força que meus dentes batem.

Ele vira a cabeça e olha para mim.

— Como? — ele pergunta.

Deixo escapar um suspiro bem forte.

— Eu... hã... queria saber se está saindo com alguém. Ou, tipo... você sabe. Porque é provável que não seria legal dormir com você se estiver.

Oliver me encara por um momento e vejo seus olhos se arregalarem de maneira cômica e alarmante.

— Não! — ele grita comigo, agitando as mãos e se levantando. — Quero dizer, não estou. Mas isto não é... — Ele gesticula de forma descontrolada apontando o espaço entre nós e depois aponta a cama, balançando a cabeça.

Uau! Ótimo.

— Sei disso — digo, cruzando os braços sobre o peito. — Não tem por que ficar tão horrorizado com a ideia.

— Não estou horrorizado — Oliver diz, parecendo horrorizado. — Estou... Estou... — Solta um suspiro profundo, os ombros caídos. — Isso me pegou desprevenido. Acho que o que estou tentando dizer é que não estou envolvido romanticamente com ninguém. Não dividiria a cama com você se estivesse. Mas, tipo, eu não queria que pensasse que eu estava presumindo... O que fez você perguntar isso?

Dou de ombros.

— Só queria saber. Não quero ser desrespeitosa com ninguém que poderia ser... especial para você.

Oliver continua a me encarar, o silêncio pressionando meu peito, arrancando mais palavras de mim.

— E vi os preservativos que Cubby comprou para você. Claro — digo, meu pulso martelando na garganta enquanto as palavras continuam jorrando de mim. — Por isso meio que presumi...

— Cubby comprou aquilo de brincadeira — Oliver diz, esfregando os olhos, as bochechas ficando rosadas. — Uma piada muito estranha e pervertida entre irmãos. Não estou no momento... hum... usando aquilo.

Concordo com a cabeça, pressionando os lábios contra os dentes para esconder o sorriso exultante que quer se espalhar pelo meu rosto.

Oliver não está saindo com ninguém. Não está fazendo sexo com ninguém. Isso não muda o fato de que meu desejo detestável é plenamente unilateral, mas afrouxa o nó apertado que se forma em minhas entranhas ao pensar nele com outra pessoa.

— Legal — digo por fim, balançando a cabeça e indo para o lado oposto da cama.

— Legal — repete Ollie.

Ficamos em um impasse estranho ao lado da cama, esperando que o outro dê o primeiro passo.

Meu corpo está cheio de energia, minha mente gira como um cachorrinho perseguindo o próprio rabo. Não consigo mais ficar parada. Não consigo.

— Bom — digo, puxando as cobertas —, acho que devo dormir um pouco. Deus ajuda quem cedo madruga e tudo o mais.

— Certo — diz Ollie, seguindo meu exemplo.

Ambos nos sentamos na ponta do colchão e depois viramos as pernas em um movimento desajeitado sobre a cama. Metade do meu corpo está pendurado para o lado e posso dizer com honestidade que nunca estive tão tensa em minha vida, a ponto de esquecer completamente da dor e bolhas nos pés.

Oliver solta uma tossidinha.

— Boa noite — diz ele, estendendo a mão e apagando a luz.

— Boa noite — sussurro, tendo um pânico interno total enquanto mergulhamos na escuridão.

Meu Deus, o que devo *fazer*? Não consigo manter essa postura meio exagerada a noite toda, mas, tipo... que outra alternativa tenho? Dormimos de costas? Como dois... não sei, cadáveres? Eu com certeza não vou dormir de bunda com bunda. A simples ideia da minha bunda tocando a de Oliver faz meu corpo todo estremecer. Que droga!

Ele sentiu isto? Como poderia não ter sentido? Acabei de criar um pequeno terremoto neste colchão ridiculamente pequeno. Não podemos nos deitar do mesmo lado porque não confio em mim mesma para não me enrolar em torno dele como um coala carente. Eu...

— Você está bem?

— Hã? — dou um gritinho. Uau! Ariana Grande não chega nem perto dessas oitavas que estou atingindo.

— Você está bem? — Oliver repete. — Parece um pouco... inquieta.

Engulo e limpo a garganta, sentindo-me envergonhada.

— Desculpe. Vou ficar quieta. Não é minha intenção ficar me mexendo. Mas, no segundo em que penso em ficar parada, meu corpo fala: "Ei, olha como eu me mexo!", e então minha respiração parece muito alta e é como se eu tivesse esquecido como respirar, e aí...

— Tilly. — A voz de Oliver é suave. Profunda. Atinge direto meu coração, enviando ondas pelo meu peito como uma pedra ao cair na água. Ele se vira e me encara. — Realmente não me importo de dormir no chão. Não quero que se sinta desconfortável.

E, olha, eu... inferno. Este é um daqueles momentos. Do tipo em que alguém diz algo não muito especial, mas que te faz perder o chão mesmo assim. A clareza das palavras. A gentileza com que são ditas. Tudo isso faz meu coração acelerar e minha garganta se fechar e lágrimas arderem em meus olhos, porque parece que alguém... se *importa* comigo.

Não qualquer um.

Oliver.

Oliver se importa... comigo.

Limpo a garganta, decidida a ser corajosa.

— Acho que o que me deixa desconfortável é quanto quero tocar em você.

Oliver fica parado.

Realmente parado.

Tipo, tão imóvel quanto eu gostaria de estar há dois minutos, para que ele não me perguntasse o que havia de errado e eu não ABRISSE MINHA BOCA GIGANTE E DISSESSE O QUE ACABEI DE DIZER.

— Okcertoboanoitetchau! — digo rapidamente, jogando todo o meu corpo para a beirada do colchão e enterrando a cabeça debaixo do travesseiro. Talvez deveria ter dormido na rua.

Mal estou respirando, a vergonha inundando meu corpo. Por que por que POR QUE eu disse isso? O que achava que iria acontecer? O que eu estava...

Sinto um tapinha nas costas. Finjo que não sinto. Talvez ele possa achar que adormeci nos trinta penosos segundos desde a última vez que passei vergonha.

Outro tapinha. Oh, meu Deus.

— Oliver — sussurro —, por favor, por favor, não me faça repetir o que acabei de falar em voz alta.

Desta vez, não é um tapinha. Oliver coloca a palma da mão nas minhas costas com gentileza. Certo, agora não estou respirando mesmo. Eu o sinto abrir mais os dedos, roçando as extremidades das minhas escápulas.

— Eu... — Ollie limpa a garganta. — Quero te tocar também.

Meus olhos se abrem. Peraí, o quê?

Uma versão legal e calma de mim deixaria as palavras dele no ar. Responderia com algo delicado. Talvez me virasse lentamente, deixando a palma da mão deslizar pelo meu corpo enquanto me viro para encará-lo.

Em vez disso, eu me viro, mas esmagando sua mão debaixo de mim e acidentalmente colocando meu rosto a dois centímetros do dele.

— Você quer? — pergunto. É um sussurro, mas sinto como se eu gritasse.

Ouço Oliver engolir em seco, então sinto sua cabeça assentir, a escuridão do quarto não me deixando ver nada do seu rosto além de sombras suaves e olhos brilhantes.

Movendo-me devagar, estendo a mão, puxando a dele de sob meu corpo. Eu o seguro pelo pulso por um momento, hesitando diante de alguma grande decisão para cuja questão nem sei qual é. Então, coloco a palma da mão dele no meu ombro.

Ollie solta um suspiro, o calor quente dele acariciando meu rosto. Sinto pequenas pulsações e vibrações nos dedos. Com cuidado, ele desliza a mão para cima, passando pela curva do meu pescoço até o ângulo do queixo. Seus dedos roçam minhas bochechas e depois penetram em meu cabelo. Ele acende cada terminação nervosa do meu corpo ao passar os dedos pelas mechas, seguindo os fios até o fim. Enrolando-os no dedo. Repete o movimento como se agora que soubesse como é me tocar, não conseguisse mais parar. Por fim, coloca a palma da mão na parte de trás da minha cabeça, me segurando, uma pequena pressão me aproximando. Não que tenha precisado falar duas vezes.

Aconchego-me mais perto, e ele coloca minha cabeça sob seu queixo. Eu o respiro como se sentisse o oxigênio pela primeira vez. Ele é quente e inebriante, e sinto que poderia desmaiar só com o cheiro dele.

Minha mão passa a se mover e o envolvo com meu braço, deslizando a palma da mão por sua cintura, até as costas. Meu dedo médio repousa entre os músculos que dividem sua coluna. Deslizo minha mão para cima, sentindo-o respirar fundo enquanto faço esse movimento. Meus dedos param na nuca dele, as pontas de seu cabelo se enrolando nos meus dedos como pura seda.

Ficamos assim por momentos intermináveis, as respirações em uníssono, os peitos se tocando a cada inspiração.

Não sabia ser possível sentir tantas coisas ao mesmo tempo.

— Isso é muito bom — sussurro perto da base da garganta dele. Eu o sinto engolir em seco.

— Incrível — fala Oliver, me apertando com suavidade para enfatizar.

— Acho que não vou conseguir dormir — digo.

Oliver ri, suave e silencioso, mas sinto como se o riso reverberasse através de mim.

— Também acho que não, mas deveríamos tentar.

Talvez tenham demorado minutos ou horas, mas a respiração de Ollie acaba ficando mais profunda. Estável. Parece uma maré subindo e descendo.

Fico feliz por ele ser capaz de dormir. Eu não consigo. De jeito nenhum. Não quando Oliver Clark está com os braços em volta de mim. Acho que vou ficar acordada para sempre. Não tem como dormir e perder um segundo disso. Estou sentindo tantas coisas. É tudo tão perf...

Caio no sono mais profundo da minha vida.

CAPÍTULO 30

Me Beija Logo de Uma Vez

Oliver

Os próximos dias são um pouco confusos. Mona e Amina nos encontraram em Estocolmo depois de fecharem um acordo promissor em Amsterdã, e o capital revigorado deu vida nova à segunda metade da turnê, fazendo-as gritar como doidas de uma forma que não achava que nenhuma delas fosse capaz. A única pessoa que conseguiu falar mais alto em meio a toda essa excitação foi Tilly.

Mona alugou um carro em Estocolmo, levando-nos a Hamburgo, depois a Berlim e, por fim, a Praga, antes de voltarmos às viagens aéreas. Costumo odiar andar de carro; todos os sons mecânicos que duram horas a fio me deixam arrepiado, mas mesmo uma viagem de dez horas pelo continente não foi tão ruim com Tilly enfiada no banco de trás comigo.

CAPÍTULO 30

Ainda encontramos coisas para discutir de vez em quando, mas de algum modo é diferente de antes. Como se ambos segurássemos um sorriso ao irritar um ao outro. E, entre as discussões, conversávamos, Tilly me ouvindo divagar sobre cores, ela falando sobre sua escrita. Outras vezes, ficávamos em silêncio, de vez em quando trocando mensagens de texto com músicas, em uma espécie de versão moderna de uma fita mixada.

A Ruhe conseguiu fechar um acordo com outra butique em Praga, e de lá embarcamos em um voo apertado para Granada, na Espanha.

Nossa, adorei esse lugar. É quente, seco e lindo, com todos os tons de bege e verde cercando a paisagem, fazendo-me vibrar de excitação com as sutis diferenças.

E, de alguma forma, Tilly torna tudo ainda mais adorável com seu sorriso largo e sua risada estrondosa enquanto a fotografo pela cidade.

Caminhamos até os arredores do lugar, onde densas plantas emaranhadas abraçam os antigos edifícios de estuque branco.

Uma porta intrincadamente esculpida chama minha atenção, me puxando para a riqueza da madeira escura e os ângulos precisos do projeto.

— Acredito que seja Pantone 483 — digo a Tilly, cuja cabeça está inclinada para o lado enquanto ela segue o padrão comigo. — Um marrom intenso, mas com notas óbvias de vermelho-ferrugem. O contraste com o branco é bastante surpreendente, não acha?

— Claro que sim — diz Tilly, dando um passo em direção à porta e deslizando o dedo sobre ela.

A princípio, acho que ela está apenas me agradando, e o calor do constrangimento me inunda, mas depois ela olha por cima do ombro e me dá um daqueles sorrisos que poderiam inspirar Shakespeare a escrever um livro inteiro de sonetos.

— Me faz lembrar do seu cabelo — diz ela, olhando de novo para a porta.

Meu queixo cai no chão, porque, pensando bem, a cor é muito parecida com a do meu cabelo. Mas não posso acreditar que Tilly tenha percebido isso. Que ela me veja em cores como eu vejo o mundo. Isso dispara uma onda quase dolorosa de sensações através do meu peito, subindo pela minha garganta.

Realmente, não sei o que dizer, porque as emoções que passam por mim parecem importantes, mas as palavras não vêm com facilidade.

Em vez disso, levanto minha câmera até o olho, capturando o olhar em perfil de Tilly enquanto ela olha, com algo que parece alegria, para uma porta que a faz se lembrar da cor do meu cabelo. Com o clique, ela se vira.

— Eu não estava pronta — ela diz, franzindo o rosto, mas incapaz de esconder aquele sorriso que surge com tanta naturalidade para ela.

Tiro outra foto.

— Ollie, oh, meu Deus, vão ficar feias. Pare — ela pede, estendendo a mão em minha direção. Eu me esquivo das mãos dela e tiro mais algumas.

Ela está rindo muito agora, e sei que cada uma dessas fotos será uma obra-prima.

— Você é o pior dos piores — ela diz por fim, escolhendo uma nova tática e colocando as mãos no rosto para se esconder de mim. Também tiro algumas fotos disso.

— Me desculpe — digo, deixando a câmera pendurada no pescoço. — Meu dedo escorregou.

— Quatrocentas vezes? Claro. — Tilly estende a mão e me dá um empurrão gentil. — Vamos levar isso um pouco a sério e tirar umas para a Ruhe.

— Certo. Porque "sério" é a primeira coisa que me vem à cabeça quando penso em você.

— Tenho certeza de que *ketchup* vem em segundo lugar — diz Tilly, e começo a rir alto. Tilly se vira, olhando para a porta mais uma vez. — Poderíamos fazer algo que desse a impressão de que a estou abrindo — ela sugere, colocando as mãos contra a madeira.

— Gosto dessa ideia — respondo, erguendo a câmera e focando a lente. Suas unhas ficam um pouco obscurecidas na posição em que estão. — Um pouco mais para a sua direita — instruo.

Tilly deixa as mãos plantadas com firmeza na porta e move o resto do corpo bruscamente para a direita, até formar um ângulo estranho.

— Não as pernas. Coloque as mãos... não, aí não. Um pouco mais para... — Largo a câmera, vou até ela e gentilmente coloco os dedos ao redor de seus pulsos. Uma energia eletrizante sobe pelo meu braço e ecoa pela minha espinha. Tilly olha para mim como se também tivesse sentido.

Com cuidado, tentando não criar mais nenhuma... faísca, movo suas mãos e as coloco contra a parede para que fiquem inclinadas para o lado. Seus anéis brilham ao sol, as pequenas pedras e o ouro criando brilho em sua pele.

Fico ali, olhando, esquecendo o que deveria fazer, apenas olhando para as linhas graciosas dos dedos dela, a maneira como a luz desce por seus braços e toca seu rosto. Ela é... ela é...

Tilly é tudo.

— O que foi? — ela pergunta, com um tom de voz calmo.

— Nada — digo, me afastando. — Desculpe.

Levanto a câmera e clico no botão do obturador algumas vezes; em seguida, ajusto os ângulos. Tudo em mim parece instável, como se meu corpo tivesse virado do avesso.

— Acho que conseguimos algumas bem boas — digo com a garganta seca.

— Beleza — diz Tilly com uma voz inocente. — Quer continuar explorando?

Concordo com a cabeça, e é todo o incentivo de que ela precisa para começar a se mover.

Caminhamos por um tempo em um silêncio confortável, o dia claro e fresco oferecendo vistas perfeitas da paisagem montanhosa e desértica. No final, Tilly sai da rua principal e entra em um caminho de terra que desce para um vale.

— Aonde você está indo? — pergunto, indo atrás dela.

— Não sei! — Tilly responde, rindo enquanto ganha velocidade na descida.

A poeira sobe nos tornozelos dela e parece que a qualquer momento ela vai sair do chão. Voar.

— Não temos um mapa. E a conexão é, na melhor das hipóteses, irregular — continuo, tirando o telefone do bolso e olhando para as barras baixas no canto superior enquanto tento acompanhá-la.

— É isso o que torna tudo uma aventura. — Tilly olha para mim por cima do ombro, e seu sorriso é tão pleno e vibrante, que quase tropeço nos próprios pés.

Na base da colina, ela para de correr e nós dois nos esforçamos para recuperar o fôlego entre as risadas.

— Vamos — Tilly diz depois de um tempo, agarrando meu pulso e me puxando atrás dela como se eu não fosse segui-la aonde quer que fosse. — Acho que ouvi barulho de água.

— Água? — quase grito. — O que planeja fazer se encontrarmos água?

— Honestamente, Oliver, você acha que eu *sempre* tenho um plano? — Tilly pergunta, virando-se e dando um tapinha no meu nariz antes de descer o caminho. — Viver sem planos e sem calças são meus dois estados favoritos de ser.

— O que você disse? — engasgo. Ótimo. Agora, estou imaginando ela sem calças. Meu Deus, essa garota está mesmo tentando me matar.

— Como é, querido? — diz Tilly naquela terrível tentativa de sotaque *cockney* em que ela insiste.

Ela vira para a esquerda de repente, espremendo-se entre um denso emaranhado de arbustos. Paro de modo abrupto, hesitando em mergulhar em uma flora desconhecida que poderia facilmente me causar erupções na pele.

Então Tilly suspira e o som faz meu coração disparar, com medo de que algo ruim tenha acontecido.

Mergulho nas plantas.

E quase a atropelo.

Ela está olhando para a frente, a boca aberta. Meus olhos ficam presos nela. Na curva do seu nariz. Nas pontas brancas dos dentes. No ângulo do maxilar e no modo como sua respiração superficial faz seu peito subir e descer.

Tilly é adorável. Não tem outro jeito de falar.

Sem olhar para mim, ela estende a mão, colocando os dedos no meu rosto e girando minha cabeça para que eu possa ver o que chama sua atenção.

E, uau, ela não está exagerando.

Uma piscina azul-celeste — uma canção de ninar para meus sentidos — está sob a sombra de um anel de pequenas árvores e arbustos, um riacho suave escorrendo pelas rochas e entrando na bacia. Raios de luz brilham na superfície em pequenos triângulos dourados, transformando o bolsão tropical em um caleidoscópio de beleza e cor.

Sinto o olhar de Tilly em mim e me viro para ela. Olhamos um para o outro em um silêncio cheio de fascínio por um momento, antes de ambos sorrirmos.

— Vamos — diz ela, quebrando o silêncio daquele seu jeito maravilhoso.

A próxima coisa é que não estou mais imaginando Tilly sem calças. Ela mostra o visual em tempo real, depois de tirar os sapatos e as meias. Em seguida, arranca a camiseta e fica parada por um momento, vestindo apenas calcinha e sutiã esportivo, um quadrado de luz fazendo-a reluzir por completo. Ela solta um grito vertiginoso, corre em direção à água e pula.

Maldita. Porra. Inferno.

A cabeça de Tilly vem à tona e ela ergue seu sorriso para o sol.

— Oliver. Entre aqui. Está perfeito. — Ela volta a mergulhar.

Sem pensar direito, tiro minha camiseta e calça pretas, os ombros se curvando em constrangimento.

Tilly reaparece, olhando ao redor e sorrindo quando seus olhos pousam em mim. A água deixa os cabelos pretos dela como a meia-noite, o sol a iluminando por trás.

— O que está esperando? — ela grita.

Algo naquele sorriso, na felicidade desenfreada em sua voz, faz meus ombros se endireitarem e minhas pernas marcharem direto para a margem, saltando como ela fez momentos atrás.

A água me abraça, silenciando todos os sentidos como um suspiro de alívio enquanto afundo. Abro os olhos, nada além de um Pantone 3025 difuso — um verde-azulado profundo e insondável — me cercando. Quando inclino a cabeça para cima, fios prateados brilham na superfície. Onde está Tilly. Nado na direção dela.

— Eu disse que era perfeito — diz Tilly, quando a encontro sob a luz do sol.

Tudo o que consigo é sorrir para ela.

Flutuamos por um tempo, a água gentilmente nos unindo e depois nos separando em sua cadência natural. É impossível não se sentir calmo na tranquilidade da água e do dia quente. Este pequeno paraíso deve ter um pouco de magia, porque reduz o grande, barulhento e vasto mundo, e seus ecos no meu cérebro, a um zumbido.

Por fim, Tilly levanta os dedos enrugados e, com uma voz que imita a de uma velha aterrorizante, reclama que está ficando enrugada.

Saímos da água e sentamos nas pedras aquecidas pelo sol.

Visto minha camiseta preta e depois as calças. Realmente não gosto da sensação do sol na pele. Tilly não parece se importar, porque se deita na rocha, os raios de sol beijando cada centímetro dela. É preciso mais força de vontade do que gostaria de admitir para não olhar para ela.

— Posso te contar uma coisa? — ela pergunta, virando a cabeça e usando a mão para proteger os olhos enquanto me olha.

— Pode me contar o que quiser.

Tilly morde o lábio inferior, apertando um olho para mim e depois se apoiando nos cotovelos para olhar a água. Ela balança a cabeça e, de repente, quero saber o que está hesitando em me contar, mais do que já desejei qualquer coisa em minha vida.

— É claro que pode — peço com suavidade.

Tilly engole em seco, ainda olhando para a piscina azul.

— Dá medo — ela sussurra.

— Do quê?

— De te contar, e aí você saber. E provavelmente terei que aguentar, porque você não vai falar a mesma coisa pra mim.

— Tilly — sussurro. E dá para perceber que pareço um pouco desesperado.

Não me importa. Quero saber. *Preciso* saber.

— Eu gosto de você — ela diz por fim. — *De verdade*... gosto de você.

Ela respira fundo, os lábios franzidos e linhas de dor nos cantos dos olhos enquanto continua olhando para a água.

— Acho você irritante e hilário, e injustamente lindo, e a pessoa mais interessante que já conheci e com quem mais quero conversar no mundo. E sinto muito esse... gostar... que é esmagador. É penetrante. Tem espinhos e dentes que se cravam em mim à medida que cresce, porque sei que não sente o mesmo. Mas ainda assim queria que soubesse.

Pisco para ela, tentando processar tudo o que disse.

Espere.

Não sinto o mesmo?

Ela é maluca? Tem alguma ideia, alguma pista, do que fez com o meu coração? Que me contorço de dor quando ela se sente magoada? Que sinto um desconforto quando ela sorri ou dá risada? Como ela não sabe da destruição absoluta que causou nesse meu maldito órgão? Ela me virou do avesso com tudo o que sinto por ela.

— Eu... eu... — Continuo sem encontrar palavras.

— Está tudo bem — diz Tilly, agitando as mãos de modo frenético. — Não precisa falar nada. Não queria deixá-lo desconfortável.

— Tilly. Não estou. É só que... bem... eu...

— Sério — fala Tilly, se levantando. — Deve ser melhor nunca mais tocarmos no assunto.

— Espere. — Também me levanto.

— Na verdade — ela diz, pegando as roupas e vestindo a camiseta do avesso —, acho que deveríamos fingir que isso nunca aconteceu. — Ela se afasta de mim. Está falando tão rápido que não consigo sequer pensar.

— Tilly. Espere. Eu preciso...

— Certo. Ótimo. Ainda bem que concordamos com o fato de esta ser uma tarde em que nadamos e literalmente não tivemos nenhuma conversa. Acho que vou correr para casa. Ou para o Oceano Atlântico.

Talvez tente nadar de volta para os Estados Unidos. — Ela começa a se mover.

Agarrando seu pulso antes que ela saia do meu alcance, eu a puxo de volta para mim. Sua testa colide com meu peito e ela solta um *ai*.

Olha para mim, os olhos arregalados e vulneráveis, e sinto um leve tremor em suas mãos onde a seguro. Não consigo encontrar as palavras. Não consigo descobrir o nome dos sentimentos. Não consigo...

E então, meus lábios estão nos dela. A dor no meu peito diminui, o caos frustrante dos pensamentos se transforma mais uma vez naquele zumbido pacífico que senti na água. Minha cabeça parece leve, como se eu não estivesse recebendo oxigênio suficiente. O que é de certa forma perfeito.

Quero ficar bem aqui. Para sempre.

Mas não posso. Porque, puta que pariu! Acabei de beijar Tilly. Sem pedir permissão primeiro. Cubby com certeza arrancaria minha cabeça se soubesse.

Eu me afasto, dando um passo para trás e respirando fundo. Os olhos de Tilly estão fechados e ela balança para a frente. Nossos peitos estão arfando.

Quando enfim ela abre os olhos e me olha, eles estão arregalados e selvagens, uma faísca transformando o cinza em eletricidade.

— Você me beijou! — ela grita.

— Não, não beijei.

— Beijou, sim.

— Não, eu...

— Me beija de novo — diz Tilly, estendendo a mão e apertando minha camisa, puxando-me em sua direção como se eu tivesse algum poder para resistir. Quando se trata de Tilly, sou a maré e ela é a lua; vou para onde ela desejar.

Se pensei que beijar Tilly foi ótimo, não é nada comparado a Tilly *me* beijando. Ela pressiona seu corpo contra o meu, enfiando as mãos no meu cabelo, despertando mil terminações nervosas no meu couro cabeludo. Seus lábios se moldam aos meus, macios e maravilhosos. Eu a trago para mais perto, e o beijo se aprofunda. Desajeitado. Perfeito.

Oh, meu Deus, beijar é ótimo. Surpreendente. Grande fã de beijos. Recomendo para todos.

Com o tempo, ficamos um pouco menos frenéticos. Encontramos nosso ritmo. Memorizo a sensação. Porque com certeza nunca vou esquecer isso.

Se esse beijo tivesse uma cor, seria um ouro suave e esmaecido saindo dos lábios de Tilly e irradiando pelas minhas veias.

Quando nos beijamos a ponto de termos que parar para respirar, correndo um sério risco de asfixia, encosto minha testa na dela, incapaz de esconder meu sorriso.

— Tilly — eu digo, esticando a mão e prendendo algumas mechas de cabelo molhado atrás da orelha dela.

— *Hummnn?* — ela, hã, meio que diz, olhando para mim, ambos ficando vesgos.

Rimos.

— Eu, hum. Bem, queria deixar isso claro, o que você disse antes? Não quero me esquecer disso. Ou fingir que não aconteceu. Pois... — Respiro fundo. — Porque sinto o mesmo por você. De verdade, gosto muito de você, não sei se consigo articular isso como você fez, mas espero que saiba disso.

Devo ter feito um trabalho digno para transmitir meu ponto de vista, porque o sorriso de Tilly é incandescente.

Em seguida, ela me beija mais um pouco.

CAPÍTULO 31

Alexa, Toque "Toxic" da Britney Spears

Tilly

— **Talvez eu** tenha tido uma pequena ideia ou algo assim — deixo escapar no final de uma reunião da Ruhe.

Mona e Amina têm me incluído em seus *briefings* semanais. Não costumo ter muito a acrescentar, principalmente porque tendo a me distrair enquanto eles conversam, mas tenho pensado em uma nova ideia nos últimos dias e parece que ela não pode esperar para vir à tona.

— Fale com convicção, querida — diz Amina, lançando-me um sorriso. — "Declarativas afirmativas."

Concordo com a cabeça algumas vezes, apertando os dedos dos pés nos sapatos.

— Certo. Então, bem, a Ruhe é especial por causa da sua fórmula, certo? — pergunto, virando-me para Amina. — Tipo, o esmalte não só é não tóxico, mas também ecológico. E os recipientes são até biodegradáveis.

— Só passei oito anos da minha vida para conseguir isso — diz Amina com um sorriso lindamente orgulhoso.

— Então, tipo, por que vocês não falam mais sobre isso? — pergunto. — Sinto que estão perdendo uma grande oportunidade.

Ollie, Mona e Amina piscam para mim.

— Sem querer ofender, Tilly, mas fazemos isso — diz Mona, inclinando a cabeça. — Você não participou de nenhuma de nossas reuniões com compradores, mas é sem dúvida motivo de orgulho em nossa apresentação.

— Certo, mas poderia ser muito mais do que isso — digo, as pernas balançando. — Não é um dos pontos, é o ponto *central.*

— Continue — diz Mona lentamente.

— Vocês focaram a marca na pessoa moderna que usa esmaltes, certo? Tipo, o mercado-alvo de vocês é uma pessoa jovem que busca se expressar. Bem, essas são as pessoas que se importam. São as pessoas que entram na idade adulta no meio de uma merda total. Mas elas se *importam.*

Mais piscadas.

— Desculpe, estou viajando. — Solto um suspiro, levantando minha franja enquanto procuro as palavras. — O que estou tentando dizer é que o mercado-alvo de vocês é uma geração de pessoas que se preocupa com o planeta. Elas se preocupam com o que acontece no corpo delas. Com o que acontece com elas. Se preocupam com a forma como as coisas são vendidas e a mensagem que transmitem, para onde vai seu dinheiro e como os produtos são embalados. Elas se preocupam com essas coisas porque elas são *importantes.* E o esmalte de vocês se alinha com isso.

O silêncio na sala é avassalador, mas continuo:

— O que importa é que a beleza nunca deve ser tóxica.

Mona respira fundo.

— Espere. Repita isso. — Abro um sorriso quando minha irmã entende o que estou dizendo.

— A beleza nunca deve ser tóxica. Nem como é feita. Nem como é vendida. Nem como é anunciada. É o que vocês devem dizer. É por isso que as pessoas da minha idade vão comprar os esmaltes. Porque vocês duas se importam. E nós também.

Há outro pesado momento de silêncio.

— Tilly! — Mona bate as mãos na mesa, e eu e Ollie damos um pulo. — Isso é brilhante pra caralho.

Meu queixo cai no chão.

— Você acabou de dizer *pra caralho*?

Mona balança as mãos na frente do rosto.

— Não. Sim. Não importa. O que importa é que isso é absolutamente genial.

— Esse cérebro lindo — diz Amina, inclinando-se em minha direção e pegando meu rosto entre as mãos antes de dar um grande beijo no topo da minha cabeça. — Como eu o adoro.

— Vocês... gostaram da ideia?

— Gostar? — Mona diz, levantando-se e andando pelo quarto. — É perfeita.

— Poderíamos fazer muito com isso — acrescenta Amina, seguindo o trajeto de Mona. — Esse poderia ser um nicho influente o suficiente para gerarmos mais vendas eletrônicas e nos concentrarmos nisso, em vez de entrar nas lojas.

— Oh, sem dúvida, amo isso — Mona diz com ferocidade (um pouco assustadora). Ela pega o *laptop* e o apoia na cama, ajoelhando-se enquanto digita com tanto entusiasmo, que é incrível as telas não se quebrarem. — Amina, temos uma análise da concorrência em produtos ecológicos?

— Não, mas precisamos disso agora — diz Amina, ligando o *laptop* da mesma forma.

As duas começam a conversar, a mil por hora, deixando Ollie e eu perdidos.

— Hã... precisam que a gente faça algo? — pergunto.

Mona me afasta com a mão.

— Desculpe. Desculpe, mas estou mergulhada em uma ideia. Tirem o resto da tarde de folga, vocês dois.

— É mesmo? — digo, me animando. Não tinha ideia de que ter uma boa ideia significaria passar menos tempo trabalhando.

— Sim. Sim. E divirtam-se — ela fala.

Ollie e eu sorrimos um para o outro e corremos para a porta.

— Você viu aquilo? — pergunto no corredor, dando pulos enquanto avançamos pelo hotel. — Elas gostaram da minha ideia!

— Claro que gostaram da sua ideia — diz Ollie, pegando minha mão e me puxando para ele. Aterrisso com um baque forte contra seu peito, os braços envolvendo a cintura dele. — É fenomenal.

— Sinto que contribuí de verdade com algo de valor — digo. Meu coração é uma bolha que logo sairá voando.

Ollie se afasta, os olhos sérios ao me encarar.

— Tilly. — Ele fala meu nome com suavidade. Com reverência. — Cem boas ideias ou absolutamente nenhuma, você agrega valor apenas por ser você.

Uma onda de emoções me torce do avesso. Balanço a cabeça, deixando escapar um som de zombaria.

— Estou falando sério — diz Ollie, piscando para o teto e passando a mão pelos cabelos. — Como posso explicar isso...

Observo a batida constante de seu pulso na garganta.

Sua mão pende para o lado, os dedos tamborilando na lateral do corpo.

— O valor em referência à cor é a claridade ou a escuridão de uma tonalidade, certo? Quanto menos luminosidade uma tonalidade tiver, menor será seu valor. Então, por exemplo, algo como uma ameixa roxo-escura tem um valor menor do que, hã, um pêssego branco, entende?

— Hã... claro.

— Bem, Tilly, você é tão luminosa quanto parece. Seu valor não muda com base em uma ideia que tem ou no que oferece às pessoas. Ele apenas é. E é algo maravilhoso.

Se eu pensava que estava tendo muitos sentimentos antes, não é nada comparado a cada emoção deliciosa e maravilhosa que se abre para mim agora.

Fico na ponta dos pés, dando um beijo suave nos lábios de Oliver. Ele me beija também, arrancando um sorriso de mim.

— Acho que foi uma maneira promissora de explicar, não foi? — ele pergunta contra minha boca.

Dou uma risada.

— De onde tirou essa ideia? — pergunto, beijando-o de novo.

CAPÍTULO 32

"Evitação" e Outros Mecanismos Saudáveis de Defesa

Tilly

Cometi o erro de piscar e agora é agosto. O que é assustador, porque significa que a viagem que ia mudar minha vida está cada vez mais perto do fim, com o mundo real parado como um lobo faminto à porta, pronto para me devorar assim que terminar meu verão na Europa.

E não sei o que fazer. Sobre, tipo, tudo.

CAPÍTULO 32

> Não sei como procurar emprego, criar um currículo ou descobrir onde vou morar, ou mesmo o que quero fazer da minha vida, e sempre que tento fazer um plano meu cérebro ansioso se contorce em nós e atira dardos tóxicos de ansiedade e confusão para cima e para baixo na minha espinha.
>
> Como vou ter um futuro planejado? Como vou saber o que quero fazer todos os dias, pelo resto da minha vida, quando nem tenho uma ideia firme de quem sou? E se o próximo passo que eu der for terrível? Um desastre total? E eu literalmente estragar o resto da minha vida porque não sabia nada de nada?

Termino de digitar o rascunho da minha nova postagem no Babble, me perguntando se alguém entenderá como me sinto esmagadoramente despreparada para minha própria realidade.

Foi difícil escrever — cada palavra saiu arrancada de mim —, mas pelo menos consegui escrever alguma coisa. O estresse de não ter uma noção clara das coisas deixou meu cérebro mais seco do que um deserto nos últimos tempos, e não consigo fazer meus dedos, meu cérebro e meu teclado funcionarem juntos.

Nunca tive problema em não ter ideias antes — minha mente costuma estar tão inundada com elas que não sei por onde começar. Mas, ultimamente, tenho a sensação de apertar meu cérebro em um moedor de carne sempre que sento em frente ao *laptop* e tento pensar em coisas para postar.

Olho para Oliver do outro lado da mesa do café. Ele morde o lábio, olhando com atenção para o computador, uma mecha de cabelo caindo na testa. Fico quase furiosa por uma pessoa ser tão obscenamente fofa. Mas aí me lembro de que ele também é meio... meu, e então meu coração parece prestes a explodir. Um cara maravilhoso, adorável e ridículo.

A onda de sentimentos fervilhantes é desencadeada por um lembrete indesejado: agosto não sinaliza apenas a conclusão da viagem, mas também deixa um grande ponto de interrogação sobre o que acontecerá com Oliver quando o verão terminar.

E esse ponto de interrogação está enrolado no meu pescoço e pesa uma tonelada, me arrastando para baixo.

Mas, se o TDAH me tornou uma especialista em alguma coisa, foi em evitação, por isso, sou campeã em fingir não enxergar meus problemas. Claro, os problemas incomodam e corroem o fundo da minha mente, devorando-me devagar até que eu não seja nada além de um saco de carne de ansiedade subconsciente, mas é melhor do que me enviar para um colapso imaginando literalmente cada possibilidade de um resultado repugnante. Como voltar para casa como uma fracassada sem rumo, vivendo a milhares de quilômetros do cara de quem realmente gosto sem conseguir vê-lo, talvez tendo que...

Não. Não. Hoje não.

Ollie não parece seguir a mesma filosofia de evitação que eu, e tenta com regularidade falar sobre o futuro como se não fosse a coisa mais assustadora do mundo. Mas, sempre que ele tenta falar sobre o que vai acontecer quando o verão terminar, eu o distraio perguntando a respeito do impacto da primeira cor aleatória que vejo, ou beijo seu rosto ridiculamente fofo até que as bochechas dele fiquem vermelhas e seus olhos, turvos.

Os dois métodos são bastante eficazes.

Dou outra revisada no meu texto no Babble e depois clico em *publicar*, fechando o *laptop*. Ao levantar a cabeça, encontro Ollie me olhando com uma expressão suave.

— Gosto desse sorriso — diz ele, os olhos seguindo minha boca. — É o seu sorriso de escrita. Acho que é o maior de todos.

Toco meus lábios, rindo como uma idiota.

— Nem percebi que estava sorrindo.

— Você sempre sorri quando termina de escrever alguma coisa. Mesmo quando fecha o *laptop* e fala que odeia o que escreveu, ainda assim termina sorrindo. Acho isso incrivelmente fascinante.

Balanço as mãos numa tentativa selvagem de autopreservação antes de começar a gritar em público. Ollie retribui meu sorriso, mas depois seu olhar fica pensativo.

— Já pensou em tentar escrever para revistas? — pergunta. — Oferecendo histórias ou ideias para artigos, ou o que quer que os escritores façam? Ou se candidatando a, hã, empregos... como escritora... se preferir não trabalhar como *freelancer*? Talvez possa ganhar algum dinheiro escrevendo.

Engasgo com meu café gelado, um pouco dele saindo pelo nariz enquanto tusso.

— De jeito nenhum — digo, quase expelindo um pulmão no guardanapo. — Não sou tão boa assim. Sou...

— Você é...? — Ollie pergunta, as sobrancelhas franzidas enquanto outro ataque de tosse ofegante me atinge. Ele se aproxima e me dá um tapinha firme nas costas.

Aceno com a mão, tentando descobrir as palavras certas para descrever a mistura bizarra de inadequação que sempre me inunda e a vontade de lançar minhas palavras no éter ou na internet mesmo assim. Escrever pequenas descrições tolas e *e-mails* de boletins informativos para a Ruhe é um exercício desinteressado, embora divertido, de brincar com as palavras. Escrever no Babble é assustador e me deixa vulnerável, mas estou no controle disso. Posso colocar qualquer sentimento em uma caixa de texto e jogá-lo para estranhos *on-line* de modo aleatório, sem que nada dependa disso. Nenhum chefe criticando. Nenhum meio de subsistência atrelado. Adoro escrever, mas isso não significa que mereço ser chamada de escritora, como os profissionais da área são.

Nunca tive resposta daquele trabalho com a *Ivy* ao qual Cubby e Darcy me pediram que eu me candidatasse, e o silêncio foi avassalador. O enorme senso de inadequação só agora está desaparecendo.

— Não sou boa o bastante para alguém *publicar* minhas coisas, muito menos me pagar por elas — digo, deslizando a ponta do polegar pela condensação no meu copo. — As coisas que escrevo são apenas bobagens e discursos emo.

E tudo bem. É o suficiente. Quando o mundo acabar e eu já estiver morta há muito tempo, sempre terei criado essas palavras e compartilhado com quem quisesse lê-las.

— Isso não poderia ser mais falso — Oliver diz, a voz rouca. Fico surpresa com a seriedade que ele demonstra.

— O quê?

— Sinto muito, mas você está errada — diz ele, aproximando sua cadeira de mim.

Ele estende a mão, agarrando uma das minhas mãos entre as dele, e o gesto parece tão natural quanto meu coração bater.

— Você faz as pessoas se sentirem vistas — continua Oliver. — Você é como um... um... prisma.

— Como é?

— Como um prisma de cristal. Você absorve o mundo ao redor, mas de alguma maneira libera esse espectro brilhante de cores através das suas palavras, e as pessoas conseguem se ver.

— Eu... não. Não é...

— Vi os comentários que as pessoas deixam nas suas postagens do Babble. Elas se identificam com o que você diz.

— Você viu meu Babble? — Nos últimos tempos, tenho mostrado rascunhos de meus textos para Ollie ou enviado pequenos trechos de que gosto, mas não achei que ele entrasse no aplicativo.

Oliver enfia a mão no bolso e pega o telefone, apertando os olhos para a tela enquanto passa o dedo algumas vezes antes de virá-lo para mim.

— As únicas notificações que recebo são quando você posta.

Claro, ele tem uma conta. O avatar cinza padrão está no canto superior esquerdo com *user276527* abaixo dele. Solto a mão dele e começo a navegar no celular. Sou a única conta que ele segue e...

Ele deu *like* em todos os meus *posts*.

Literalmente, todos eles.

Mas não termina aí.

Também aprovou inúmeros comentários gentis e de apoio de outros usuários, até mesmo escrevendo *concordo* com um coraçãozinho como resposta para alguns.

— Viu? — diz ele, tocando na tela. — É uma simples verdade. As pessoas gostam de ler suas palavras. E você gosta de escrevê-las. Então, por que não tentar fazer isso profissionalmente? Não é o que quer fazer?

Esta é a questão: é o que quero fazer. Muito. Mas querer fazer isso não diminui de repente a sensação de ser uma impostora aterrorizada com a ideia de tentar.

Meus olhos analisam o rosto sério de Oliver. Seu sorriso caloroso. As rugas nos cantos dos olhos.

Ele acredita em mim. Ele genuína e verdadeiramente acredita que posso escrever coisas que valem a pena ler. Mais ainda: ele quer que eu faça isso porque me deixa feliz.

É a primeira vez que alguém me incentiva a fazer algo pelo simples fato de me trazer alegria. É a primeira vez que isso é suficiente.

Se Oliver pode acreditar em mim assim, por que não posso acreditar em mim mesma?

Fico pensando nessa ideia — a visão de mim mesma com medo, mas fazendo isso mesmo assim. Lançando-me no desconhecido e confiando que conseguirei sair viva. Parece vago, vasto, aterrorizante e um pouco emocionante ficar girando ao redor disso.

Meio que gosto da sensação.

— Certo — sussurro, inclinando-me em direção a ele. — Talvez eu faça isso.

Ele sorri como se eu tivesse dito que ele ganhou na loteria.

E, de repente, é a coisa mais importante do mundo encontrar um emprego *neste momento*. Mandar textos para quem estiver aceitando. Pegar essa fantasia deliciosa e transformá-la em minha realidade imediata.

É a fase da aura de hiperfoco, de gratificação imediata, e não há como combatê-la... ao menos, não para mim.

Volto para o *laptop* e parece que estou conectando meu cérebro diretamente ao teclado, pesquisando no Google modelos de currículo, vagas de emprego, chamadas abertas para inscrições.

Perco-me tão por completo nesse mergulho profundo — nessa necessidade irresistível de me apegar a esse sentimento de... *de acreditar* em mim mesma, de fazer isso acontecer —, que, quando dou por mim, Oliver está esfregando minhas costas e falando meu nome.

Pisco pela primeira vez nas duas últimas horas.

— Sinto muito por tirar você da sua concentração — ele fala —, mas é melhor voltarmos para jantar.

Esfrego os olhos e pisco mais um pouco. Tenho umas cinquenta e oito abas abertas, seis documentos de Word diferentes e doze *e-mails* de confirmação de trabalhos e chamadas abertas que enviei.

Às vezes, deixar o hiperfoco é algo suave, gradual. Outras vezes é chocante e desorientador, como se você estivesse acordando em um novo mundo. Com certeza, este parece o segundo caso.

— Você está bem? — Ollie pergunta, continuando a esfregar minhas costas.

Sorrio para ele.

— Vamos nessa — digo, esticando os braços acima da cabeça e arqueando as costas ao seu toque.

Ollie acena com a cabeça, compreendendo e sorrindo para mim.

Olho para a tela do *laptop* e solto um gemido.

— Qual é o problema?

— Bom — digo, a humilhação fervilhando inteiramente dentro de mim —, há uns oito erros de digitação no currículo que acabei de enviar para um bilhão de empregos.

Oliver vira meu *laptop*, e o suspiro que ele solta poderia estar em uma novela, não estou brincando. O que não ajuda em nada as coisas.

Exceto, bem, é Ollie, então não posso deixar de rir. E aí dou mais risada ainda. Ollie olha para mim, horrorizado. Depois, começa a rir também. Nós dois estamos rindo tanto que nossa mesa começa a tremer. Oliver encosta a testa na minha enquanto tentamos recuperar o fôlego.

— Bom... Gostaria de poder dizer que a ortografia não deveria ser um pré-requisito para nenhum dos trabalhos... mas imagino que desempenhe um papel importante.

Solto um gemido de novo.

— Tudo bem. Pelo menos eu tentei.

Ele beija minha testa e depois se afasta, arrumando as coisas dele.

— De verdade, Tilly, acho que ainda receberá respostas. Os editores existem por uma razão, e as pessoas podem ignorar alguns erros de digitação quando procuram talentos.

Algo afiado e autodepreciativo está na ponta da minha língua, mas decido engolir as palavras. Escolho me deleitar com sua confiança. Sua fé em mim. Absorvo isso. Aproprio-me disso.

Arrumo minhas coisas e saímos pela porta. Ollie agarra minha mão e a segura enquanto caminhamos.

A um quarteirão do hotel, paro, puxando seu braço para que fique de frente para mim.

— Obrigada — digo.

— Por quê?

— Por acreditar em mim.

Oliver balança a cabeça e sorri, inclinando-se para me dar um beijo suave.

— Seria impossível não acreditar.

CAPÍTULO 33

Ela é um Arco-Íris

Oliver

Acontece que o paraíso existe na Terra e está localizado num museu interativo sobre cores no coração de Barcelona.

Tilly se aproxima, colocando os dedos sob meu queixo e fechando minha boca, que está se arrastando no chão. Quase não acredito. Um museu inteiro — *cinco exposições inteiras* — dedicado à história da cor, dos pigmentos e suas aplicações.

Este está prestes a se tornar o melhor dia da minha vida.

Tilly começou nosso sábado livre pairando sobre meu corpo adormecido, até que acordei com um pequeno ataque cardíaco por causa de seu olhar arregalado. Ela então me arrastou para fora da cama, jogou uma trouxa de roupas na minha direção, enfiou um biscoito velho na minha boca e me puxou porta afora, dizendo que queria que fôssemos os primeiros da fila para uma grande surpresa.

Nunca fiquei tão surpreso em minha vida.

— Vamos — ela diz, agarrando meu braço e nos levando até a entrada.

Tiro uma foto do grande pôster no início da exposição que detalha a experiência imersiva de cores e pigmentos, depois a envio para Marcus.

desculpe, mas oficialmente substituí
você como meu melhor amigo

A resposta de Marcus é quase instantânea.

Esta é uma mensagem adorável de se
receber depois de você me ter dado um gelo
durante a maior parte do verão

Quem é a pobre alma?

Abro um sorriso para a tela. Marcus realmente é meu melhor amigo. Posso desaparecer em meu mundo por semanas, depois mandar uma mensagem para ele do nada e continuaremos exatamente de onde paramos. Ele nunca me faz sentir mal quando demoro dias para responder ou quando interrompo por completo a comunicação.

— Venha aqui — digo a Tilly, passando o braço em volta dos ombros dela.

Segurando meu telefone, ela pisca surpresa por um segundo antes de abrir um sorriso gigante assim que tiro uma foto. Ela se vira, esmagando seu rosto contra minha bochecha com um beijo. Faço questão de capturar esse momento também.

Envio as duas para Marcus.

Esta é Tilly.

Continuo com uma segunda mensagem.

Tenho quase certeza de que ela é minha namorada

Uma ligação de Marcus toca e aperto *recusar*, em seguida recebo cerca de quatro mil mensagens em um grupo que tenho com ele e Micah.

Micah

OLIVER

Micah

OLIVER!!!!!!

Micah

VOCÊ TEM UMA NAMORADA???

Marcus

seu punheteiro

Marcus

como não nos contou antes?

Micah

OLIVER OH MEU DEUS

Micah

Vou desmaiar, isso é incrível

Marcus

ela não é a irmã da sua chefe?

Micah

oh meu Deus, ela é? Que escândalo. Adorei

Micah

CONTE. TUDO. PARA. A. GENTE.

Marcus

você parece muito feliz

Sorrio para o celular e balanço a cabeça.

felicidade não chega nem perto de fazer justiça

Envio a eles mais algumas fotos minhas e de Tilly juntos, tiradas nas últimas semanas, depois desligo o telefone, guardo-o no bolso e me viro para Tilly.

— Por que está sorrindo? — ela pergunta, estreitando os olhos para mim.

Não há uma maneira adequada de explicar que nunca me senti tão conectado a outra pessoa. É como se eu pudesse lhe mostrar cada pedaço de mim, e ela me daria aquele sorriso maravilhoso. Beira o ridículo quanto quero me gabar dela, anunciar ao mundo que essa pessoa peculiar e maravilhosa *gosta* de mim. Quer estar perto de mim. Não é algo que eu esperava ter na vida.

— Contei ao meu melhor amigo, Marcus, e sua namorada, Micah, sobre você.

Os olhos de Tilly se arregalam como os de um personagem de desenho animado.

— Oh. Certo. Uau! Acho isso muito legal e não estou desesperada para saber o que você disse, nem pirando internamente e me perguntando o que vão pensar de mim, e tudo está tranquilíssimo e calmo e totalmente bem.

Dou uma risada, estendendo a mão e puxando-a para perto de mim. Ela se aproxima.

— Disse a verdade a eles — falo, dando um beijo no topo de sua cabeça.

— Que é...?

— Que estou incrivelmente feliz por estar aqui com você — digo, movendo meu braço ao redor de seus ombros para entrelaçar meus dedos nos dela. Tilly olha para nossas mãos entrelaçadas e depois para o meu rosto.

Em geral, não sou bom em interpretar expressões faciais, mas o sorriso dela diz muito.

— Não há tempo a perder — digo depois de um momento, puxando-a para a entrada. — Temos um mundo em tecnicolor a explorar.

Passamos horas vagando pelas explosões coloridas da exposição. Tilly escuta com atenção enquanto falo sobre os vários tópicos apresentados, até mesmo me fazendo perguntas. Explico o que é metamerismo. Croma. Como a saturação difere do valor.

Fazemos uma viagem visual pela história do vermelho — as buscas intermináveis e muitas vezes fúteis de antigos artistas e tintureiros tentando recriar sua vibração, usando minerais mortais apenas para captar o poder da cor, e como o pigmento é, literalmente, mergulhado em sangue. Nós dois saímos um pouco zonzos do lugar.

Tilly me deixa passar quase uma hora em uma seção dedicada a Picasso. Uma parede mostra seu famoso Período Azul. Pinturas legais e melancólicas de azuis e azul-esverdeados resultando em uma lufada fria, assustadora e perturbadora quando imergimos nelas. Eles têm algumas das peças originais emprestadas, e uma apresentação de *slides* das demais obras é projetada em um espaço vazio da parede.

Tudo isso fica em contraste com exemplos de seu Período Rosa no lado oposto da sala — tons de rosa vibrantes e de laranja terrosos o aquecem quando você cruza uma linha invisível no espaço.

— Não é incrível? — pergunto a Tilly, andando de um lado para o outro da sala. — Dá para *sentir* mesmo a mudança de temperatura. Bem aqui — falo, esfregando o peito. — E até os temas das pinturas. Não são pintados com certas cores, eles *são* as cores. Absolutamente extraordinário.

Tilly sorri para mim, seguindo minha caminhada feliz e sem rumo.

— Tão *legal* — ela diz, apontando em especial para uma pintura de um azul gélido e balançando as sobrancelhas.

Dou risada, puxando-a para mim e dando um beijo no dorso de sua mão.

— Muito boa.

— De que cor eu sou? — Tilly pergunta, entrelaçando os dedos nos meus quando paramos para admirar os vibrantes vermelhos e marrons quentes lançados pelo projetor do Período Rosa.

Olho para Tilly, os olhos vasculhando seus cabelos negros. Aqueles olhos de nuvens carregadas. O amarelo brilhante de seu vestido e o toque rosado em seu rosto.

Mas ela é mais do que isso. É a doçura do algodão-doce azul, a efervescência do ouro e a complexidade do cobre. Ela é profunda como a esmeralda e leve como o lilás.

— Tilly, você é o arco-íris inteiro.

Quando enfim saímos do museu, olho meu celular e tenho cerca de cinquenta novas mensagens de Micah e Marcus, e meia dúzia de ligações perdidas no FaceTime.

— Acho que tem alguém tentando entrar em contato com você — diz Tilly, apoiando a cabeça em meu ombro enquanto caminhamos.

Rio, passando o polegar pela testa.

— Para dizer o mínimo.

— Ligue pra eles — ela fala, me dando uma cutucada.

Olho para ela.

— Você iria... hã... Como se sentiria se os encontrássemos? Marcus e Micah? Poderíamos fazer uma ligação pelo FaceTime.

O sorriso de Tilly é simplesmente radiante.

— Eu adoraria.

Entramos em um parque próximo, encontramos um banco que oferece um pouco de sombra do calor intenso do verão espanhol, e ligo para Marcus.

— Já era hora de nos ligar — Marcus diz como forma de saudação.

— Marcusssss, não seja tão rude — diz Micah, batendo no ombro dele.

— Sim, Marcus, não seja um idiota — digo, provocando.

Marcus revira os olhos. Micah registra Tilly sorrindo ao meu lado e começa a empurrar Marcus para fora do quadro enquanto eles se aproximam.

— Oh, meu Deus, você é a Tilly.

— Eu mesma — ela responde com uma leve risada.

— Gostaria de dizer que ouvimos muito sobre você, mas, como Oliver quase se esqueceu de nós durante este verão de *jet set*, você mesma terá que nos contar tudo o que há de adorável em si mesma.

Tilly me lança um olhar perdido e aterrorizado.

— Micah não é do tipo que facilita a vida das pessoas — diz Marcus, movimentando-se para deixar pelo menos parte do rosto à vista.

— Não gostaria que fosse de outra maneira — diz Tilly, torcendo o nariz e rindo.

— Chega de conversa fiada — fala Micah. — Sério, conte-nos tudo. Como está sendo a viagem? O que vocês viram? Como foi que *isso* — ela gesticula em descontrole, apontando o espaço entre mim e Tilly — começou?

Tilly e eu nos entreolhamos e sorrimos. Começamos pelo dia de hoje, iniciando uma análise detalhada, provavelmente detalhada demais, de todas as exposições do museu. Aí fomos de trás para a frente, revisitando Granada, Estocolmo e Copenhague. Relembramos Amsterdã. Rimos de Roma. Não demora muito para que Tilly e eu estejamos hiperativos e corados, as vozes altas ao nos lembrarmos de tantos momentos maravilhosos que nos trouxeram até o presente.

— Vocês dois são insuportavelmente fofos — diz Micah. — Se não fossem tão adoráveis, eu passaria mal.

— Quais são seus planos para depois do verão? — Marcus pergunta a Tilly.

Ele não tem ideia do tamanho da mina terrestre em que acabou de pisar. O sorriso de Tilly vacila. Ela tenta recuperá-lo, mas ele vai desaparecendo até desmoronar.

— Ainda tenho que pensar em algumas coisas — ela consegue dizer.

E eu quero salvá-la. Quero aliviar aquela ruga de preocupação entre suas sobrancelhas. Mas o problema é que não sei como. Porque também não sei o que acontecerá depois deste verão.

E isso está me matando.

Desejo ter um plano. Uma definição firme e clara do que vai acontecer. Preciso de rotina, ordem e preparação suficientes para recalibrar minha mente para o que vem a seguir. Mas, toda vez que tento conversar sobre isso, Tilly me distrai. E não sei o que fazer.

— Ah, desculpe, mas minha irmã está me ligando — diz Tilly de repente, tirando o celular do bolso do vestido e agitando-o de modo frenético. — Tenho que atender. Foi ótimo conhecer vocês.

Ela se afasta antes de conseguir ouvir Marcus e Micah se despedindo.

— Marcus disse algo errado? — Micah pergunta baixinho.

Suspiro, esfregando os nós dos dedos na sobrancelha.

— Não. Está tudo bem — minto.

Dá para saber pelo silêncio resultante que nenhum deles acredita em mim.

— É melhor eu desligar — digo, observando Tilly andar de um lado para o outro sob uma árvore, o telefone pressionado no ouvido.

— Amamos você — Micah cantarola, enquanto Marcus acena.

Termino a ligação, batendo o telefone na palma da mão, muito preocupado.

CAPÍTULO 34

O Ajuste de Contas

Tilly

Algo meio milagroso aconteceu.

Sou oficialmente uma escritora publicada.

De verdade.

Agora, não me interpretem mal, não que eu tenha escrito algum artigo inovador no *New York Times*, mas meu nome *aparece* depois de um *post* de um convidado no *site* da Wander Media, que, para ser honesta, também é muito bom.

Wander é um *site* de viagens econômicas que aceita contribuições e, aproveitando o incentivo de Oliver, enviei um argumento curto e satírico (e parcialmente autobiográfico) sobre trazer todas as roupas íntimas que você possui nas férias. Cerca de uma semana depois de enviá-lo — e verificar obsessivamente meu *e-mail* a cada quatro minutos —, recebi uma resposta do editor da seção dizendo que eles adoraram e me incentivaram a enviar outros textos que eu pudesse ter.

Para completar, até me pagaram vinte e cinco dólares por isso, o que é basicamente como ganhar na loteria levando em conta o tanto de dinheiro que gastei em café e doces nesta viagem.

Depois de ler o *e-mail* em voz alta para Ollie pela terceira vez, corro pelo quarto do hotel, pulando e rodopiando.

Depois do meu quarto rodopio, vou a toda velocidade para cima de Oliver. Ele me abraça no último minuto, olhos arregalados e boca aberta em um pequeno Ó de medo antes que eu pule em seus braços, agarrando-me a ele como um bebê macaco excessivamente excitado. Ele tropeça alguns passos antes que a parte de trás dos joelhos atinjam a beirada da cama e cai com um ufa.

Mona e Amina fecharam outro acordo em Barcelona e estão fora para um "jantar de negócios comemorativo" tão íntimo para o qual nem Ollie nem esta que escreve foram convidados, então não precisamos nos preocupar com discrição.

— Desculpe — digo, esfregando o nariz em seu pescoço, nem um pouco arrependida. — Estou muito animada.

— Estou tão orgulhoso de você — diz ele, a voz abafada pelo fato de que estou a ponto de sufocá-lo neste momento.

Eu me levanto, sorrindo para seu rosto confuso até não conseguir mais resistir, e dou beijos rápidos em sua testa e bochechas, fazendo-o rir. Meu celular começa a tocar do outro lado do quarto e, com um suspiro, deslizo para fora da cama e corro para ele.

E TU, PREPARA-TE pisca na tela. Ah, que bom, uma ligação da minha mãe.

— Oi, mãe — digo, pressionando o celular contra o ouvido e mastigando minha cutícula.

— Aí está ela — diz mamãe com uma voz falsamente alegre, habilmente passivo-agressiva em sua referência a quantas vezes deixei suas ligações ficarem sem resposta. Não tive a intenção de criar o hábito de evitar nossas "ligações de verificação", mas é tão brutalmente doloroso cada vez que conversamos que nunca consigo forçar meu dedo a aceitar a chamada. Mona tem me ajudado um pouco, enviando mensagens frequentes para minha mãe sobre quanto estou contribuindo para a equipe ou alguma outra bobagem dessas.

— Estava começando a ficar preocupada — diz ela. — Como você está? Está tomando os remédios?

Suspiro, pressionando minha testa contra a parede.

— Estou, mãe.

E não estou mentindo. Na verdade, estou tomando regularmente. Descobri que definir um alarme matinal como lembrete faz toda a diferença.

— Boa menina — diz mamãe, e me sinto murchar com quanto a voz dela se anima. — E está tratando bem a Mona?

— Estou. Ela até me deu um pirulito hoje depois que comi todos os meus legumes.

A risada de mamãe é forçada.

— A viagem vai acabar logo, não é? — ela menciona de modo casual. — Dá para acreditar como o verão passou rápido? Já pensou mais sobre seus planos para o outono?

Que sutileza.

— Bem, na verdade, pensei — digo, coçando o nariz e batendo os pés.

Mamãe solta um suspiro.

— Tilly, isso é maravilhoso. Onde vai se inscrever? Isso significa começar na primavera?

Mordo o lábio inferior.

— Não, a coisa da faculdade não mudou. Não por enquanto, pelo menos. Eu... Acho que descobri o que quero fazer.

— Oh? — diz mamãe, a voz respingando desapontamento.

Endireito os ombros e limpo a garganta.

— Decidi que quero ser escritora — digo, o tom de voz um pouco hesitante. Não é necessariamente uma nova compreensão, mas é a primeira vez que falo sobre isso. Com uma "declaração realmente afirmativa" sobre essas coisas. — Na verdade, já vendi meu primeiro artigo e, se conseguir um fluxo de renda regular, talvez de um trabalho de barista ou algo assim no início, posso me concentrar em meu trabalho e refinar minhas ideias, e eu vou...

— Não. — O tom de mamãe é categórico e definitivo.

— O quê?

— Esse não é um bom trabalho, Tilly — diz ela, e quase posso ouvi-la balançando a cabeça. — É o que as pessoas que vivem no Mundo da Fantasia dizem que querem ser antes de acabarem sendo garçonetes pelo resto da vida.

— O que há de errado com um trabalho na área da alimentação?

— Essa não é a questão — diz mamãe com um suspiro exasperado. — A questão é que você precisa encontrar um emprego de verdade. Aliás, primeiro um diploma, depois um emprego.

— Mas por quê? — pergunto. — Por que esse precisa ser o meu caminho? Nós duas sabemos que não vou bem na escola, e até o dr. Alverez disse que os ambientes e formatos educacionais tradicionais não são propícios à maneira como aprendo, então por que eu me forçaria a ir para a faculdade?

— Não estou tentando limitá-la, Tilly. — O tom de mamãe é um aviso ameaçador para não forçar a barra. — Só estou tentando ser realista. Eu...

— Quer falar sobre ser realista, mãe? — Não estou aguentando mais. — Meu cérebro é minha realidade. Não sou um romance do tipo escolha sua própria aventura para você ditar cada experiência que tenho. Me desculpe se não sou o que quer que eu seja, mas isso é o melhor que tenho.

— Tilly, não levante a voz. Não estou falando isso. Há uma maneira de fazer as coisas e...

— Você *está* dizendo isso. Você sempre diz isso.

Mesmo sem palavras. É o jeito que ela agarra com rapidez minha mão quando pego algo em uma loja. A maneira como aperta meu ombro avisando se eu começo a falar com alguém rápido demais. Alto demais. É o olhar de advertência que ela me dá quando fico muito entusiasmada com algo em especial. Ela fala isso de um milhão de maneiras silenciosas. Ela gostaria que eu fosse "normal".

— Só estou tentando te proteger!

— Você me trata como uma fracassada em todos os sentidos! — As palavras saem duras. Afiadas. E o silêncio de minha mãe grita do outro lado da linha. Solto um suspiro trêmulo.

— Não estou tratando você como uma... fracassada — ela diz. — É assim que o mundo funciona, Tilly. Foi o que Mona fez. Ela obteve até diplomas avançados.

Começo a andar em círculos pelo quarto do hotel. Posso sentir os olhos de Ollie em mim, mas não sou capaz de olhar para ele.

— Eu não sou Mona e Mona não é eu, mãe. Não pode continuar nos comparando. Isso só nos separa. Amo minha irmã como minha irmã, não como uma criatura intocável em sua perfeição, comigo sempre vivendo sob a sombra dela. E Mona merece estar livre dessa pressão. Também não é justo com ela carregar o peso da necessidade de ser perfeita. Ser uma filha ideal e uma irmã mais velha superbem-sucedida. Ela é humana. Pode cometer erros. Eu também. Eu...

— Não vou continuar com essa conversa. Você está perdendo completamente o foco. Precisa levar a sério o mundo real.

Paro de andar, desanimada com a aspereza em sua voz, que não deixa espaço para discussão. Nunca poderia convencê-la de que o que eu quero é algo digno de se ir atrás.

Ela solta um suspiro.

— Estarei aí em pouco mais de uma semana para visitar Mona e trazer você para casa. Espero que tenha um plano até então. Um plano de verdade. Entendeu?

Engulo em seco, o estômago dando um nó e o sangue correndo em meus ouvidos. Tudo o que consigo fazer é o som de um soluço.

— Estou sendo dura com você porque te amo — diz mamãe, o tom de voz frio. Depois, a linha fica muda.

Desabo no chão, chorando de joelhos.

Oliver me deixa soluçar baixinho por dois minutos antes de cruzar o quarto e se sentar no chão a meu lado, me puxando para seu peito. Ele não pede detalhes. Não precisa de um relato detalhado. Coloca minha cabeça sob seu queixo e faz círculos suaves em minhas costas.

E eu me sinto... em segurança. Protegida. Querida.

Três palavras assustadoras e vulneráveis quase borbulham em meus lábios, mas as guardo para mais tarde.

Paro de chorar por tempo suficiente para que Oliver me convença a sair para uma caminhada, durante a qual ele compra comida de todos os vendedores para os quais olho duas vezes. Este lindo anjo decifrou de verdade minha linguagem do amor.

É bom estar com Ollie, mas ainda sinto uma dor oca nos membros. Toda a tristeza, medo e confusão sobre o futuro penetraram com tanta profundidade em meus músculos que sou impelida para fora do presente.

Enfim voltamos ao hotel e ouvimos Mona e Amina conversando através de nossa parede compartilhada. Em algum momento da viagem, a necessidade de privacidade delas prevaleceu sobre a regra da porta compartilhada sempre aberta.

Como fazemos todas as noites, esperamos que os sons de sono venham do quarto delas antes de eu me deitar na cama de Oliver, aconchegando-me contra ele em um ninho sob o edredom.

Em geral, acabamos sussurrando até o sol nascer. Às vezes, são horas de piadas e provocações, pontuadas por beijos e toques. Outras noites, Ollie se arrisca e, mantendo as luzes baixas, passa horas comparando amostras de cores com as sardas no meu rosto, a testa franzida e a língua entre os dentes, girando a roda com agressividade até que eu me derreta em risadas silenciosas diante de sua frustração.

Ele sempre acaba pressionando os lábios nas minhas sardas com um rosnado, transformando minhas risadas em um suspiro de prazer.

Esta noite, estamos sérios. Vulneráveis. Murmurando confissões e temores sobre o futuro.

— Sinto que estou sempre falhando — sussurro, traçando uma linha com meus dedos ao longo de suas maçãs do rosto. — Sinto que não sou boa o suficiente. Tipo, que nunca vou ser boa o suficiente.

— Boa o suficiente em quê? — Ollie pergunta, franzindo as sobrancelhas.

Esfrego a ponta dos dedos nas linhas entre seus olhos, suavizando sua preocupação.

— Boa o suficiente em qualquer coisa — digo. — Escrever. Criar. Ser uma pessoa. Uma adulta, acho. Sinto-me bem perdida. O tempo todo.

Ollie fica em silêncio por um momento, olhando para mim como se minha pele guardasse respostas às perguntas que ele sempre quis saber.

— Também me sinto perdido — diz por fim, virando a cabeça para beijar a palma da minha mão. — Quer se perder comigo?

CAPÍTULO 35

Francês e Beijos

Oliver

No início de nossa última semana de viagem de negócios, Mona e Amina entram em nosso quarto e param na beirada da minha cama.

— Use algo bonito esta noite — diz Mona. — Vamos levar vocês dois para jantar. Temos coisas importantes para contar.

— Mo, sem querer ofender, mas todos sabemos que você e Amina estão namorando — Tilly diz enquanto enfia aos poucos as roupas na mala.

O queixo de Mona cai e, após um silêncio momentâneo, Amina começa a gargalhar.

— Ela nos descobriu — diz Amina entre risadas. — Mas, se tivermos que admitir isso, vocês dois também terão.

Tilly e eu somos tudo, menos sutis, e nossos olhares se encontram com medo. Amina gargalha um pouco mais.

CAPÍTULO 35

— Vamos sair em uma hora — diz Mona, sacudindo a poeira invisível do colo como se pudesse afastar o constrangimento com esse gesto. — Será... divertido.

— Tente não parecer tão arrasada, querida — diz Amina, rindo de novo. Mona revira os olhos e sai do quarto, com Amina rindo atrás dela.

Depois de tomar banho e fazer a barba, visto minha calça preta mais bonita e uma camisa de botão combinando, e aliso meu cabelo. Ao sair, encontro Tilly agachada no chão, ainda de *short* e camiseta, o cabelo preso em dois coques bagunçados no topo da cabeça. Ela está rabiscando os sapatos com uma... canetinha?

— Meus tênis estavam gastos — ela diz como explicação, continuando a, hã, colorir as pontas dos sapatos sociais pretos, ainda mais gastos.

Uma batida forte sacode a porta de ligação.

— Aviso de dez minutos — Mona berra. Tilly solta um grito, depois joga os sapatos de lado, tira um vestido amarrotado da mala e corre para o banheiro.

Em algum momento da viagem, todos percebemos que dar lembretes periódicos a Tilly sobre o horário evitava grande parte da frustração com o atraso dela.

E, cinco minutos depois, ela sai do banheiro. Parecendo um sonho.

Não, um sonho não faz justiça a Tilly Twomley. Ela é muito mais do que isso.

Tilly dá um rodopio bobo, mostrando as costas abertas. A saia rodada do vestido preto balança em seus quadris e ela ri.

— Como estou? — ela pergunta.

O vestido é simples. Estruturado. Tão diferente dos habituais vestidos brilhantes e esvoaçantes que ela usa. Se eu o tivesse visto pendurado em um armário, nunca teria sido capaz de imaginar que Tilly poderia escolhê-lo.

No entanto, ele a faz reluzir. É uma boa moldura para sua energia, seu carisma, tudo o que brilha nela.

Atravesso o quarto até ela, passando a mão por seu rosto e depois pelo pescoço.

— Perfeita — digo. Porque é a única palavra capaz de descrevê-la.

Tilly torce o nariz e se aproxima para me dar um beijo. Eu a seguro bem perto por um segundo.

— Hora de ir, pombinhos — diz Amina, batendo e abrindo a porta, fingindo proteger os olhos. — Juntem todas as suas coisas.

Tilly e eu nos entreolhamos e rimos em silêncio, depois encontramos Amina e Mona no corredor e saímos todos juntos do hotel.

— Então — Mona diz, cruzando as mãos sobre a mesa depois que todos nós fizemos nossos pedidos —, Amina e eu estivemos conversando...

— Tenho certeza de que sim — diz Tilly, dando-me uma piscadela gratuita. Mordo o lábio com força para não rir.

— Eu te odeio — diz Mona. Tilly abre um largo sorriso. — Como estava dizendo, estamos discutindo o futuro da Ruhe e gostaríamos de incorporar vocês nessas conversas.

Mona e Amina se viram para mim e inclino a cabeça para o lado enquanto ouço.

— *Amamos* o trabalho que você fez neste verão, Oliver — Mona diz.

— Ficamos deslumbradas — acrescenta Amina, balançando a cabeça com ênfase.

— Vimos um tremendo crescimento nas redes sociais e em nossas vendas *on-line*. E algumas das butiques com as quais trabalhamos manifestaram interesse em usar suas fotos em anúncios nas lojas delas. Gostaríamos de descobrir uma maneira de manter essa sinergia após o término da viagem.

Pisco para elas.

— O que estamos imaginando — diz Amina — é mantê-lo como funcionário da Ruhe, mesmo que seja em meio período ou como consultor.

— Sabemos que você vai começar a faculdade logo — continua Mona —, e tenho certeza de que estará muito ocupado, mas ainda assim gostaríamos de lhe pagar para tirar fotos para a Ruhe, mesmo que não seja com regularidade. Você construiu um ótimo banco de dados de imagens para nós até agora e continuaremos a usá-las, mas seria maravilhoso mantê-lo enquanto estiver disponível.

Processo essa informação e abro um sorriso.

— Eu adoraria — digo, falando sério. — É difícil saber exatamente quanto tempo terei quando as aulas começarem, mas talvez nos finais de semana ou quando precisarem. Na verdade, isso também me ajudaria a continuar construindo um portfólio.

— Fabuloso — diz Amina, sorrindo e apertando meu ombro.

— É um sonho trabalhar com você — acrescenta Mona.

Tilly olha para nós, as pernas balançando. Ela está desconfortável.

— O que nos leva a você — diz Mona, virando-se para Tilly. Ela começa a morder o lábio.

Mona olha para a irmã por um longo momento e depois sorri para ela. É o sorriso mais brilhante que já vi em Mona.

— Estou muito orgulhosa de você, Tilly — diz Mona, estendendo o braço por cima da mesa e segurando sua mão. — Você teve tantas ideias boas. Fez um excelente trabalho nos ajudando a construir um *site* e uma *newsletter* divertidos e emocionantes, que conversam com pessoas de sua idade. Eu me odeio por tê-la subestimado tanto como fiz, mas você tem sido um grande trunfo para esta equipe.

Tilly pisca rapidamente para Mona, mas não diz nada.

Mona limpa a garganta.

— E, se estiver interessada, gostaríamos de torná-la uma funcionária oficial da Ruhe. Já vou avisando, o salário com certeza será uma merda enquanto tentamos conseguir capital, e não será o trabalho mais glamoroso do mundo, mas poderíamos descobrir uma maneira de coordenar com você os vistos de trabalho ou algo semelhante, se quiser ficar em Londres. Ficar conosco.

Tilly para de piscar e encara Mona com olhos arregalados e assustados. Depois, começa a chorar.

— *Sério?* — ela soluça. — Está falando sério?

— Claro, meu amor — diz Amina, a voz suave e reconfortante. — Seria uma honra para nós.

— E eu poderia ficar em Londres?

Mona assente.

— Pode ficar comigo durante um tempo, enquanto resolvemos as coisas.

— Ou comigo — diz Amina. — Tenho um apartamento de dois quartos, caso enjoe do sofá.

Tilly respira fundo, ofegante. Em seguida, salta da cadeira e dá o abraço mais entusiasmado do mundo em Mona.

— Sim — Tilly diz, a voz alta o suficiente para que outros clientes comecem a olhar para nós. — Muito obrigada.

Espere... certo... espera um pouco. As coisas estão acontecendo muito rápido. Muito rápido.

Mona acabou de oferecer um emprego a Tilly. Um emprego de verdade. Em Londres.

Puta que pariu!

Londres. Tilly.

Tilly tem um emprego em Londres.

Eu moro em Londres.

— Ah, meu Deus — deixo escapar, piscando para Tilly, depois para Mona e Amina. — Tilly, você vai ficar em Londres.

Tilly, com o refinamento que lhe é característico, pega um guardanapo e assoa o nariz nele, depois sorri.

— Parece que não vai conseguir se livrar de mim — diz ela, contornando a mesa e me abraçando.

Eu a aperto em resposta.

— Contou para mamãe e papai? — Tilly pergunta a Mona.

— Ainda não. Achei que seria uma surpresa divertida contar quando ela estiver aqui na próxima semana.

Tilly assente, balançando um pouco para a frente e para trás.

— E, hã, isso não é assim... um emprego por sentirem pena de mim, é?

O rosto de Mona se enruga.

— Tilly, não. Claro que não. — Ela estica o braço sobre a mesa, segurando a mão da irmã. — Quero dizer, em um nível egoísta, estou animada por tê-la mais perto de mim e passar mais tempo com você? Claro. Mas você tem muito a oferecer. É uma sorte para a Ruhe ter você.

Tilly esfrega o rosto com gestos furiosos enquanto um sorriso gigante brilha em seus lábios.

— Temos mais uma surpresa — diz Amina, sorrindo para Mona.

Tilly abre a boca, provavelmente para fazer mais uma insinuação sobre o relacionamento delas, mas Mona aponta para ela.

— Não! — ela diz, brava. Tilly fecha a boca.

— Vamos levá-los para a praia — diz Amina, batendo palmas. — Como agradecimento pelo trabalho que vocês dois fizeram. Os próximos quatro dias serão apenas para descanso e relaxamento.

— Que praia? — pergunta Tilly, os olhos ficando quase selvagens com a excitação instantânea.

— Uma pequena cidade nos arredores de Marselha — diz Mona.

Tilly olha para mim com uma sobrancelha arqueada.

— Sul da França — digo a ela, e seu sorriso é mais adorável do que qualquer paisagem que veremos nesta área idílica.

— *Hein hein hein. Baguette. Oui oui* — Tilly diz com um sotaque francês horrível e exagerado enquanto finge desmaiar, desabando na cadeira.

Mona revira os olhos, mas não consegue esconder o sorriso que surge.

— Nosso trem sai no sábado — diz ela, tomando um gole de vinho. — Recomendo que aprimore seu francês enquanto isso.

CAPÍTULO 36

Trabalhar é um Saco

Tilly

Para ser bem honesta, minha nova posição na Ruhe não é exatamente o emprego dos sonhos. Mona me obrigou a começar a trabalhar no dia seguinte ao jantar. Meu cargo é de assistente executiva, o que parece tão pretensioso que meus olhos quase caíram do rosto quando ela me contou.

Mas é muito trabalho administrativo, cheio de detalhes. Cuidar da agenda, fazer atas de reuniões, redigir *e-mails*, responder a *e-mails*, encaminhar *e-mails*... tantos *e-mails* (gritos de desespero em *Espero que este* e-mail *o encontre bem!*).

Mas é um emprego — que me mantém em Londres, pelo menos —, e isso é tudo o que importa... certo?

Além disso, ainda posso escrever a *newsletter* e algumas das descrições de cores — embora tenha sido necessária uma boa dose de persuasão para que Mona concordasse com uma sinopse bastante cheia de insinuações com uma berinjela-roxa —, então consigo exercitar um pouco o músculo da escrita. Acima de tudo, estou me sentindo útil. Ajudo Mona e Amina a alcançar o sonho *delas*, mesmo que esse papel não seja necessariamente meu.

E não vou reclamar de um emprego que me remunere, em especial se me der a chance de morar perto de Oliver. Nós nunca tínhamos discutido isso, mas eu sentia o medo sombrio e iminente de que, se tivesse de voltar a Cleveland, isso significaria o fim do que temos. Quero dizer, que cara de 18 anos iria querer uma namorada que mora em um país diferente? Seria uma bagunça, e Ollie não lida bem com bagunça.

Mas agora isso está fora de questão, e estamos felizes com nosso futuro.

— Pegou tudo? — pergunta Ollie, fechando o zíper de sua mala perfeitamente arrumada, sabendo muito bem que 80% das minhas coisas ainda estão espalhadas pelo quarto do hotel.

— Nunca me senti tão organizada em minha vida — minto, mostrando a língua para ele, que me lança um olhar cético e me faz rir.

Começo a andar pelo quarto, tentando descobrir por onde começar. Costumo tirar tudo da mala quando chego a algum lugar. Se não consigo ver, é como se não existisse, e meu cérebro funciona melhor quando consigo visualizar o que tenho. No entanto, isso não me ajuda em nada quando se trata de colocar tudo dentro de novo.

Dou voltas em torno de pilhas de roupas em um canto e de sapatos em outro. Joias baratas espalhadas aqui. Maquiagem ainda mais barata por lá.

Não é de surpreender que minha caminhada sem rumo acabe se transformando em uma marcha — um estímulo em resposta à nuvem sobrecarregada que paira sobre minha cabeça.

O que me surpreende é perceber que Ollie também anda de um lado para o outro, os dedos tamborilando na lateral do corpo e o rosto marcado por profunda concentração. Isso me faz parar, um pequeno sorriso aparecendo em minha boca. Somos dois tornados neurodivergentes rodopiando neste quarto de hotel.

Na próxima vez que ele passa por mim, agarro sua mão, puxando-o para perto do meu peito enquanto o envolvo em um forte abraço. Ele fica tenso — ondas curtas de estresse irradiam de seus ombros —, depois cada músculo em seu corpo relaxa como um elástico que acabou de ser liberado. Ele retribui meu abraço.

— Você está bem? — pergunto contra seu peito.

Sinto-o assentir no topo da minha cabeça.

— Fiquei um pouco preso em pensamentos — diz ele. — Sobrecarregado.

— Notei — digo, me afastando. Pego a mão dele e dou um beijo rápido em sua palma. O sorriso que cresce nos lábios de Ollie é mais bonito do que uma rosa abrindo as pétalas para o sol de verão. — Mas sabe o que dizem.

Ele ergueu a cabeça querendo saber.

— Casais que passam por *stims*[3] juntos permanecem juntos.

Ollie fica em silêncio por um momento, depois ri tanto que começa a arfar. Não há nada, *nada* neste mundo que eu ame mais do que fazer Oliver rir.

— No que está pensando? — pergunto quando sua risada cessa, entrelaçando meus dedos nos dele.

Oliver solta um suspiro, passando a mão livre pelo cabelo.

— Uma mudança no ambiente me deixa um pouco nervoso à medida que vai se aproximando.

---

3. Estereotipias ou *stims* são movimentos repetitivos bem comuns em pessoas com autismo. Normalmente, acontecem quando a pessoa recebe muitos estímulos ao mesmo tempo e precisa de ajuda para controlá-los e lidar com determinada situação. (N. do Ed.)

— Não gosta de viajar, então? — pergunto.

— Não, eu gosto — diz ele. — Gosto mesmo. Mas as mudanças são uma batalha, mesmo quando estou entusiasmado com elas. Levo tempo para me adaptar a novos lugares. Ou mesmo só de pensar neles. E hoje, enquanto eu fazia as malas, acho que comecei a perceber que as aulas começariam em breve. E serão mais novos ambientes para conhecer. E pessoas e interações sociais. Acho que... — Ele solta outro suspiro. — Acho que estou um pouco nervoso.

Meu coração insufla como um balão no peito, e volto a apertar Oliver, envolvendo meus braços ao redor dele como uma víbora agressiva (e tão amorosa).

— Eu vou, literalmente, matar qualquer um que lhe cause algum problema.

Oliver ri e tenta se afastar para me olhar, mas eu o aperto com ainda mais força. Ele logo desiste.

— Você seria uma ótima guarda-costas — ele fala. — Com todo esse seu um metro e setenta. Mas não estou necessariamente preocupado com alguém me fazendo, não sei, *bullying* ou algo assim. Não posso controlar como as pessoas agem; Deus sabe que não posso prever isso. É mais o desconhecido que vem com a mudança. A quebra da minha rotina. Preciso de um pouco de tempo para entender tudo isso. Me preparar para o que está por vir para conseguir acomodá-lo.

Por fim, o libero do meu aperto de amor mortal.

— Entendo isso, acho — digo, cutucando as unhas. — Minha luta consiste em pensar e organizar tudo o que envolve uma mudança. Tipo, as etapas que preciso seguir para chegar lá. Se é que isso faz algum sentido.

— Faz — diz Oliver. — Falando nisso, você quer ajuda para organizar... — Ele gesticula de modo vago para o caos das minhas coisas ao redor.

— Meu Deus, Oliver. Você com certeza sabe como fazer uma garota ficar a ponto de desmaiar — digo, me abanando.

Ele fica vermelho-brilhante e é tão fofo que eu poderia morrer.

Começo tentando ajudar Ollie a me ajudar a fazer as malas, mas acabo atrapalhando seu sistema de organização, e ele me dispensa.

Faço mais algumas coisas para Amina e Mona antes de nossas férias, e isso acaba usando muito mais banda larga do meu cérebro do que eu esperava. Quando termino, meu banco cerebral parece esgotado e tudo o que consigo fazer é me enrolar na cama. Odeio essa sensação — como se alguém tivesse me conectado a uma intravenosa e drenado minha energia. Senti muito isso esta semana.

Oliver, por outro lado, parece tão animado e energizado quanto um viciado em adrenalina depois de um salto de paraquedas.

Passamos o resto da noite assistindo a um filme, abraçados com força.

Estar com Ollie me faz sentir tão segura. Tão livre.

E é por isso que a sensação incômoda enterrada na base da minha garganta, que tenta subir e arranhar o fundo da minha mente quando não estou me movendo, não estou fazendo nada, me assusta muito. Tenho o garoto dos meus sonhos e um emprego que me permite ficar perto dele... então, por que não me sinto cem por cento feliz?

CAPÍTULO 37

Você, Eu e Nós

Oliver

Mona e Amina alugaram um pequeno chalé antigo, não muito longe da praia. Suas pedras claras mantêm todo o calor do sol, e cortinas de renda branca balançam a cada brisa que entra pelas janelas abertas. Os pisos são de madeira desbotada e envelhecida, cada degrau rangendo ao se subir para o segundo andar.

É perfeito.

Passamos nosso primeiro dia explorando a pequena cidade costeira. Tilly e eu caminhamos quilômetros pela praia, e ela para em todas as poças da maré ao longo do caminho para se maravilhar com a arquitetura oceânica criada lá dentro.

— Adoro isso aqui — declara Tilly enquanto observamos o pôr do sol abraçados na areia.

— Amo você. — As palavras escapam com muito mais facilidade do que eu esperava. O corpo de Tilly fica tenso por um momento, mas depois ela vira a cabeça para mim, os olhos arregalados e vulneráveis, a luz do sol fraca refletida em suas íris cinzentas.

— Está falando sério? — ela sussurra.

Confirmo com a cabeça, as palavras ficando presas na garganta, mas continuo:

— Já faz um tempo que te amo, acho — digo, esfregando uma das mãos na parte de trás do meu pescoço aquecido. — Enfim encontrei o nome do sentimento.

Tilly engole e depois lambe os lábios.

— Eu também te amo — ela diz. — Muito. — Enfatiza isso com um beijo que envia faíscas de energia pelo meu estômago.

Nós nos viramos, observando os últimos minutos do sol no dia, o céu de um vermelho quase violento com faixas violeta e laranja.

No último momento, me inclino para trás, capturando a silhueta de Tilly emoldurada pelo céu vibrante, mechas de seu cabelo erguidas e onduladas ao vento.

O céu gostaria de ser tão lindo quanto Tilly Twomley.

De volta ao chalé, algumas horas depois, Tilly está enrolada em mim, dormindo pacificamente, enquanto olho para a foto.

Não edito nem ajusto, tampouco rotulo cada cor que vejo. De alguma forma, são todas uma só.

Abro o Instagram e subo a foto.

Essa cor aqui, digito, **é amor**.

> À primeira vista, é brilhante. Chocante, quase.
> Entra instantaneamente sob sua pele e veias.
> Seu impulso é piscar e procurar algo mais

seguro. Mas esse não é o objetivo de uma cor como essa, não é mesmo? Não. Você se aproxima mais um passo. E, num ângulo diferente, a cor se transforma. É suave. Convidativa. Pede que você se aproxime ainda mais. E você vai e volta, sentindo-se abalado e confortado. Como se estivesse em segurança na cama ou em queda livre pela estratosfera. Sente-se confortado, emocionado e aterrorizado. E é por isso que se torna sua favorita. Porque a vida é muito chata sem as grandes variedades que esta cor contém.

No nosso segundo dia no mar, continuamos nossa exploração até encontrarmos uma enseada escondida entre paredes íngremes de rochas, com mar quente e areia ainda mais quente. Estendemos a toalha e tiramos os sapatos.

— Tenho uma confissão a fazer — diz Tilly, virando-se para mim de forma abrupta.

— O que foi?

— Roubei algo seu.

Meus olhos se arregalam um pouco, o que faz Tilly rir.

— Você me roubou?

Ela vasculha a bolsa.

— Um roubo temporário — diz ela. — Porque eu... hã... sempre tive a intenção de te devolver.

Ela estende a mão, deixando cair um fino quadrado prateado na minha palma. Demoro um instante para reconhecer que é uma camisinha do... hã... pacote de cuidados que Cubby me deixou.

Olho para aquilo por um momento, meus olhos se arregalam ainda mais, depois meu olhar se volta para Tilly.

— Quer fazer sexo comigo?

O rosto de Tilly explode em manchas vermelhas, e ela solta uma gargalhada.

— Sim — ela diz, olhando para mim. — Eu quero. Eu... hã... nunca fiz isso antes, então...

— Eu também não — apresso-me em dizer.

— Então você... quais são suas considerações sobre o assunto? — ela pergunta, arrastando o pé na areia.

Inclino a cabeça para trás, olhando para o céu azul-celeste, depois engulo em seco, a felicidade amarelo-brilhante rodopiando em meu organismo.

— Acho que não há ninguém no mundo com quem eu preferiria compartilhar este momento. Acho... bem, acho que meu coração é seu e meu corpo também, quando estiver pronta.

— Estou pronta — sussurra Tilly.

— Posso... Posso tocá-la? — pergunto.

— Céus, é claro que pode — Tilly fala, alto e rápido.

Há um momento de silêncio quando detenho minha mão estendida.

Então nós dois caímos na gargalhada.

— Alguém está bastante entusiasmada — digo, num misto de risada, enquanto minha mão descansa na lateral do corpo dela, os dedos espalhados em suas costelas, puxando-a para mais perto de mim.

— Você não tem ideia — responde Tilly, franzindo o nariz enquanto inclina a cabeça e sorri para mim.

Esse sorriso faz parecer que a luz do sol corre em minhas veias e pequenos relâmpagos atravessam meu peito, chegando até as pontas dos dedos.

— Posso tocar você também? — ela pergunta.

Concordo tão rápido que minha cabeça parece um borrão.

— Pode.

E ela toca. Mãos ávidas mexem no meu cabelo. Queixo. Ombros. Peito. Toco suas costas, espelhando seus movimentos, até que minha palma repousa sobre a batida constante de seu coração, como a dela faz com o meu. Ela se aproxima mais e quero que seu pulso fique marcado na minha pele.

Abaixo-me até a ponta do meu nariz tocar o dela, esfregando-o duas vezes e sorrindo.

Tilly sorri também, depois me beija, ficando na ponta dos pés e jogando os braços em volta do meu pescoço.

Minhas mãos começam a vagar de novo, movendo-se lenta e levemente pelas laterais do corpo de Tilly, pelas costas. Um toque leve contra seus quadris.

E Tilly — mestra em me manter alerta como ela é — solta uma combinação levemente aterrorizante de um guincho e uma buzina, gritando:

— Pare!

Dou um pulo para trás e Tilly balança para a frente, desequilibrada.

— Qual é o problema? — pergunto, olhando para ela com os olhos arregalados.

Ela passa as mãos pelos cabelos como se quisesse arrancá-los.

— Nada! Nada — diz, tentando pressionar o corpo contra o meu mais uma vez.

Agarro os ombros dela, segurando-a com os braços estendidos, enquanto lhe lanço um olhar que, espero, deixe claro que não farei mais nada até que ela fale comigo.

Sem conseguir me encarar... ela morde o lábio inferior.

— Não é você — ela diz por fim, a cabeça baixa. — Não sei exatamente como explicar, mas com certeza não é você.

— Certo — digo, usando meus dedos para levantar gentilmente seu queixo. — Mas estaria disposta a tentar encontrar palavras para isso? Para que eu possa aprender?

Tilly fecha os olhos e sorri levemente, dando um passo em minha direção e apoiando a cabeça no meu peito.

— O toque suave faz minha pele... — Ela se contorce inteira. — Não gosto disso — ela diz por fim. — Adoro toques firmes. Abraços fortes. Coisas assim sempre são ótimas. Mas toques suaves ou cócegas fazem minha pele se arrepiar e, de novo, não tem nada a ver com você, é uma coisa minha, mas a sensação é realmente avassaladora, e então sinto um choque estranho e...

Minhas mãos se movem de seus ombros, de volta aos quadris, agarrando sua bunda com algo que só poderia ser descrito como um entusiasmo determinado. Tilly respira fundo e depois ri.

— Assim está melhor? — pergunto, olhando para ela com uma expressão completamente séria, ainda apertando sua bunda. Tilly ri ainda mais, envolvendo os braços ao meu redor.

— Perfeito.

Nós nos tocamos, risadas nervosas se transformando em suspiros compartilhados. Sorrisos se transformando em beijos e lábios entreabertos.

Perguntamos o que é bom. Contamos o que não funciona. Somos bocas famintas. Mãos desajeitadas.

Estamos cheios de mais ternura e confiança do que grãos de areia na praia onde nos deitamos.

Esforço-me para ser o mais gentil possível em meio à minha falta de jeito.

E Tilly também. Cada toque parece adorável. Especial.

Então ambos ficamos um pouco frenéticos, o peito arfando enquanto nos movemos juntos. Mais perto.

Linda, terrível e magnificamente perto.

— Você está bem? — pergunto, minha mão tremendo um pouco ao levantar seu queixo; os olhos dela estão fechados, a testa franzida.

Sinto-a relaxar depois de respirar fundo e, quando olha para mim, algo selvagem e maravilhoso se forma entre nós.

O sorriso de Tilly é simplesmente radiante quando ela estende a mão e enfia os dedos no meu cabelo. Seguindo pelo meu pescoço. Pelos meus ombros.

— Estou ótima — diz ela, inclinando-se para me beijar.

— Tenho que concordar — digo com um pequeno suspiro.

Nós dois rimos como os idiotas apaixonados que somos.

Na sequência, ficamos de mãos dadas, deitados no cobertor e olhando para o céu devastadoramente azul. Estendendo o braço, coloco a cabeça de Tilly contra meu peito, beijando seu cabelo. Sinto o cheiro familiar de sua pele misturado ao ar salgado do mar. Ficamos assim por um tempo, preservando nosso momento infinito de perfeição. Fios dourados de felicidade nos unindo.

CAPÍTULO 38

Melhores Amigos

Oliver

— **Não viemos** até aqui para ver vocês dois dormindo — uma voz, que soa perturbadoramente igual à da minha irmã, interrompe meu sonho de praias quentes e beijos suaves.

— Levantem-se — diz outra voz, me acordando por completo com um empurrão.

— Ah, Marcus, *não.* Eles ficam tão fofos abraçados.

Isto é...

Sento-me, esfregando os olhos e piscando com rapidez enquanto Marcus, Micah, Cubby e sua banda vão entrando em foco ao redor da cama excepcionalmente pequena em que Tilly e eu estamos espremidos.

Demoro mais um pouco até perceber que não estou vestindo camisa.

— O que estão fazendo aqui? — pergunto, lutando para puxar o edredom sobre o peito como uma mãe escandalizada.

— Surpresa! — Micah comemora, esticando os braços.

— Vocês estão aqui! — Tilly grita, bem perto do meu ouvido, enquanto se senta também.

— O que... você sabia disso? — pergunto, virando-me para ela.

— Tilly *planejou* isso — diz Darcy, avançando para dar um abraço em Tilly. As duas caem de volta no colchão com um grito e sou efetivamente empurrado para fora da cama.

Tentando me sentar em uma posição mais digna no chão, encosto-me na parede. Estou um pouco impressionado com esta, hã, surpresa e a comoção resultante. Cubby percebe, pressionando as costas contra a parede e deslizando para se sentar no chão comigo enquanto Micah, Marcus e Harry lutam por um espaço para olhar pela janela a nossa vista deslumbrante.

— Tilly achou que seria uma boa surpresa para você ter todos os amigos por perto. Uma espécie de comemoração de fim de verão — diz Cubby, apoiando a cabeça no meu ombro. — Ela perguntou para Mona e Amina se não teria problema e depois me ligou para contar tudo. Eu coordenei o resto.

Um suspiro de alívio sai do meu peito. Certo. Muito bom. Fatos e explicações ajudam. E agora posso me concentrar no fato de que todas as minhas pessoas favoritas no mundo estão exatamente neste mesmo e lindo lugar. Olho para Cubby e abro um sorriso.

— Não acredito que estão todos aqui — digo, olhando ao redor da sala. Então franzo a testa. — Onde está Connor?

Sinto os ombros de Cubby ficarem rígidos, mas depois ela dá de ombros.

— Não sei. Ele não é mais problema meu.

Minha testa fica ainda mais franzida.

— Vocês terminaram de novo?

Cubby dá de ombros mais uma vez.

— Estamos dando um tempo.

— O que isso significa?

— Significa "cuide da sua vida", Oliver.

— Significa que ele não está mais no Tongue-Tied?

— Oh, meu Deus, Oliver, não nos chamamos mais Tongue-Tied — diz Darcy da cama. — Essa é uma era que ficou totalmente no passado.

— Isso foi no mês passado!

— Agora nos chamamos Ivan on My Mind — diz Cubby, olhando para mim como se eu fosse incrivelmente estúpido por não acompanhar as mudanças diárias de nome de sua banda.

— Quem é Ivan? — pergunto, meu olhar passando de Cubby para Darcy, e dela para Harry, que veio da janela.

— ... O quê?

— Quem é Ivan?

Os três Ivans se entreolham perplexos, como se eu tivesse pedido que traduzissem todas as suas músicas para o português na hora.

— Não pense demais — Cubby diz por fim, deixando pra lá minha pergunta.

— Adoro *muito* toda essa conversa — diz Micah, entrando no centro do grupo. — Mas poderíamos fazer isso, tipo, na praia? Sob o sol?

Tilly sai da cama e mergulha na mala.

— Gosto da maneira como você pensa — diz ela, parando apenas tempo suficiente para dar abraços em Marcus e Micah. — A propósito, é ótimo enfim conhecê-los pessoalmente — diz, dando um sorriso para os dois. — Agora, vamos para a água.

Passamos o dia na praia, alternando entre descansar na areia e mergulhar na água. Passo a maior parte do tempo no mar, adorando a forma como a água azul-marinho é tão reconfortante quanto um abraço enquanto flutuo, segurando a mão de Tilly.

Quando a noite cai, toda a energia drenada pelo sol sem fim é substituída por uma tranquilidade adorável e abundante. Para todos nós, exceto Tilly. Ela parece ter absorvido toda a luz solar e agora a reflete de volta para nós, nos fazendo rir enquanto conversa durante o jantar na cidade.

— Ah, meu Deus, eu a amo — Cubby sussurra para mim, depois que Tilly conta uma história particularmente ridícula sobre destruir os arbustos imaculados do vizinho depois de tirar sua carta de motorista.

— Eu também — sussurro em resposta; em seguida, estendo a mão, entrelaçando meus dedos nos de Tilly e segurando a mão dela por baixo da mesa.

Parte de mim deseja poder capturar esse momento em uma fotografia, observá-la várias vezes de todos os ângulos, até que todos os detalhes, cores e formas fiquem impressos como uma tatuagem em minha mente. Mas sei que uma foto não faria justiça. Não capturaria esse brilho quente e brilhante em meu peito. O zumbido suave em meus braços e pernas. A quietude confortável em minha cabeça.

Não faria justiça à risada de Tilly ou ao modo como minha irmã sorri. As palavras não ditas em cada olhar que Marcus dá a Micah.

Este momento é mais do que qualquer imagem poderia capturar.

E é nosso.

CAPÍTULO 39

Paris, sua Mocinha Volúvel

Tilly

Passei a associar o toque específico que meu telefone faz quando recebo um *e-mail* com decepção e rejeição. É uma montanha-russa selvagem de emoções em que, ao primeiro trinado da nota sintetizada, minhas esperanças *disparam* e gasto todas as energias do meu cérebro sem chegar a lugar nenhum dizendo *Meu Deus, é isso, é isso*. Então, um quarto de segundo depois, lembro que esse toque, segundo minha experiência, significa uma má notícia. É uma rejeição de um dos empregos para os quais me candidatei. Uma recusa breve, mas gentil, da proposta de um artigo. E depois fico tão tomada pelo terror, que tenho de me trancar no banheiro e me acalmar por uns bons sete minutos antes de poder abrir o *e-mail*.

Mas o assunto do que acabei de receber, o celular na palma da mão úmida enquanto me agacho no banheiro do andar de cima, cria uma nova onda de emoções que me atravessa, me incendiando.

Inscrição na *Ivy* — Podemos marcar uma hora para conversar?

Com o polegar trêmulo (e tragicamente suado), abro o *e-mail.*

Olá, Tilly.

Aqui é a Ellen Yu, da *Ivy Online.* Gostaria de entrar em contato com você para falar sobre alguns de seus artigos, se puder. Agora é um bom momento? Caso não possa, quando estará livre esta semana?

Reli a mensagem umas quarenta vezes antes de gritar e jogar o telefone na pia. Fico feliz que todos — menos Oliver, que está ficando um tempo sozinho para recarregar as energias no jardim dos fundos — tenham ido à cidade, assim não vão perguntar por que estou gritando como uma alma penada.

Levanto-me e começo a andar. Certo. Isso é um pouco assustador. Será que essa Ellen está querendo me dizer — *por telefone* — que não vou conseguir o emprego? Que meus textos são uma merda? Será uma maneira bastante cruel de me rejeitar? E, me desculpe, mas quem ainda fala *pelo* telefone? Ela não pode me dar de três a cinco dias úteis, mais frete e envio, para responder digitalmente a tudo que tem a dizer?

Talvez ela tenha mesmo gostado dos seus textos, uma voz gentil sussurra no fundo da minha mente.

Paro de andar.

Por que isso é tão assustador quanto pensar que é uma rejeição? Mastigo as cutículas, me viro e olho para a pia, onde está o celular. Devagar, como se me aproximasse de um explosivo, vou até ele, pego e começo a digitar.

Olá, sra. Yu! Agora é um ótimo momento para conversar, se ainda estiver disponível, digito, adicionando meu número antes de clicar em *enviar*.

Estou roendo as cutículas de novo quando chega uma ligação de um número desconhecido alguns minutos depois.

AI MEU DEUS! AI MEU DEUS! AI MEU DEUS! OK... EU NÃO CONSIGO FAZER ISSO!

Respirando profundamente, aceito a chamada.

— Alô? — digo, voltando a caminhar no pequeno espaço.

— Oi, Tilly? É a Ellen. Que bom que conseguimos nos conectar. Como você está?

Uma risada nervosa escapa da minha garganta seca.

— Ótima! — digo, alto demais. — E você, como está?

— Muito bem, obrigada — diz ela com um forte sotaque francês. — Ouvi dizer que temos conhecidos em comum, embora por muitos graus de separação — diz ela de modo gentil.

Solto outra risada. Oh, meu Deus, preciso me acalmar.

— Sim, estou seguindo a árvore genealógica, você é prima em segundo grau da amiga do colega de banda da irmã gêmea do meu namorado...

Meu estômago revira um pouco quando Ellen ri.

— Algo assim. Mas o fato é que vi sua candidatura para o cargo de assistente editorial e queria conversar com você sobre isso.

Emito um som gutural bizarro que sai mais ou menos como "Oh

hmmggmmuu?", o que Ellen, felizmente, interpreta como um incentivo para continuar.

— Não tenho certeza se nos conhece bem, mas sou uma das fundadoras da *Ivy*, uma revista *on-line* relativamente nova. Nossos artigos abrangem desde resenhas de livros até saúde reprodutiva, defesa dos direitos trans, humor em geral e conteúdo sobre gatos. Nosso objetivo é criar um espaço na internet para que as pessoas se sintam confortáveis e verdadeiramente se vejam no conteúdo que produzimos, ao mesmo tempo que se sintam empoderadas para existir tal como são.

— Amo gatos — deixo escapar. Uau! Realmente adicionando algo relevante à conversa.

Ellen ri mais uma vez.

— Ótimo. Nossa equipe é composta quase inteiramente de amantes de gatos. Você se encaixaria com perfeição.

Dou risada também, e agora é um som ofegante de pânico.

— Mas estou ligando — continua Ellen — porque queria ver se ainda está procurando trabalho ou se alguém já te contratou.

Limpo a garganta e tento conter a sensação de vômito e o nervosismo que sinto subir do meu estômago. Não sei o que falar. Minha mente fica incrivelmente vazia.

Tenho um emprego. Um bom emprego. Mas, por alguma razão, em vez de dizer isso a Ellen, falo: "Ainda estou procurando, sim", o que de fato espero que pareça maduro e que soe como se eu fizesse alguma ideia do que estou falando.

— Tenho escrito como *freelancer* também. Principalmente para revistas de viagens.

— Fabuloso — diz Ellen. — Comecei a ler suas postagens no Babble. Com certeza parece que suas aventuras de verão lhe renderam muito assunto.

— Algumas poderiam ser mais bem classificadas como desventuras — digo, esperando parecer espirituosa, e não como se estivesse suando tanto a ponto de precisar trocar de camisa. E de calcinha. Graças a Deus, tenho muitas.

Ellen ri, e parece genuíno.

— Fiquei especialmente atraída pelo seu ensaio sobre viajar tendo TDAH e alguns dos obstáculos que isso apresenta. Como você lidou com isso.

Isso faz minha respiração parar.

— É-é mesmo?

— Ah, sim. A saúde mental e a criação de nossos próprios espaços de segurança no mundo são um tópico importantíssimo — afirma Ellen. — Que está ganhando mais discussão pública. Ainda falta muito para acabar com os estigmas, mas tenho esperança.

Concordo com a cabeça, mesmo que ela não consiga ver, sentindo-me ao mesmo tempo assustada e emocionada com o que ela diz.

— Para ir direto ao ponto, adorei seu currículo — continua Ellen. — O cargo estaria ligado diretamente a mim. Neste ponto, é provável que o trabalho acabaria sendo mais em tempo parcial do que em tempo integral, mas imagino que, à medida que continuarmos crescendo como mídia, o trabalho vai aumentar. É certo que alguns aspectos são tarefas administrativas pouco glamorosas que acompanham a função: agendamento de conteúdo, texto do anúncio, organização de reuniões e eventos, mas a função também envolveria escrever com regularidade para o *site*, e tentamos ser o mais flexíveis possível, permitindo que a equipe escreva para diferentes seções editoriais, se desejar.

Estou me sentindo um pouco perdida aqui e não consigo pronunciar nenhuma palavra.

Depois de um estranho silêncio, Ellen continua:

— O que quero dizer é que adoraria te oferecer o emprego. Imagino você escrevendo uma coluna regular sobre a realidade de ser uma mulher da Geração Z navegando na entrada da idade adulta e sendo neurodiversa. Claro, existem muitos ângulos e abordagens para um tópico tão amplo e significativo, mas para começar, pelo menos, poderíamos estreitar a lente para questões específicas que dialoguem com você.

Mais silêncio constrangedor enquanto tento processar isso.

— Espere... está falando sério? — consigo soltar. Uau! Tão profissional.

— Claro — diz Ellen, dando outra risada ressonante. — Você é muito espontânea em relação a si mesma. Uma vulnerabilidade franca que acho que vai repercutir nos leitores.

— Eu... Realmente não sei o que dizer. Obrigada. De verdade — deixo escapar por fim.

— Se puder ser honesta com você — ela diz depois de um momento, com a voz um pouco mais suave —, também tenho TDAH, e a franqueza com que você discute isso realmente repercute em mim. Passei grande parte do início da minha carreira me mascarando para tentar progredir, até que me cansei e tive que começar do zero. Esse esgotamento foi, em essência, o que levou ao nascimento da *Ivy*, e estou feliz por isso, mas gostaria de ter sido mais honesta sobre minhas experiências. Mais verdadeira comigo mesma.

— Sei o que quer dizer — sussurro, memórias nítidas de cada interação social fracassada, de cada colapso exaustivo por me mascarar com tanta força que nem mesmo me reconhecia, me atingindo de uma vez.

— Não quero que esse ciclo continue — diz Ellen, o tom de voz mais forte. — Acho que precisamos amplificar essas vozes. É isso que pretendemos fazer com cada redator da equipe. É a nossa missão na *Ivy*. E ficaríamos muito felizes em ter você fazendo parte disso. O que acha?

O que *acho*? Minha cabeça está tão cheia de pensamentos agitados e excitados que não sei se existem palavras reais para explicá-los. Quero dizer, isso não é incrível? Tipo... absolutamente gigante? Estão me oferecendo a chance de escrever, o que quero fazer mais do que qualquer outra coisa. Deixar minha mente brincar e se divertir com novos pensamentos, expandindo-se até encontrar algo inteligente, novo e significativo. Fazer com que outros — especialmente os que são como eu — se sintam vistos.

Mas, em termos técnicos, tenho um emprego. Mona ficaria triste se eu aceitasse esse cargo? Eu poderia de alguma maneira manter os dois?

Uma voz em minha cabeça — alta e experiente em dúvidas — logo me diz que não. Não sou organizada o suficiente para fazer algo assim. Nem inteligente o bastante para criar conteúdo para dois empregos. Não sou digna de ambas as oportunidades.

Mordo meu lábio enquanto penso sobre o assunto. Só porque esta voz é mais alta do que aquela que me diz que *consigo* fazer isso, não quer dizer que é verdade. Não tenho que fazer o que ela diz.

— Quando posso começar? — acabo perguntando, fazendo Ellen rir mais uma vez.

— Oh, Tilly, não consigo expressar quanto estou feliz por ouvir isso! Na verdade, teremos uma reunião de equipe na próxima terça-feira, na qual discutiremos nossas metas e visões de final de ano enquanto nos preparamos para o último trimestre, e seria maravilhoso ter você lá.

— Isso seria incrível! — digo, algumas lágrimas ardentes e felizes rolando pelo meu rosto. — Estarei lá.

— Maravilha.

— Oh, espere — digo, percebendo que estou, hã, tecnicamente de férias e, na verdade, não tenho certeza de onde os escritórios se localizam. — Qual é o endereço da empresa? Provavelmente é algo que eu deveria saber.

— Enviaremos a você um *e-mail* com informações sobre a contratação — Ellen diz. — Mas, como tenho certeza de que viu na inscrição, estamos bem no coração da maior cidade do planeta. Paris.

CAPÍTULO 40

Isso Machuca

Tilly

Paris. Paris. Paris.

A cidade, que antes parecia tão mágica e maravilhosa, fica se repetindo em um turbilhão na minha cabeça até não passar de duas sílabas lindas e aterrorizantes.

Eu... acabei de aceitar um emprego em Paris? Paris, *França*? Tipo... como vou trabalhar em Paris?

Uma cidade onde não conheço ninguém.

Sem Mona. Sem Amina.

Sem Ollie.

Como se tivesse sido convocado pelos meus pensamentos tristes sobre ele, Oliver entra na sala e sorri para mim enquanto sento no sofá em um silêncio atordoado. Quando o vejo, me levanto, recuando para um canto do outro lado da sala.

— Oi — digo, minha voz rouca.

— O que foi? — ele me pergunta de pronto, inclinando a cabeça. Caminha em minha direção, mas fica a poucos metros de distância. Odeio esse espaço entre nós. Eu o desprezo.

Engulo em seco. Não faz sentido ficar guardando isso. Estou confusa, exultante e aterrorizada, e, bem, Oliver é a única pessoa no mundo com quem quero conversar a respeito.

— Eu... consegui um emprego — digo, olhando para o celular.

— Eu sei — diz ele, franzindo as sobrancelhas. — Estava junto quando Mona fez a oferta.

— É outro emprego — falo devagar, olhando para ele e depois para longe. — É... bem, nem mencionei isso porque pensei que era um tiro no escuro, mas é um emprego ao qual me candidatei porque Darcy e Cubby insistiram. Uma amiga da prima da colega de banda de uma amiga... seja como for, é para trabalhar como assistente editorial de uma revista *on-line*.

— Oh... — fala Oliver, parecendo confuso. — Você vai aceitar?

— Eu... — Minha garganta parece em carne viva. Meio que já aceitei, não é? E tudo parece tão confuso e tão rápido, e tão... — O emprego é em Paris — acrescento com rapidez.

Oliver parece tão confuso como se eu tivesse dito a ele que é em Marte.

— Mas não é... Londres — ele fala por fim, passando o polegar pela testa. Não sei o que esperava, mas poderia ter sido algo um pouco mais entusiasmado do que isso.

— Eu sei — respondo. — O que... — Tenho medo de perguntar, estou aterrorizada, mas a pergunta é inevitável. — O que está pensando?

— Que Paris com certeza não é Londres — reitera Oliver. Eu riria se a fixação dele nesse detalhe não abalasse profundamente meu coração.

Fico em silêncio enquanto olho para ele. Oliver me olha em resposta, franzindo a testa como se estivesse diante de um enigma insolúvel. Como se não conseguisse ver uma solução para um problema enorme jogado em seu colo.

— Eu vou aceitar — sussurro. Ele não reage. Está congelado.

E, para mim, é quando me toco.

Ele não quer uma namorada que more em outro país. Quem iria querer isso? Nada além de quilômetros, fusos horários, passagens aéreas, ligações perdidas e inevitáveis corações partidos. Por que ele iria querer essa dor de cabeça? A bagunça inevitável?

Uma lágrima quente rola pelo meu rosto, mas eu a enxugo, piscando para evitar qualquer outra.

— Entendi — digo por fim, forçando um sorriso que cria uma rachadura no centro do meu peito.

— Entendeu o quê? — pergunta Oliver, ainda me olhando daquele jeito.

— Que Paris não é Londres — sussurro. — Não estarei na mesma cidade que você. E entendo o que isso significa para nós. O que está pensando.

— Por favor, me esclareça — Oliver diz, esfregando as têmporas e parecendo genuinamente desesperado.

Limpo a garganta e endireito os ombros.

— Nosso verão será sempre, *sempre* o momento mais feliz da minha vida — digo.

Oliver assente.

— E, hã, estou muito grata a você por acreditar em mim. Por me ajudar a acreditar em mim mesma.

— Sempre acreditarei em você — diz Oliver, com a voz rouca.

Meu sorriso não é nada além de tristeza.

— Este verão foi perfeito. E vamos deixar assim. Preservar esse mundinho perfeito e não o levarmos para sofrer no mundo real.

O rosto de Oliver desaba devagar — bem devagar —, e observo cada linha se formar.

— Nós estamos... Estamos terminando? — ele sussurra. Observo sua garganta se mover enquanto ele engole.

Mais duas lágrimas escorrem dos cantos dos meus olhos. Eu as afasto.

— Acho que sim.

O silêncio de Oliver é, mais uma vez, devastador.

No final, ele concorda.

— Oh — ele diz, os olhos fixos em meu ombro.

Ficamos ali, sem vontade de nos mover, nem de sair deste último momento em que estamos juntos. De estourar nossa bolha feliz para sempre.

Oliver se aproxima de mim como se fosse passar a mão no meu rosto — nas minhas sardas. Mas não sinto o calor de sua pele. Nem mesmo esta última vez. Ele deixa seu toque pairando entre nós.

Depois se vira.

E vai embora.

CAPÍTULO 41

Não Deveria ser Suficiente?

Olíver

A dormência é uma sensação estranha. Sei que, em termos técnicos, significa ser desprovido de sentimentos, mas — embora não seja exatamente um especialista no assunto — acho que o entorpecimento emocional é diferente. É pesado. É vazio. É uma dor opaca. Uma dor delicada.

É algo que preenche de forma tão profunda; não que você não sinta nada, é que você não sente nada de bom.

Saio da casa e desço até a praia, os membros rígidos e desajeitados enquanto me movo. Não sei quanto tempo caminho, mas em algum momento o sol se põe e eu me viro, tropeçando na areia em meio à escuridão até chegar à porta dos fundos do chalé, pensando em como entrar sorrateiramente para que ninguém me veja. Assim ninguém falará comigo. Não tenho capacidade para emitir palavras neste momento.

Tenho sorte — acho — de que, quando entro em silêncio, ninguém parece estar em casa. Subo as escadas, procurando sem rumo algum lugar para deitar. Algum lugar onde eu possa realmente pensar.

Há luz saindo pela fresta sob a porta do quarto que Tilly e eu dividimos. Não quero entrar lá. Todo o restante está ocupando os outros dois pequenos quartos do segundo andar, e o único lugar onde encontrarei paz, encontrarei solidão, é na pequena cama no sótão reformado.

Desço a escada do teto e subo o mais silenciosamente possível, tentando não recuar diante do ar quente e bolorento daqui de cima. Há uma cama, lençóis e travesseiros. É só disso que preciso.

Estou bem, digo a mim mesmo, me escondendo debaixo do edredom e esfregando o punho no peito despedaçado, esperando que a dor passe. Tenho minha família. Tenho meus amigos. Tenho a faculdade que vai começar em breve, as cores e minha câmera.

Isso é mais que suficiente.

Mas tudo o que realmente quero é Tilly.

— Oh, meu Deus, *aí* está você.

Sou acordado, mais uma vez, por Cubby.

Adoraria — realmente *adoraria* — que minha irmã parasse de interromper meu sono. Na próxima sessão de aconselhamento familiar, falarei sobre isso com o dr. Shakil.

Viro-me, apertando um olho para ver Cubby, Marcus e Micah ao redor da minha cama. Solto um gemido.

— Vão embora, por favor — digo, puxando um travesseiro sobre a cabeça.

Cubby o arranca de mim e depois bate no meu rosto com ele.

— Você causou um ataque cardíaco em todos nós, Ollie. Você e Tilly. Faz horas que desapareceram!

Olho para meu relógio.

— Cubby, são três da manhã — digo, olhando para ela com incredulidade. — O máximo que perdi foram algumas horas de jantar. Além disso, por que estão todos acordados?

Os três piscam para mim, os olhos um pouco vidrados.

— Podemos ter ficado fora até tarde demais depois do jantar — diz Micah.

— Bebido vinho um pouco além da conta — acrescenta Marcus.

— Tudo isso é irrelevante — responde Cubby. — Assim que percebemos que não víamos vocês há quase nove horas, ficamos *muito* preocupados.

Todos assentem.

— Estou falando sério — digo, puxando o edredom até o queixo. — Vão embora. Não quero conversar.

— O que está acontecendo? — Micah pergunta. — Tilly está em um estado de angústia semelhante. Darcy tentou falar com ela antes de ir com Harry para a cama.

Uma risada fria e cortante me escapa.

— Essa não parece ser bem a verdade, já que ela terminou comigo — digo. — Ela não quer manter um relacionamento.

Micah engasga.

— O quê? — Cubby diz, sentando na beirada da minha cama. — Ela disse isso? Ela literalmente disse: "Não quero manter um relacionamento com você"?

Mordo o lábio por um momento.

— Bom... não. Mas poderia muito bem ter dito.

— O que aconteceu? — Marcus pergunta, se aproximando.

Explico a conversa do modo mais breve possível, mas ainda fico esfregando o peito onde a dor é tão profunda que não sei se algum dia voltarei a me sentir bem.

— Você disse para ela que *não* quer terminar? — Cubby pergunta, franzindo a testa para mim.

Pisco.

— Hã. Quero dizer... não. Mas ela não perguntou.

— Oliver! — Cubby me dá um soco no ombro. — Ah, seu completo idiota — diz ela, levantando-se e se pondo a andar. — Vocês dois! Quero dizer, *meu Deus*, usem palavras, pessoal. Tudo isso poderia ter sido facilmente resolvido com uma conversa muito simples.

— Porque você e Connor são ótimos em conversar sobre as coisas? — comento.

Cubby para de andar e pisca.

— Eu... Ele... *não* estamos falando sobre meu relacionamento aqui.

— Uma abordagem semelhante à que você e Connor adotam, não?

Cubby atravessa o quarto e me dá outro soco no ombro.

— Ai!

— Ah, quero *estrangular* você, Ollie. Sentado aqui deprimido quando deveria estar se desculpando!

— Me desculpando? Por que deveria me desculpar?

Cubby abre a boca — para dizer algo mordaz, sem dúvida —, mas Micah dá um passo à frente, colocando a mão no ombro dela.

— Oliver, querido — diz Micah (em um tom muito mais gentil do que o da minha irmã). — Você e Tilly conversaram sobre como se comunicam?

Pisco para ela e depois olho para Marcus. Ele dá de ombros.

— Não tenho muita certeza do que isso significa — digo. — Nós usamos... palavras? É isso que está perguntando?

Cubby solta um gemido.

Não sou muito bom em interpretar expressões faciais, mas é difícil não perceber o sorriso de pena que Micah me dá.

— Certo. Acho que é o melhor lugar para começar. — Micah limpa a garganta, e Marcus olha para ela como se fosse todas as estrelas no céu. Meu Deus.

— Oliver, como você gosta que as pessoas falem com você? Que expliquem as coisas para você?

Pisco mais um pouco.

— Com palavras? — repito. Sinto que estou deixando escapar algo nesse exercício inútil.

Cubby solta outro gemido.

— Certo, o que Micah está tentando dizer é que você é autista, certo?

— Sim. — Quanto a isso, pelo menos, posso dar uma resposta contundente.

— Lembra as sessões que tivemos com o dr. Shakil? Nas quais todos conversamos sobre a melhor maneira de nos expressar para evitar mal-entendidos?

— Sim.

Cubby solta um suspiro fundo.

— Lembra-se de como você e eu tivemos que discutir isso por *muito* tempo? Porque não conseguíamos compreender que nos comunicávamos de maneira tão diferente?

Concordo mais uma vez, um nó se formando na minha garganta.

Cubby tinha explicado, com lágrimas nos olhos, como se sentia *frustrada* quando eu não sabia que ela estava zangada comigo. Como se sentia tão magoada quando eu cuidava da minha vida, aparentemente alheio ao seu mau humor silencioso. Isso me fez chorar de frustração também. Como eu poderia saber algo que ela não tinha me contado? Como ela sabia alguma linguagem alienígena de expressões faciais, postura e significados ocultos que eu não conseguia decifrar?

Tivemos que trabalhar nesse assunto durante muitas semanas, e ele ainda surge anos depois, mas desvendar nossas diferenças nos permitiu ficar mais próximos.

Cubby estende os braços e me dá um abraço rápido.

— Esse é o tipo de conversa que você precisa ter com Tilly. É muito bom que vocês se amem e façam o outro feliz, mas não significará nada se não entenderem como o outro se comunica.

Engulo em seco e olho para o chão, tamborilando os dedos.

— E se eu não conseguir aprender como ela precisa que eu me comunique? E se ela não quiser? E se o que eu precisar for muito trabalhoso? E se ela não quiser isso? E se...

Marcus fica na minha frente.

— Me escute — ele diz, apertando meu rosto entre as palmas das mãos até meus lábios se franzirem como os de um peixe —, não vou ficar sentado aqui e deixar você confundir tudo com esse monte de "e se". Você ama a Tilly?

— É claro que amo — digo de forma áspera e meio ofensiva.

— E quer ficar com ela?

Tento balançar a cabeça desta vez, na esperança de parecer pelo menos um pouco mais digno. Tentativa vã.

— Você se importa em morar em cidades diferentes?

— Não — digo, me afastando da pressão das mãos dele. — Vou amá-la, não importa onde more.

— Ótimo — diz Cubby, levantando-se e dando um tapinha no ombro de Marcus antes de colocar as mãos nos quadris. — Agora leve esse seu rabo até a porta dela e diga isso.

CAPÍTULO 42

A Arte de se Desculpar

Oliver

Ficar parado na frente da porta de Tilly é como estar à beira de um penhasco. É assustador, magnífico e faz minhas palmas suarem e meu coração bater com tanta força, que estou preocupado que ele vá saltar do peito.

Posso fazer isso. Consigo bater na porta dela.

A qualquer segundo.

Oh, meu Deus, bata *logo*, covarde! Faça isso já!

Meu discurso motivacional interno enfim faz minha mão se mover, e bato com suavidade.

O rangido das tábuas do piso do quarto poderiam muito bem ser tiros, considerando como reverberam alto em meu peito.

Um momento depois, Tilly abre a porta, inclinando a cabeça um pouco para trás quando seus olhos pousam em mim. Ela olha por um momento e depois diz: "Oi". Funga e passa as costas das mãos no rosto.

— Acho que sou muito ruim falando — deixo escapar, ao mesmo tempo que confirmo minhas suspeitas.

Tilly pisca com rapidez e depois franze a testa.

— O quê? Amo seu sotaque. Quem te disse isso? Estão errados.

Solto um suspiro e passo a mão pelo cabelo.

— Em me comunicar, quero dizer. Acho que sou meio ruim nisso. E queria melhorar. Com você. Se quiser. Tudo bem se não quiser. Mas eu queria, hã, bem, eu acho, comunicar isso a você. Que eu quero me comunicar, hã, melhor. Então... é isso.

Tilly fica em silêncio por um momento, os braços cruzados enquanto olha para mim.

— Vomitar palavras é o que *eu* costumo fazer — ela diz depois de um tempo, me dando um pequeno sorriso, que não alcança os olhos.

Balanço a cabeça, sentindo as palavras ficarem presas na minha garganta mais uma vez. Respiro fundo, tentando libertá-las.

— Acho que nos comunicamos de maneira diferente — digo. — E quero aprender sua língua. Quero que a gente descubra como conversar da melhor maneira possível. Porque, se você vai se mudar para Paris, quero entender você e que você me entenda. E não quero te perder.

Os lábios de Tilly se abrem.

— Você não quer me perder? — ela repete.

Cerro o maxilar, frustrado. Por que não consigo deixar isso claro? Estou ficando todo confuso. Estou fazendo isso errado. Eu...

— Tilly — digo, dando um passo na direção dela e colocando as mãos em seu rosto. Seus olhos estão arregalados. Vulneráveis. Eu a amo tanto que parece inconcebível. — Não queria terminar quando conversamos antes. Não quero terminar agora. Não quero terminar nunca. *Amo* você. Sinto-me confortável com você de uma maneira que nunca esperei me sentir com outra pessoa. Estar perto de você, ver como você brilha, é como descobrir uma nova cor do arco-íris todos os dias.

Tilly está chorando agora. Ela respira fundo.

— Por que não disse isso antes?

Pisco para o teto e rio com amargura.

— Acredite em mim, se fosse tão fácil para mim, eu teria dito. Demoro para processar. Quando os planos mudam, mesmo os pequenos, meu corpo e minha mente ficam travados. Sou inundado por tantas sensações que não consigo discernir o que elas significam. É difícil expressar em palavras o que sinto, o que penso... mesmo agora. E é assustador dizer isso em voz alta, porque durante toda a minha vida as pessoas me disseram que eu falo a coisa errada.

Meu olhar se volta para Tilly e sinto...

Sinto segurança.

Continuo:

— Meu silêncio naquele momento é o maior arrependimento da minha vida. Porque eu deveria ter comemorado. Valorizado você. Dito que, não importa onde você more, eu vou te amar. Você é barulho, carisma e alegria, e é isso que eu deveria ter sido para você.

— Ollie — diz Tilly, me abraçando e colocando as mãos suavemente na minha nuca —, não preciso que seja nada além de você mesmo.

Começo a dizer mais alguma coisa, mas ela coloca as mãos nos meus lábios, me silenciando.

— E isso é algo que você me contou. Você me disse que é difícil se adaptar às mudanças. Que precisa de um pouco de tempo. Sempre pensei nisso no sentido de viajar, e isso foi uma tolice.

— Não é tolice — sussurro. — Estamos apenas aprendendo.

O sorriso de Tilly é verdadeiro agora.

— Sou muito sensível — ela deixa escapar. — Tipo, extremamente sensível. E minha tendência é reagir antes de pensar. Posso interpretar mal quase qualquer coisa. Um olhar. Silêncio. Algo simples que alguém diz. E transformo isso em rejeição. Como se eu fosse um fracasso em um nível muito elementar. E acho que alguma voz horrível no fundo da minha cabeça mentiu para mim durante toda a vida e me disse que eu merecia essa rejeição. Isso dói, porque tenho que lidar com muitas coisas. E tento calar essa voz, tento mesmo, mas às vezes ela fala no alto-falante e começo a acreditar. Encontrar momentos para que seja verdadeira.

— Você deveria falar com um terapeuta — digo, uma pequena bolha de excitação crescendo em meu peito por poder ajudá-la com isso.

Tilly pisca, a boca aberta, e depois cai na gargalhada. Ela me envolve com seus braços, abraçando-me com força.

— Por que está rindo? — pergunto.

Ela ri com mais vontade, todo o corpo tremendo.

— Porque, de modo geral, dizer a alguém que precisa de tratamento psiquiátrico pode parecer um pouco ofensivo.

— Por quê? — pergunto de novo, me afastando para olhar para ela.

As sobrancelhas de Tilly se franzem e ela morde o lábio.

— Eu... Na verdade, não sei. As pessoas não ficam ofendidas quando você diz: "Ah, você deveria fazer um *check-up*", ou algo assim, com seu médico de confiança. Mesmo assim — ela fala, descartando o desvio na conversa —, acho que você tem razão. Um terapeuta seria bom para mim.

Seguro as mãos de Tilly, entrelaçando nossos dedos daquele jeito forte e seguro que sei que ela gosta.

— Então, você concorda com o fato de que não vou estar em Londres? — ela pergunta, levando nossas mãos entrelaçadas em direção aos seus lábios e beijando os nós dos meus dedos.

Limpo a garganta, desenganchando o polegar para levantar seu queixo e fazer com que ela olhe para mim.

— Você poderia me dizer que está se mudando para o Brasil. Ou voltando para Cleveland. Ou indo para alguma caverna mofada em uma floresta, e eu te amaria do mesmo jeito. Você sempre será o lugar que mais se parecerá com um lar para mim.

Tilly fica na ponta dos pés e me beija até me sentir tonto. E eu retribuo o beijo.

Por fim, vamos para a cama, conversamos abraçados por horas, até que ambos começamos a bocejar.

— Não quero dormir — Tilly sussurra, as pálpebras pesadas enquanto se aninha mais perto de mim. — Não quero que esse momento termine.

Envolvo-a com meu braço e beijo o topo de sua cabeça.

— Terminar? — sussurro. — Tilly, isso é só o começo.

CAPÍTULO 43

Olás e Adeuses

Tilly

Minha atenção está dividida entre pintar as unhas de Marcus e Micah. Depois de ver como o casal era fotogênico (e adoravelmente carinhoso) na praia, Mona os recrutou como modelos de mão adicionais. Micah está vibrando de excitação.

— Não quero fazer drama — diz Micah, a voz repleta exatamente disso —, mas tenho quase certeza de que essa cor foi feita para mim.

Micah levanta a mão livre, inclinando-a sob a luz do sol que entra pela janela.

— Tipo... sou uma musa Ruhe ou não?

— Calíope não chega a seus pés — Marcus diz, inclinando-se e dando um beijo na bochecha de Micah.

— Onde vão fotografar hoje? — pergunto a Ollie, que está sentado no sofá de Mona. Estamos de volta a Londres há quase uma semana, e ele me acompanhou por toda essa cidade linda, apontando coisas que apenas seu olhar aguçado parece notar.

— Os Jardins da Rainha Mary são nossa primeira parada — diz Ollie, olhando para mim. — Depois vamos para a biblioteca. Mona ajudou a organizar o acesso a uma coleção de livros antigos ou algo parecido. Vamos ter um gostinho de "volta às aulas".

— Adorei — digo, dando o toque final nas unhas de Marcus. — Não se atreva a borrar — acrescento, lançando um olhar severo para ele, que mostra a língua para mim.

— Oh, Tilly, gostaria que pudesse vir conosco hoje — diz Micah, melancólica.

— Apoiado — Ollie fala do sofá. Sorrio para ele.

— Acredite em mim, preferiria passear por jardins e bibliotecas a encontrar meu carrasco.

Ollie olha para mim, inclinando a cabeça antes de fechar o *laptop* e deslizar do sofá para o chão. Rastejo até ele.

— Temos todo o tempo do mundo para explorações — diz ele, passando o braço em volta dos meus ombros.

Sorrio, uma onda dourada de sentimentos me engolindo por inteiro.

Ele está certo, temos o tempo de que precisarmos.

Fui à reunião de contratação da *Ivy* alguns dias atrás, e foi absolutamente incrível. Todos na equipe parecem inteligentes, gentis e cheios de tanta paixão que pensei que minha cabeça fosse explodir.

E, como se não bastasse, a empresa realmente parece se *importar* com os funcionários... Que novidade. Depois de discutir alguns pontos logísticos com Ellen, ela estava mais do que disposta a me deixar trabalhar remotamente, em particular porque no começo seria em meio período.

— Muitos de nossos funcionários fizeram a transição para o modelo híbrido — Ellen me contou. — Não vejo sentido em forçar as pessoas a ficarem no escritório se isso não estiver funcionando para elas. Lugares cômodos só estimulam a criatividade e a produção de trabalho, na minha experiência.

Não preciso dizer que estou totalmente obcecada por minha nova e incrível chefe.

Ainda irei a Paris algumas vezes por mês para reuniões e outros trabalhos que serão mais fáceis de realizar pessoalmente, mas não poderia estar mais feliz deixando minhas raízes crescerem em Londres.

Parece que, pela primeira vez, estou exatamente onde deveria estar. Estou disposta a viajar um pouco e me esforçar para manter esse sonho.

— Vai ser bom ver sua mãe, remover logo as mágoas— continua Ollie, tamborilando os dedos na minha perna.

Solto um gemido.

— Não vamos falar disso!

Minha mãe chega hoje e estou muito nervosa. Parte de mim, é claro, está animada. É a minha mãe. Eu a amo, não importa quanto eu não me dê bem com ela. Mas é mais fácil me deixar levar pelo pavor — a premonição de que as coisas vão dar errado — do que ter esperanças de que as coisas vão dar certo.

Uma batida ecoa pela sala.

Congelo, os olhos arregalados voltados para a porta.

— Inferno — sussurro para Ollie. — Você a invocou.

— Pare com isso — diz Oliver.

— Devo ficar com medo? — Micah sussurra.

— Sim!

— Não.

Minha voz se confunde com a de Ollie, e nós dois franzimos a testa um para o outro antes de cair na risada.

— A senhorita Dois-Empregos de repente é boa demais para atender a porta? — pergunta Mona, saindo todo-poderosa do quarto e me lançando um olhar apatetado. — Vamos, Tilly.

Com um suspiro profundamente torturado, levanto-me, meus amigos seguindo o exemplo.

A porta se abre e a voz de Mona ecoa pelo apartamento, pontuada por uma risadinha.

— Mãe!

— Oh, querida! — minha mãe diz, a voz abafada.

Sinto minha pulsação na palma das mãos quando a dupla contorna a parede e entra na sala de estar. Mamãe para, olhando para mim, e seu sorriso só aumenta ao me observar.

— Tilly — diz ela, atravessando a sala e me puxando para um abraço caloroso e intenso. Parece... genuíno. Confortável.

— Oi, mãe — digo em seu ombro, abraçando-a.

Depois de alguns momentos, Micah limpa a garganta, arrancando uma risada minha.

— Mãe — digo, me desvencilhando —, estes são meus amigos, Micah e Marcus. — Aponto para a dupla.

— Prazer — diz Micah, liderando a abordagem e apertando a mão de minha mãe. Marcus segue o exemplo.

— Prazer em conhecê-los — diz minha mãe.

— E, hã, este é Ollie. Oliver. Oliver Clark — digo, gesticulando loucamente para a pessoa em questão. — Ele é meio que, hum, meu namorado.

Mamãe fica boquiaberta.

— Oh? — Seus olhos saltam de Ollie para mim, de mim para Mona e de volta a Ollie, em um *loop* selvagem.

Aperto os lábios, tentando reprimir o sorriso que quer explodir. É difícil não gritar de felicidade toda vez que apresento Oliver como meu.

— Eu... Bem. É uma surpresa maravilhosa — diz mamãe, pegando a mão de Ollie.

Ele a cumprimenta, os olhos fixos no ombro dela.

— Estou muito feliz em conhecê-la. Tilly me falou muito sobre você.

A risada de mamãe é um pouco forçada. Talvez até... nervosa? Por que ficaria nervosa? Sou eu que estou toda perdida aqui.

— Bem, vamos deixar vocês duas conversarem — Micah diz, agarrando as mãos de Marcus e Oliver e levando-os até a porta. — Tilly, nos vemos mais tarde?

— Ah. — Olho para mamãe e Mona. — Mando uma mensagem para vocês — completo, acenando para eles. — Divirtam-se.

Um silêncio cai na sala quando eles saem.

— Bom, parecem adoráveis — diz mamãe, olhando para mim. Ela sorri, mas o sorriso contrasta com algo triste que desponta no canto de seus olhos.

Com um movimento confuso, ela se aproxima de mim mais uma vez, dando-me um segundo abraço.

— Realmente senti sua falta — diz perto do meu cabelo. Ela acaba se afastando. — Estou tão animada por estar em Londres, meu Deus.

Mona sorri.

— Estamos felizes por ter vindo, mãe. Está com fome? Poderíamos ir almoçar. Ou eu poderia preparar alguma coisa aqui?

— Isso seria ótimo, mas, hum... — Mamãe passa a mão pelo cabelo. — Na verdade, queria conversar um pouco com Tilly? Sozinha, se não se importar?

O olhar de mamãe vai de mim para Mona.

— Como quiser — diz Mona, já saindo da sala.

Quero implorar para que ela fique, para que não me deixe. Para que aja como um amortecedor. Um escudo. Qualquer coisa para evitar o horror que pode surgir dessa conversa.

Mas ela sai, fechando a porta do quarto atrás dela, mamãe e eu nos encarando em um silêncio tenso.

— Quer se sentar? — mamãe pergunta, indo até o sofá e batendo a mão no lugar ao lado dela.

Minhas pernas parecem de madeira, meus pulmões estão cheios de bolhas, o coração na garganta. Mas, de alguma maneira, vou e me sento ao lado dela.

Respiro fundo. Depois respiro de novo. Mais uma inspiração deve funcionar. E aí vou contar. Direi a ela que tenho um emprego... dois, na verdade — e ela não vai gostar de nenhum. E terei que lhe dizer que a opinião dela sobre isso realmente não importa. Não posso permitir mais que importe. É o que eu quero da vida e espero que, algum dia, ela aceite isso.

Abro a boca, engasgando com as palavras, enquanto a preocupação passa pelos meus braços e se congela no peito.

— Tilly, li suas postagens no Babble.

Mamãe diz as palavras tão rápido, de modo tão inesperado, que minha cabeça se inclina para trás e bate na parede atrás de mim.

— O... o quê?

Oh, não. Isto é ruim. Tipo, muito ruim. Porque sou bastante, hum, honesta sobre minhas frustrações com meus pais. Ela vai gritar comigo? Como poderia não gritar?

Preparo-me para o impacto.

Depois de um momento, nossos olhos se encontram, a tristeza estampada no rosto dela.

— Após a nossa conversa, procurei o artigo que você disse que tinha vendido. Que também estava maravilhoso. Mas então encontrei as postagens no Babble. Li todas elas e são lindas. Comoventes, mas lindas.

Hum, o quê?

— Eu... você é tão inteligente. Não acredito em algumas das coisas que criou.

Outra vez: *o quê*? Volto meus olhos arregalados para minha mãe, esperando o inevitável.

— Mas elas também me fizeram perceber quanto... quanto eu te machuquei. E sinto muito por isso, Tilly.

Tento inspirar, mas o ar fica preso na minha garganta.

Mamãe continua:

— Desculpe pelo que disse na última vez que conversamos, e pela pressão que tenho colocado sobre você. — A voz de mamãe parece mais frágil do que já ouvi antes. — Não consegui parar de pensar na nossa última conversa. Quero dizer, acabei de fazer uma viagem de avião excepcionalmente longa e *só* consegui pensar em nossa discussão. E sinto mesmo pelo modo como falei com você. Espero que possa me perdoar. A questão é que me preocupo com você, Tilly. Você é tão especial. Tão preciosa. E vivo com medo de que o mundo a machuque. Mas, ao tentar fazer o que achei que era o certo para protegê-la, fui eu que acabei causando a dor. Sinto muito.

— Eu... não sei bem o que falar.

Mamãe pega a minha mão.

— Não precisa falar nada. Ou pode falar tudo. Eu... bem, eu percebi que não tenho escutado muito o que você tem a dizer. E quero mudar isso.

Ela fica quieta, o dedão fazendo traços nas costas da minha mão, dando-me espaço para falar.

Ainda não sei o que dizer. As palavras circulam pelo meu cérebro, descem pela minha garganta, viajam pelos meus membros. Tenho medo de dizer qualquer coisa — de arruinar esse momento que ela está me proporcionando. Mas decido ser corajosa.

— Preciso de espaço para cometer erros, mãe — falo, minha voz falhando. — Sei que já cometi muitos e vou cometer vários outros, mas... preciso saber que está tudo bem se acontecer isso.

Mamãe balança a cabeça, estendendo a mão e colocando uma mecha do meu cabelo atrás da orelha.

— Continue.

Lágrimas começam a rolar pelo meu rosto enquanto as palavras saem da minha boca.

— Sei que quer o melhor para mim, mas também quero saber que você estará a meu lado se eu falhar. Quero me sentir segura o suficiente para cometer erros e saber que ainda assim você vai me amar.

— Sempre amarei você, Tilly. Nunca questione isso.

— Parece que preciso questionar.

Mamãe fica em silêncio por um longo tempo, e fico preocupada que esteja brava. Não consigo levantar os olhos para encará-la; em vez disso, me concentro em nossas mãos dadas, enquanto as emoções crescem no meu peito. Depois de um tempo, ouço um pequeno soluço, seguido de uma fungada.

Ah, não. Fiz minha mãe chorar?

Olho para ela e, sim, lágrimas escorrem pelo rosto dela também.

— Desculpe, mãe. Não quis...

— Tilly, não — mamãe se apressa em dizer, com palavras suaves, mas firmes. Ela enxuga as lágrimas. — Não se desculpe por ser honesta comigo. Nunca. Se o quanto eu te amo for uma dúvida, isso é por minha culpa, e preciso saber para poder resolver essa questão. Eu te amo incondicionalmente. Sem expectativas. E sinto muito por não ter conseguido mostrar isso.

— Mãe... — murmuro, confusa.

— E não estou dizendo nada disso para que se sinta culpada. Quero que saiba que eu te ouço, Tilly. Não posso prometer que daqui em diante não vou errar mais, mas quero que saiba que vou tentar. Ouvi o que você disse e vou tentar melhorar. Porque nunca mais quero que minha preciosa e brilhante filha questione meu amor por ela do jeito que ela é, nem mais um dia.

Minha boca está entupida de emoções e de um emaranhado de palavras que não sei como dizer.

— Eu te amo — deixo escapar por fim.

— Eu te amo muito — mamãe responde. E eu acredito.

Ela me puxa com força para um abraço, e eu derreto, chorando nesse conforto suave.

— Tenho uma coisa para te contar — acabo dizendo quando me recomponho o suficiente.

— É melhor que seja tudo sobre esse seu namorado — diz mamãe, acariciando meu cabelo. — Quero todos os detalhes.

Dou uma risada. Estou tão louca por Ollie que poderia falar sobre aquele garoto bobo por horas.

— Não é sobre ele — digo, me afastando para olhar para ela. — Eu... hã... consegui um emprego. Dois, na verdade. E... bem, sei que não serão empregos que você considere ideais, mas espero que esteja orgulhosa de mim. Ou que eu possa deixá-la orgulhosa, pelo menos.

Mamãe solta um suspiro, balançando a cabeça.

— Já estou orgulhosa de você, Tilly. De qualquer maneira. Lamento ter feito você pensar que um trabalho é o que causaria isso. Estou orgulhosa de você apenas por ser você.

— *Mãeeeee.* Por favor, pare de me fazer chorar.

Mamãe aperta os lábios, usando os polegares para limpar meu rosto.

Conto tudo para ela. O trabalho com a Ruhe, meus artigos *freelance* e o trabalho para a *Ivy*. Tudo isso jorra de mim, meu coração na ponta da mão e a paixão em minha voz ao expor cada detalhe do meu futuro, que tem doses iguais de emoção, terror, beleza e temor. Quando fico sem palavras, mamãe me oferece algumas delas.

— Tilly — ela diz, pegando meu rosto entre as mãos —, você é simplesmente incrível. Mal posso esperar para ver o que vai conquistar no futuro.

Nós nos abraçamos por mais um tempo, e depois Mona enfim sai do quarto.

— Desculpe — ela diz —, mas preciso muito fazer xixi.

Todas rimos, e Mona faz o que tem que fazer antes de nos encontrar na sala.

— Está tudo certo entre as duas? — ela pergunta.

Mamãe olha para mim com um sorriso.

— Não exatamente. Mas acho que estamos chegando lá.

Abro um sorriso em resposta.

— Ainda quer almoçar? — Mona pergunta.

Mamãe solta um suspiro suave e se levanta.

— Com certeza. Onde você quiser. Por minha conta.

Mona sorri e pega a bolsa.

— Por que não vai se encontrar com seus amigos? — mamãe me diz. — Mona e eu temos algumas coisas para conversar.

Concordo com a cabeça, dando um último abraço nela antes de pegar minha bolsa e deixá-las resolverem os próprios assuntos.

Na rua, paro em frente a uma linda cabine telefônica vermelha, encostando-me nela enquanto ligo para Oliver e peço para me encontrar com todos.

É um dia úmido enquanto caminho pela cidade, o calor retido pelos prédios antigos e pelas multidões, o céu cinzento me pressionando. É tão lindo que eu poderia chorar.

Acabo me encontrando com todos no Hyde Park, sentados num banco. Oliver me oferece um beijo e um *döner kebab* como saudação, e me sento ao lado dele, bem perto, só porque eu posso.

Enquanto comemos, Micah fala sobre suas poses originais e ideias inovadoras, Marcus concordando com tudo o que ela diz. Ollie pega a câmera e me mostra todas as fotos. Ampliando um e outro ponto. Falando sobre cores que eu nem sabia que existiam. Tamborilando os dedos e de vez em quando apertando minha mão.

E é aí que isso me atinge em silêncio. Esse é o meu futuro. O meu agora. Este momento, num piscar de olhos, será meu passado. E é melhor do que eu poderia ter imaginado.

Não tenho tudo planejado. Preciso encontrar um apartamento e apresentar propostas de artigos até o final da semana. Estou sem grana e nervosa, e ainda me preocupo com a ideia do fracasso. Mas prefiro dar tudo de mim e falhar a sequer tentar.

Estou sentada sob um lindo céu cinzento em uma cidade elétrica que agora posso chamar de lar, com amigos com quem posso ser eu mesma. Estou de mãos dadas com o cara que amo e, milagrosamente, ele também me ama.

Não há uma única coisa que eu mudaria.

Agradecimentos

Só fui diagnosticada com autismo e TDAH quando tinha mais de 20 anos, mas, lembrando minha infância, é realmente absurdo que tenhamos ficado tanto tempo sem saber disso. Ser adolescente já é bastante difícil, mas ter neurodivergências não diagnosticadas foi a receita para muitos momentos difíceis (embora hilários, olhando em retrospecto) e dores de amadurecimento. Mesmo assim, eu não mudaria nada em meu caminho até o diagnóstico. Crescer sabendo que você é diferente significa estudar com atenção as pessoas ao redor, tentando absorver as interações sociais, as regras e as complexidades, para que talvez um dia você também possa se encaixar. Desisti de me adaptar ao que se define como normal (não poderia estar mais feliz com minha esfera de amigos excêntricos, muitos dos quais também são neurodivergentes - ND), mas todos esses anos estudando pessoas me deram empatia e um desejo de ver o mundo além do meu próprio ponto de vista, o que faz com que escrever livros seja o trabalho mais gratificante do mundo. E este livro, esta carta de amor aos cérebros neurodivergentes, não existiria sem o cuidado e a compaixão de tantos.

Em um mundo onde ainda temos representações limitadas e questionáveis do autismo e do TDAH na mídia, sou eternamente grata à minha editora, Eileen Rothschild, por me perguntar se eu queria escrever um romance sobre dois adolescentes neurodiversos que se apaixonam. A oportunidade de escrever sobre cérebros como o meu é um privilégio e uma honra da qual nunca me sentirei digna, mas sou grata por isso mesmo assim.

Obrigada à minha extraordinária agente, Courtney Miller--Callihan, por sempre me acalmar durante a elaboração dos rascunhos. Não sei como você faz isso, mas faz muito bem.

Obrigada a Lisa Bonvissuto, por ser durona no mercado editorial. Trabalhar com você é uma alegria. As referências a Cleveland no livro são para você. Obrigada à minha adorável equipe editorial da Wednesday Books. Alexis Neuville e Alyssa Gammello, é um sonho trabalhar com vocês duas, e sou muito grata por tudo o que fazem para defender meus livros e colocá-los nas mãos dos leitores. Além disso, aprecio muito o conteúdo sobre Harry Styles que vocês postam. Obrigada a Kerri Resnick, por criar o que acredito ser, realmente, a melhor capa já elaborada. Você é genial.

Obrigada a Susan Lee, por ler as páginas *extremamente* preliminares do meu primeiro rascunho e me dar confiança para continuar. Você é uma força da natureza, e estou feliz em conhecê-la.

Obrigada a Emily Minarik, por me ensinar que cabelo ruivo é na verdade vermelho apenas depois que terminei de escrever este livro e estava pronta para dizer que Ollie era moreno. O mundo das palavras é difícil e você mantém a minha humildade. Obrigada a Saniya Walawalkar, por me criticar pela não inclusão de uma toalha no momento de praia de Tilly e Ollie. Esses dois teriam tido um colapso sensorial sem aquela edição crucial, e agradecemos seu serviço público.

Obrigada a Megan Stillwell, por ser minha melhor amiga no planeta. Você é sensacionalmente mesquinha, e eu te amo por isso. Obrigada a Chloe Liese, por ser defensora feroz das vozes neurodiversas e sempre me ajudar a encontrar o humor nos altos e baixos da vida dos autistas. Você é um presente.

Mãe, obrigada pelo meu amor pela leitura e por sempre apoiar minhas hiperfixações e grandes sonhos. Pai, obrigada pelo caos e pelo humor. Algumas das minhas lembranças favoritas no mundo são de nós dois rindo. Eric, obrigada por acreditar em mim. Sou muito grata por ter você em minha vida.

E Ben. Meu doce malandrinho. Obrigada por ter pavor de mim, uma garota esquisita de 18 anos, de cabelo rosa, entusiasmada demais no seminário de calouros, e por me permitir forçar uma amizade de qualquer maneira. Nunca tive que fingir ser outra pessoa com você, e isso é muito especial.

Por fim, obrigada aos meus leitores. Essas histórias e personagens significam muito para mim, mas não são nada em comparação com o amor que vocês demonstraram por eles. Dou um beliscão em mim mesma todos os dias para me lembrar de que escrevo livros, e o apoio de vocês significa mais para mim do que poderiam imaginar. Continuem sendo bagunceiros, meus queridos.